KAMPENWAND
VERLAG

ISBN: 978-3986601065

Raiffeisenstr. 4 · D-83377 Vachendorf
www.kampenwand-verlag.de

Versand & Vertrieb durch Nova MD GmbH
www.novamd.de · bestellung@novamd.de · +49 (0) 861 166 17 27

Text: Stefanie Schreiber
Umschlagfoto: Michael Goltz
Lektorat: Sándor Sima
Korrektorat: Margarete Götz
Kapitelfotos der Printausgabe: Stefanie Schreiber
Druck: CUSTOM PRINTING
Wał Miedzeszynski 217, 04-987 Warszawa, Polen

Stefanie Schreiber

Unheilvolles Polarlicht

in St. Peter-Ording

Der
12. Fall für
Torge Trulsen
und Charlotte
Wiesinger

Für Margret
Danke für all deine Unterstützung!

Ein kleines Lexikon norddeutscher Begriffe
finden Sie am Ende des Buches.

Prolog

„Was willst du zuerst hören? Die gute oder die schlechte Nachricht?“ Ohne eine Antwort abzuwarten, warf sie sich resigniert in den Sessel.

Diese Frage hatte er noch nie gemocht, aber dieses Mal wollte er weder die eine noch die andere hören. Ihr Gesichtsausdruck sprach Bände. Es war nicht gut gelaufen, obwohl sie alle Hoffnung in diesen Termin gesetzt hatten. Ganz offensichtlich überwog die schlechte Nachricht. Wozu sollte er sich also überhaupt irgendwelche Details anhören, wenn sie ihnen überhaupt nichts nützten?

Wäre er bloß mitgefahren! Vielleicht hätte er ein positives Ergebnis erzielen können, aber sie war strikt dagegen gewesen und hatte damit gedroht, den Termin platzen zu lassen und das Thema damit auf immer zu begraben. Also hatte er schweren Herzens zugestimmt.

Der Tag war quälend langsam vergangen, weil er sich einfach auf nichts anderes konzentrieren konnte. Nichts, was er anfing, konnte ihn fesseln oder ablenken. Ständig schweiften seine Gedanken ab.

Wenn es bei dieser Besprechung zu einer Einigung kam, würde das all ihre Probleme lösen, würde das Leben endlich wieder leichter und überhaupt lebenswert sein. Es musste einfach gelingen! Das war der vorherrschende Gedanke des Tages gewesen – aber nun schien alles verloren!

„Willst du wirklich keine Einzelheiten wissen?", fragte sie schließlich in sein Schweigen hinein.

Wozu sich mit Einzelheiten herumquälen, wenn die Hoffnung ohnehin zerstört war? Wochenlang hatten sie geträumt und auf diesen Tag hingefiebert. Sich ausgemalt, wie es ihr Leben verändern würde. Und nun?

Nichts würde sich verändern!

Nichts!

Nada!

Diese Enttäuschung musste er erst einmal verknusen. Details wären wie Salz in der Wunde. Warum mussten Frauen immer alles bequatschen? Es breittreten und von allen Seiten beleuchten?

Was sollte das jetzt noch bringen?

Außer schlechter Laune?

Der Lösung ihres größten Problems würde es sie nicht einen Schritt näherbringen.

„Nein, danke. Überleg dir lieber eine Alternative. So geht es nicht weiter und das weißt du genau. Das war unsere große Chance und wie es aussieht, hast du sie vermasselt. Mir reicht´s für heute!"

Ella in Husum

Donnerstag, den 30. November

Ella! Willst du wirklich schon wieder losziehen? Du bist doch gerade erst nach Hause gekommen!“

„Nach Hause!“ Eigentlich hatte sie es gar nicht laut aussprechen wollen, aber Katjas Tonfall klang so übergriffig, dass sie prompt darauf ansprang. Mist! Das würde bestimmt eine Diskussion entfachen.

Wie üblich reagierte ihre ältere Schwester beleidigt. „Na, immerhin wohnst du ja hier – unter unserem Dach.“

„Bist du sicher?“ Ella klappte ihren Koffer zu und wandte sich zur Tür, in dessen Rahmen sich Katja positioniert hatte. Nur mühsam konnte sie ein Grinsen unterdrücken. Die Wangen ihrer Schwester waren mit Mehl bestäubt, was einen schönen Kontrast zu dem rosigen Ton bildete, der ihrer Aufregung geschuldet war. Am liebsten hätte sie ihren Fotoapparat gezückt. Das wäre ein großartiger Schnappschuss gewesen, hätte Katja aber bestimmt provoziert. Statt sie also weiter gegen sich aufzubringen, antwortete Ella: „Nur weil ich ein Zimmer in eurem Haus miete und meine Post an diese Adresse schicken lasse, würde ich es kaum als wohnen bezeichnen. Wann bin ich schon mal hier?"

„Genau davon rede ich. Hast du nicht den Wunsch, langsam sesshaft zu werden? Immerhin bist du jetzt dreiunddreißig."

„Katja!"

„Aber es stimmt doch. Deine Uhr fängt an zu ticken. Ich möchte nicht, dass du es irgendwann bereust ..."

„Was? Keine Kinder in die Welt gesetzt zu haben? Ihr habt drei. Ich finde, das genügt für uns beide."

Katja verzog das Gesicht, schwieg jedoch.

„Du kennst mich lange genug. Ich will keine Familie gründen, sondern lebe für meine Karriere. Das haben wir oft genug durchgekaut. Wenn du das Zimmer brauchst, sag es geradeheraus. Ich finde auch etwas anderes. Hör aber endlich auf, mich in dein Familienleben integrieren zu wollen." Ella redete sich in Rage. Sie hatte es satt, ständig ihren Lebensstil verteidigen zu müssen.

„Ich meine ja nur, weil jetzt die Adventszeit kommt. Das ist immerhin die Zeit im Jahr, in der man etwas zur Ruhe kommen sollte. Am besten im Kreis der Familie", fügte sie leise hinzu. „Es ist nur ein Angebot."

„Katja, ich will keine Kekse backen und Tannenzweige mit Weihnachtsgedöns behängen. Wenn ich es einrichten kann, komme ich Heiligabend, aber bis dahin lass mich bitte mit diesem ganzen Firlefanz in Ruhe."

„Wo willst du denn hin?"

„Du brauchst kein Interesse zu heucheln", brauste Ella auf, um einer konkreten Antwort zu entgehen. Wenn sie ihrer Schwester erzählte, dass sie ein Zimmer in der *Weißen Düne* gebucht hatte, würde diese sie sofort wieder zum Bleiben überreden.

„Du bist unfair." Es klang quengelig wie von Katjas jüngstem Spross.

„St. Peter-Ording."

„St. Peter-Ording? Das ist pure Geldverschwendung, dort ein Hotelzimmer zu bezahlen. Warum pendelst du nicht von hier?"

„Lass es! Es ist schließlich mein Geld", antwortete Ella trotzig. Wie schon so oft geriet sie in die Defensive. Sie hasste es, derart bevormundet zu werden und sich immer wieder rechtfertigen zu müssen. Trotzdem tat sie es: „Ich will Nachtaufnahmen machen. Vermutlich mehrere Nächte hintereinander. Danach möchte ich direkt ins Bett fallen können, wenn es richtig spät wird. Dann ist mir sogar eine Dreiviertelstunde Fahrt zu viel." Ella gab sich alle Mühe, ruhig zu bleiben, aber es fiel ihr schwer. Schließlich versuchte sie, mit einem Lächeln den sich anbahnenden Streit abzuwenden. „Genügt es dir nicht, deine drei Kinder unter Kontrolle zu halten?"

„Ich würde mich einfach freuen, jetzt in der Adventszeit ein bisschen mehr Zeit mit dir zu verbringen", wiederholte sie.

„Ich komme immer wieder her – jedenfalls, wenn du mich nicht vergraulst." Ella ging auf ihre Schwester zu und boxte sie in die Seite. „Was ist los mit dir? Hast du Stress mit Heiko? Brauchst du ein Gespräch unter Frauen?"

„Kannst du Gedanken lesen?" Katja schien beschämt.

„Seit wann redest du um den heißen Brei herum?" Ella war sofort besänftigt. „Dafür nehme ich mir immer Zeit, das weißt du. Setz eine Kanne Kaffee auf und schmeiß ein paar von deinen Keksen auf einen Teller. In der *Weißen Düne* haben die bestimmt einen Fitnessraum, in dem ich mir die Kalorien wieder abtrainieren kann."

„Ich will dich aber wegen ein paar Ehestreitigkeiten nicht von deinem Auftrag abhalten. Es ist nur das übliche Generve, kein Drama."

„Passt schon. Wie gesagt, es handelt sich um Nachtaufnahmen. Du wolltest, dass ich bleibe. Also, her mit den Keksen!"

Drei Stunden später saß Ella in ihrem kleinen roten Flitzer auf dem Weg nach Sankt Peter-Ording. Das Gespräch mit Katja hatte sie nachdenklich gemacht. Tatsächlich handelte es sich bei dem Streit zwischen den Eheleuten lediglich um Probleme, die in den besten Familien vorkamen. Ihr Schwager schien in seinem Job immens unter Druck zu stehen und ließ es an seiner Frau aus. Mehr als zuzuhören und Katja ein wenig Trost zu spenden, konnte sie nicht tun. Mehr hatte Katja auch nicht erwartet. Sie wirkte erleichtert, sich einmal alles von der Seele reden zu können, und Ella war froh, sich die Zeit genommen zu haben.

Gleichzeitig durchflutete sie eine Welle der Erleichterung. Menschen aus ihrem Umfeld vermuteten vielleicht, dass sie sich oft einsam fühlte; Ella genoss jedoch die Freiheit, die mit ihrem Single-Leben verbunden war. Dabei gab es immer wieder flüchtige Beziehungen, von denen sich die Männer manchmal mehr versprachen. Jedes Mal, wenn einer ihre Unabhängigkeit zu beschneiden drohte, zog sie die Reißleine und suchte das Weite. Ohnehin war sie die meiste Zeit des Jahres als Globetrotter auf dem gesamten Erdball unterwegs. Keine optimalen Bedingungen für eine stabile Verbindung.

Zu Beginn ihrer Laufbahn als Fotografin hatte sie Studioporträts und Hochzeitsbilder aufgenommen, was im Grunde von Anfang an langweilig gewesen war. Dazu kam das ständige Fernweh. Sie wollte einfach möglichst viel von der Welt sehen. Landschaftsfotografie und Porträts außergewöhnlicher

Menschen in ihrer Umgebung faszinierten sie mehr als der immer gleiche Rahmen des unpersönlichen Studios. Selbst die Aufnahmen auf dem hochgejubelten Fest der Feste wirkten zunehmend wie Kopien des Vorgängers. Zwei Jahre nach dem Ende ihrer Ausbildung machte sie Nägel mit Köpfen. Sie kündigte ihren Job und kurz darauf ihre Wohnung. Ohne Katjas Angebot, ein Zimmer in ihrem Haus zu mieten, hätte sie einfach ein paar Dinge, die ihr am Herzen lagen, eingelagert und sich bei einer Freundin gemeldet. Aber natürlich war es verlockend gewesen, in ihrer Heimat wenigstens ein Zimmer als Basis zu besitzen, von dem sie ihre Reisen starten konnte. An materiellen Sachen hing sie nicht, betrachtete es aber als Vorteil, zur Familie zurückkehren zu können und wenigstens die Illusion eines Zuhauses zu haben.

Diese Vorstellung hatte sich in letzter Zeit allerdings als Trugschluss erwiesen. Immer häufiger musste sie vor Katja ihren Lebensstil verteidigen, obwohl die ältere Schwester eigentlich wusste, dass eine Familiengründung für Ella keine Option war. Mit ihren dreiunddreißig Jahren hatte sie sich bereits einen Namen in der Branche gemacht – und dafür hart gearbeitet. Außerdem lebte sie genau das Leben, das sie leben wollte. Das heutige Gespräch bestärkte sie in ihren Plänen.

Darüber hinaus wurde jede Beziehung zu einem Mann früher oder später ohnehin stressig, auch wenn es noch so rosarot anfing. Sie war nicht bereit, das Leben eines anderen zu leben. Dafür nahm sie es in Kauf, sich ab und zu mal allein oder sogar einsam zu fühlen.

Mit gemischten Gefühlen dachte sie dabei an die beiden Männer, die sie zuletzt in ihr Leben gelassen hatte. Insbesondere Jan hätte sie am liebsten komplett aus ihren Gedanken verbannt, aber wie die Dinge standen, würde es wohl noch eine Weile dauern, bis sie ihn endgültig loswurde. Nie hätte Ella es für möglich gehalten, selbst einmal Opfer von Stalking zu werden. Auf den ersten Blick hatte der 35-Jährige recht locker gewirkt. Leider entwickelte er sich bereits nach kurzer Zeit zu einem dominanten Kontrollfreak, der sie massiv in ihrer Freiheit beschränken wollte. Hätte sie die Sache bloß gleich bei den ersten Anzeichen beendet, aber seine Anziehung war einfach zu groß gewesen. Nach langer Zeit hatte sie sich mal wieder verliebt; ein Zustand, der ihr die Sinne vernebelte. Also redete sich Ella für eine Weile seine Defizite schön und versuchte, Kompromisse zu finden. Sie hatte sogar die eine oder andere Reise abgesagt oder verschoben, aber das reichte ihm nicht. Im Gegenteil, er nahm es nicht einmal richtig wahr, sondern fing ständig an zu diskutieren und nörgelte an ihrer Lebensweise herum. Schließlich zog sie einen Schlussstrich, den er jedoch nicht akzeptierte. Seitdem stellte er ihr nach, wann immer sie sich in Norddeutschland aufhielt.

Zur Ablenkung hatte sie sich auf den etwas jüngeren Fabian eingelassen, der das Leben genoss und für den Surfen wichtiger als alles andere war. Sein Studium hatte er abgebrochen und hielt sich nun mit Jobs über Wasser. Dabei arbeitete er gerade so viel, wie er musste, um seinen bescheidenen Lebensstandard zu finanzieren. Anfangs schien er total unabhängig. Er freute sich, wenn sie auftauchte, und ließ sie ohne Murren wieder abreisen, wenn es sie in die Ferne zog. In letzter Zeit hatte er immer mal wieder angedeutet, wie gern er sie rund um die Welt begleiten würde. Sie wich aus; erklärte, sie würde es sich überlegen und dachte kurz wirklich darüber nach. Schnell überwogen bereits in den Überlegungen die Nachteile. Anfangs wäre es vielleicht schön, die Abende in Gesellschaft zu verbringen. Auf Sicht würde es jedoch ihre Freiheit zu sehr beeinträchtigen.

Ella fühlte sich in Fabians Gesellschaft wohl. Er war amüsant, locker und unkompliziert, aber bestimmt nicht der Mann ihres

Lebens. Fabian war ein Traumtänzer; einer, der das Leben liebte. Das allein war positiv, ja sogar inspirierend. Allerdings fühlte sie sich bei ihm nicht sicher. In Bezug auf Jan schien er keine Unterstützung zu sein. Und sie befürchtete außerdem, dass er es sich auf ihre Kosten bequem machen könnte. Wozu irgendwelche schlecht bezahlten Jobs annehmen, wenn die Freundin mit ihren Fotos genug Geld für beide verdiente? Oder tat sie ihm damit Unrecht?

Sie gestand sich nur ungern ein, dass Jans Verhalten ihr Angst bereitete. Angst war etwas, was sie eigentlich nicht kannte. Unerschrocken wagte sie sich in abgelegene Gegenden oder zu Schauplätzen, die eine gewisse Gefahr in sich bargen. Letztes Jahr hatte sie sich sehr nah an den Krater eines ausbrechenden Vulkans gewagt. Nicht allein, sondern unter fachkundiger Führung einiger Forscher. Sie war weder leichtsinnig noch lebensmüde, aber eben bereit, für das perfekte Foto ein kalkulierbares Risiko einzugehen. Jan dagegen konnte sie nicht einschätzen.

Aus diesem Grund hätte sie sich eine starke männliche Schulter gewünscht, einfach für den Notfall und um sich besser zu fühlen. Eine Aufgabe, mit der Fabian überfordert war. Er wirkte wie ein Kind, das den Ernst des Lebens nicht verstanden hatte, ihn gar nicht an sich heranlassen wollte. Aber das war okay, schließlich wollte sie sich in erster Linie mit ihm vergnügen.

Einige Male war sie versucht gewesen, sich Katja anzuvertrauen, hatte den Gedanken aber jedes Mal wieder verworfen. Die dreifache Mutter trug bereits genug Verantwortung. Außerdem hatte sie eigene Konflikte zu bewältigen. Nicht der richtige Zeitpunkt, sie mit ihren Problemen zu belasten, für die auch die ältere Schwester keine Lösung bieten konnte.

Mit etwas Glück wurde Jan der Sache überdrüssig und ließ von ihr ab. Immerhin war sie so viel unterwegs, dass er jedes

Mal lange warten musste, bis sie hier in der Gegend wieder auftauchte. Und natürlich könnte sie es unterlassen, Fotos zu posten und damit auf sich aufmerksam zu machen, aber das sah sie nicht ein. Sie war fest entschlossen, ihm die Stirn zu bieten und sich weder in ihrer Freiheit noch in ihrer Ausdrucksform beschränken zu lassen. Dazu gehörte eben auch, kleine Eindrücke ihrer Arbeit in den sozialen Medien zu zeigen. Immerhin hatte sie auf diesem Weg etliche Aufträge generiert.

Und wenn die Wettervorhersage stimmte und es so kalt und trocken blieb, standen die Chancen gut, in den kommenden Nächten sensationelle Bilder aufzunehmen, die sich bestimmt großartig verkaufen ließen. In den letzten Tagen waren die Polarlichter immer weiter in den Süden gezogen, zuletzt bis nach Dänemark. Sie war extra angereist und würde es sich von Jan nicht nehmen lassen, dafür die Werbetrommel zu rühren. Aus Erfahrung wusste sie, welche Faszination Polarlichter auf die meisten Menschen ausübten. Diese in Kombination mit den Pfahlbauten von St. Peter-Ording in Szene zu setzen, würde nicht nur ihr Konto weiter füllen, sondern ihrer Karriere einen weiteren Schub geben - davon war Ella überzeugt.

So wie die Dinge sich entwickelten, konnte es nicht schaden, ihr finanzielles Polster weiter auszubauen. Vielleicht sollte sie das Zimmer im Haus ihrer Schwester in absehbarer Zeit aufgeben und sich in Hamburg eine kleine Wohnung kaufen. Bisher hatte der Gedanke sie eher abgeschreckt, weil es ihr wie Verschwendung schien, eine eigene Wohnung zu unterhalten und diese nur für wenige Tage im Monat zu nutzen. Eine Eigentumswohnung war allerdings genauso eine Wertanlage. Vor diesem Hintergrund ergab eine derartige Investition vielleicht doch einen Sinn. Und Hamburg als Ausgangspunkt für ihre Reisen zu nutzen, war eigentlich optimal. Zusätzlich schaffte sie weitere Distanz zu Jan.

Ella nahm sich fest vor, spätestens im neuen Jahr mit einem Makler Kontakt aufzunehmen und sich zumindest einige Angebote einzuholen.

Als sie eine Dreiviertelstunde später die Ferienanlage *Weiße Düne* erreichte, fühlte sie sich erschöpft. Umso mehr freute sie sich auf den komfortablen Ferienbungalow mit Blick in die Dünen, den sie erst vor wenigen Tagen gebucht hatte. Jetzt würde es dort wesentlich ruhiger als im Sommer sein. Eine gute Möglichkeit, um ein wenig Kraft zu tanken. Das kleine Ferienhaus konnte mit einer umfangreichen Ausstattung punkten. Dazu gehörte neben einem Wannenbad außerdem ein dänischer Kaminofen, auf den sich Ella ganz besonders freute.

Darüber hinaus hoffte sie, den schrulligen Hausmeister Torge Trulsen dieses Mal zu einer Fotosequenz überreden zu können. Er würde perfekt in ihre Serie ‚Außergewöhnliche Menschen an ihrem Arbeitsplatz' passen. Bei ihrem letzten Besuch in der Hauptsaison hatte er dafür einfach keine Zeit gefunden. Mehrmals waren sie verabredet gewesen. Aber immer wieder musste er absagen, weil ein Notfall dazwischenkam. In dieser ruhigen Zeit stiegen ihre Chancen, den sympathischen Nordfriesen vor die Linse zu bekommen. Immerhin hatte er sich überaus geschmeichelt gefühlt, als sie ihm den Vorschlag einer kleinen Reportage über ihn und seine Arbeit unterbreitete.

„Ella Shepherd! Na, das ist ja eine Überraschung! Was führt dich denn hierher? Bist du etwa auf die Hochzeit eingeladen?"

Die wohl vertraute Stimme riss sie aus ihren Gedanken und ließ ihr einen Schauer über den Rücken laufen. Marc Schilling war ihr erklärter Lieblingsfeind. Sie musste unwillkürlich grinsen. Genau genommen war dieser Ausdruck zu viel der Ehre. Trotzdem stand sie mit ihm in einem ständigen Wettbewerb um lukrative Aufträge, wobei sie in letzter Zeit meistens die Nase vorn hatte.

Marc war ein guter Fotograf, verfügte aber weder über den nötigen Biss noch über den Blick für das gewisse Etwas. Obwohl er gerade erst die vierzig überschritten hatte, machte er es sich gerne bequem. Sie wusste, wie sehr er sie um den Erfolg beneidete. Trotzdem war er nicht bereit, seine Komfortzone zu verlassen. Nur ab und zu setzte er sich in ein Flugzeug, um ein Fernziel zu erreichen. Meist beschäftigte er sich mit dem, was sie bereits vor Jahren aufgegeben hatte, obwohl es ihn ebenfalls nicht zufriedenstellte. Wenn Ella ihn traf, lamentierte er in der Regel über die Eintönigkeit seines Alltags und fragte sie im Gegenzuge über die Schauplätze ihrer letzten Reisen aus. Ganz offensichtlich verfolgte er ihre Karriere akribisch. Von der Vorhersage der Polarlichter schien er nichts zu wissen oder tat er nur so?

Langsam drehte sie sich um und sah ihm direkt in die Augen.

„Hey Marc! Lange nicht gesehen", eröffnete sie den Small Talk. „Nein, wegen einer Hochzeit bin ich nicht hier. Heißt das, die haben dich engagiert?"

„So ist es", bestätigte er. „Es wird ein rauschendes Fest, das drei Tage lang gefeiert werden soll. Heute findet der Polterabend statt, morgen die standesamtliche Trauung und Samstag eine große Party mit irgendeinem Ritual, anstelle des kirchlichen Segens, wenn ich es richtig verstanden habe."

Typisch! Marc war wieder nur halb informiert. Kein Wunder, dass er den Durchbruch nicht schaffte.

„Klingt nach einer B-Promi-Feier." Die Bemerkung konnte sie sich nicht verkneifen.

„Ja, sowas in der Art. Wird aber gut bezahlt." Er zuckte mit den Schultern. „Also, erzähl schon! Warum bist du hier? Doch nicht etwa, um dir am herrlichen Strand von St. Peter-Ording eine Auszeit zu genehmigen? Lange Spaziergänge mit dem Wind in deinen goldenen Locken und dabei endlich mal zur Ruhe zu kommen?“

Ella musste unwillkürlich lachen. „Bist du unter die Werbetexter gegangen?“ Scheinbar konnte sich niemand vorstellen, dass sie einmal nicht arbeitete. Außerdem wusste Marc bestimmt von ihrer Wohnadresse in Husum. „Du kennst mich doch“, fügte sie lapidar hinzu. „Ich bin ein Workaholic. Wenn man sein Hobby zum Beruf gemacht hat, braucht man keinen Urlaub. Man macht ja ohnehin die ganze Zeit genau das, was man am liebsten tut.“

„Ich glaube, da machst du dir etwas vor. Es geht dir schon lange nicht mehr um den Spaß. Du willst den Ruhm, den Erfolg und vor allen Dingen das Geld.“ Der Blick in Marcs Augen war die pure Provokation. Lauernd betrachtete er sie und wartete auf die Explosion. Ihr Temperament war kein Geheimnis.

„Klingt eher nach dir“, gab sich Ella gelassen, obwohl sie die Attacke insgeheim aufbrachte. Hatte Marc etwa recht oder warum fühlte sie sich angegriffen?

„Meine Work-Life-Balance ist total ausgeglichen. Frag meine Frau!“, entgegnete er schlagfertig.

„Das ist nicht unser Thema“, ließ sie sich auf eine Diskussion ein, der sie lieber ausweichen sollte. „Gib zu, es wurmt dich enorm, wie oft ich dir lukrative Aufträge wegschnappe und dadurch mehr als du verdiene.“ Im ersten Moment fühlte es sich gut an, ihn zu übertrumpfen, aber schon kurz darauf ärgerte sie sich über sich selbst.

Warum tat sie das? Der Stress mit Jan zerrte an ihren Nerven. Sie war hergekommen, um großartige Bilder zu machen, aber auch um am Meer innere Ruhe zu finden. Den Konkurrenzkampf mit Marc Schilling zu einem offenen Konflikt hochkochen zu lassen, ergab überhaupt keinen Sinn.

„Du wirst mit jedem Jahr arroganter, Ella. Der Erfolg scheint dir zu Kopf zu steigen. Da du Single bist, solltest du lieber dein Netzwerk pflegen."

Was hatte das eine mit dem anderen zu tun?

„Ich brauche kein Netzwerk", erwiderte sie trotzig.

„Und die Gier wird euch verderben", erklärte Marc.

Was sollte das? War das ein Zitat? Musste sie es kennen?

„Du wirst einsam sterben, Ella. Erfolgreich, reich und einsam", fügte er hinzu.

Ellas Nerven vibrierten. „Ich habe nicht vor, in nächster Zeit zu sterben." Selbst in ihren eigenen Ohren klang es ziemlich lahm, aber was sollte sie auf so einen Schwachsinn erwidern? Warum kümmerte sich der Fatzke nicht um seinen eigenen Kram und ließ sie in Ruhe?

„Das wollte ich damit nicht gesagt haben", ruderte Marc überraschend zurück. „Na gut. Ich muss mich also gedulden, bis du deine Fotos auf Instagram postest, um zu erfahren, was dich hierherführt."

„So ist es!", bestätigte Ella und überlegte sofort, wann sie die ersten Aufnahmen präsentieren sollte. Auf keinen Fall wollte sie ihn zu früh auf das Thema stoßen. Andererseits war sie nicht die Einzige und ab morgen würden sowieso reichlich Fotos kursieren. „Lass dich überraschen."

Erst einmal war er ja ohnehin mit der Hochzeit beschäftigt.

Ella freute sich, als sie endlich ihren Bungalow erreichte, der genau ihren Erwartungen entsprach. Meistens musste sie sich mit einem Zimmer begnügen, oft buchte sie dabei im preiswerten Segment, verzichtete also bewusst auf jeglichen Luxus oder Komfort. Auch wenn sie es Marc gegenüber nie zugegeben hätte, sollte der Aufenthalt in der *Weißen Düne* tatsächlich eine kleine Auszeit werden. Natürlich hoffte sie auf das Auftauchen der Polarlichter, aber Naturphänomene zeigten sich eben nicht auf Knopfdruck. Sie würde also in den nächsten Nächten mit ihrer Kamera auf die Pirsch gehen, sich zeitgleich aber genauso an den Annehmlichkeiten des gemütlich eingerichteten Domizils erfreuen. Sofort, nachdem sie das kleine Haus betreten hatte, bemerkte sie den großen Stapel Feuerholz. Da hatte es jemand gut mit ihr gemeint. Beim Nähertreten entdeckte sie eine kleine Karte. Mit etwas ungelenker Schrift stand darauf geschrieben:

Moin Ella,

mit großer Freude habe ich Ihren Namen auf der Reservierungsliste entdeckt. Da es in den nächsten Tagen sehr kalt werden soll, habe ich Ihnen mal 'n büschen Feuerholz bereitgestellt. Im Kamin ist bereits alles für Ihr erstes Feuer vorbereitet. Sie brauchen nur ein flammendes Streichholz darunter zu halten und schon wird sich wohlige Wärme in Ihrem Bungalow ausbreiten. Genießen Sie Ihren Aufenthalt in der Weißen Düne. Meine Handynummer haben Sie ja. Melden Sie sich gerne bei mir, vielleicht finden wir dieses Mal die Zeit, um Fotos für die Reportage zu machen.

Beste Grüße
Ihr Torge Trulsen

Ein Lächeln zog über Ellas Gesicht. Nach dem unerfreulichen Gespräch mit Katja und der irritierenden Begegnung mit Marc freute sie sich über diesen herzlichen Empfang. Sie nahm sich fest vor, den ungewöhnlichen Hausmeister in den nächsten Tagen anzurufen.

Zuerst folgte sie der Aufforderung auf der Karte und ließ im Anschluss ihren Blick über die Dünen wandern, die in der Dunkelheit des frühen Abends lediglich zu erahnen waren. Dieses Panoramafenster war einfach phänomenal. Sie konnte hier gemütlich im Ohrensessel entspannen und gleichzeitig auf das Auftauchen der ersten Polarlichter warten. Bestimmt würden die Fotos aus dieser Perspektive außergewöhnlich werden. Ein aufgeregtes Kribbeln breitete sich von ihrer Magengegend über den ganzen Körper aus. Sie hoffte sehr, dass ihr spontanes Handeln belohnt werden würde. Polarlichter hatte sie bereits in Island und Norwegen gesehen, aber hier wäre es etwas ganz Besonderes.

Torge in St. Peter-Ording

Freitag, den 1. Dezember

Selten hatte sich Torge Trulsen derart auf die Adventszeit gefreut. Ein anstrengendes Jahr lag hinter ihm. Das betraf sowohl die Saison in der *Weißen Düne* als auch die zahlreichen Kriminalfälle, von denen seine geliebte Küstengemeinde an der Nordsee heimgesucht worden war und in die er hautnah verwickelt wurde. Nach wie vor lief ein Schauer über seinen Rücken, wenn er sich daran erinnerte, wie er bei einem eigentlich harmlosen Krankenhausaufenthalt, selbst in Gefahr geraten war. In der Rückschau schien es ihm trotzdem nicht so bedrohlich, wie das Erlebnis, welches die Kommissarin verkraften musste. Charlotte Wiesinger wäre fast das nächste Opfer einer Mordserie geworden, wenn er selbst nicht so beherzt eingegriffen und ihre Entführung beendet hätte.

Auch im Anschluss an diese beiden Fälle blieb ihm keine Zeit, um Luft zu holen und sich von den Strapazen zu regenerieren. Kaum hatten sie den Täter gefasst, wurde wieder ein Leichnam gefunden. Torges Faszination für Kriminalfälle war ungebrochen, doch jetzt, in der besinnlichen Zeit des Jahres, würde er sich über eine Pause freuen - sowohl in der *Weißen Düne* als auch als inoffizielles Mitglied im Team der Kriminalkommissare von St. Peter-Ording.

An diesem Wochenende fand eine große Hochzeit in der Ferienanlage statt. Angeblich handelte es sich um Prominente. Er selbst hatte die Namen der Brautleute nie gehört, aber Annegret war sofort neugierig geworden. Aufgeregt blätterte sie in ihren Zeitschriften der Regenbogenpresse und fand schließlich die Braut – eine Sängerin, die vor einigen Jahren eine dieser Castingshows gewonnen hatte. Seitdem tingelte sie durch verschiedene TV-Formate und machte Werbung für eine Pflegeserie. Unter Prominenz verstand Torge zwar etwas anderes, aber im Grunde war es ihm völlig egal. Die Vorbereitungen hatte er fast abgeschlossen. Der Festsaal war in weißen und tiefblauen Farben dekoriert, was an eine herrliche Winterlandschaft erinnerte. Immerhin sah es sehr geschmackvoll aus.

In organisatorischen Fragen war er diese Woche von Greta Petersen unterstützt worden, die eigentlich längst in Rente war. Da es der Managerin der Ferienanlage bisher nicht gelungen war, die Stelle nach dem Tod ihrer Nachfolgerin erneut zu besetzen, half die altgediente Sekretärin in Stoßzeiten aus. Torge hatte sich neben der Erledigung etlicher Aufgaben über einen Plausch bei Kaffee und Franzbrötchen gefreut.

Am späten Nachmittag des Donnerstags wollte er nur noch schnell die Terrasse checken, auf der die Hochzeitsgäste am Abend Porzellan zu Ehren des Brautpaares zerschlagen sollten.

Annegrets Mutmaßung, dass es sich dabei vielleicht nicht nur um mitgebrachtes Geschirr handelte, löste nicht nur Erstaunen, sondern auch Entsetzen in ihm aus. Die würden es ja wohl nicht wagen, das Eigentum der Ferienanlage zu beschädigen! Wie sollte es Glück bringen, wenn dieser Brauch von einem Diebstahl begleitet wurde? Torge nahm sich fest vor, Stellung in dem Saal zu beziehen und auf das Benehmen der Gäste zu achten.

Auf dem Rückweg zu dem Kabuff, das er als Büro nutzte, klingelte sein Mobiltelefon. Spontan befürchtete er einen neuen Auftrag, der ihm so kurz vor seiner Pause wirklich ungelegen kam. Bevor der Polterabend begann, wollte er sich wenigstens stärken. Das war ja wohl nicht zu viel verlangt!

Der Blick auf das Display seines Handys ließ seine Laune jedoch sofort wieder steigen. Die großartige Fotografin Ella Shepherd schien in der *Weißen Düne* angekommen zu sein. Wahrscheinlich hatte sie bereits seine Aufmerksamkeit und den damit verbundenen Gruß entdeckt. Ob sie sich gleich mit ihm treffen wollte? Bei aller Vorfreude auf das Wiedersehen hielt er dies jedoch für unwahrscheinlich. Vermutlich wollte sie sich einfach bei ihm bedanken und eine Verabredung für die nächsten Tage treffen.

„Moin Ella! Wie nett, dass du mich gleich anrufst, min Deern! Wo geiht di dat?", begrüßte er sie freudig. In dem kleinen Brief hatte er sie gesiezt, aber jetzt am Telefon schien es ihm ganz natürlich, sie einfach zu duzen. Vielleicht, weil sie vom Alter her seine Tochter sein könnte.

Ella schien nichts dagegen zu haben und antwortete mit einem glockenhellen Lachen. „Herrlich, auf diese Weise begrüßt zu werden. Da fühlt man sich gleich wie zu Hause."

„Na, das will ich wohl meinen! Bist ja oft genug in der großen weiten Welt unterwegs. Freut mich, dass du gleich eine ganze

Woche gebucht hast. Bist du wegen der Reportage hier, die du über mich machen willst?", fragte er neugierig.

Wieder klang das glockenhelle Lachen durch den Hörer. „Unter mangelndem Selbstbewusstsein leiden Sie nicht gerade", ließ sie sich auf den lockeren Ton ein.

„Noch nie!", bestätigte er grinsend.

„Den Eindruck hatte ich bereits bei unserer ersten Begegnung. Ehrlich gesagt führt mich ein anderes Anliegen hierher, trotzdem würde ich mich sehr freuen, wenn wir dieses Mal Zeit finden, eine Fotostrecke aufzunehmen. Wollen wir gleich einen Termin dafür festhalten?", fragte Ella.

„Gerne", antwortete Torge sofort. „Am Montag habe ich frei, also viel Zeit. Wir könnten gemeinsam frühstücken und danach direkt loslegen. Was hältst du davon?"

„So machen wir es. Frühstück um zehn. Im Anschluss können wir erst in der Ferienanlage einige Fotos machen und danach am Strand - oder vielleicht sogar bei Ihnen zu Hause. Wie klingt das für Sie?"

„Einfach wunderbar! Meine Frau wird sich bestimmt ebenfalls freuen, dich kennenzulernen. Vielen Dank, Ella! Genieß das Wochenende und den Komfort deines Bungalows. Wenn etwas nicht in Ordnung ist, melde dich bitte bei mir."

Nachdem sie es bestätigt hatte, legte er auf. Beschwingt kontrollierte er den Posteingang seiner Arbeitsaufträge, der erfreulicherweise nichts Dringendes bereithielt. So blieb ihm genug Zeit für ein schmackhaftes Abendessen in der Mitarbeiterkantine, bevor es mit dem Gepolter losging.

Obwohl es am gestrigen Abend spät geworden war, stand Torge am Freitag früh auf. In der Friesenküche seiner gemütlichen Reetkate wurde er von seiner besseren Hälfte erwartet. Auch Annegret gehörte zu den Frühaufstehern und betätigte bereits am Herd, um ihm - vermutlich aufgrund des anstrengenden Wochenendes, das er zu bewältigen hatte - ein gehaltvolles Frühstück zuzubereiten. Der Duft von gebratenem Speck und Zwiebeln regte sofort seinen Appetit an.

„Moin, min seute Deern. Du bist aber früh auf den Beinen", begrüßte er sie erfreut. Morgens alleine zu essen, war nicht nach seinem Geschmack.

„Na, du doch auch", erwiderte sie mit einem Lächeln. „Warum soll ich weiter im Bett herumkugeln, wenn du Extraschichten schieben musst. Außerdem freue ich mich, wenn wir wenigstens am Wochenende gemütlich zusammen frühstücken können."

Torge drückte ihr einen Kuss auf die Wange. „Du bist die Beste. Das geht mir genauso. Hmm, duftet das lecker", freute er sich.

„Nimm dir einen Kaffee, es geht gleich los." Annegret schlug zwei Eier auf und stellte die Pfanne wenige Minuten später vor ihm auf den Tisch. Sie selbst bevorzugte ein Brötchen mit selbst gekochter Marmelade. „Und? Wie war es gestern? Haben sich die Gäste benommen?" Die Neugier war ihr ins Gesicht geschrieben.

Torge freute sich an ihrem Interesse für seine Arbeit. „Wider Erwarten ist alles entspannt und friedlich abgelaufen, obwohl der Alkohol in großen Mengen geflossen ist. Scheint eine illustre Gesellschaft zu sein. Ich bin wirklich froh über diese Entwicklung. Vermutlich werden an den kommenden zwei Tagen überwiegend dieselben Leute dort sein. Einige sind heute bestimmt verkatert, aber ich mache mir wenig Sorgen, dass es zu Beschädigungen oder anderen Peinlichkeiten kommt."

„Dann hast du heute also gar nicht viel zu tun?", fragte sie mit einem spitzbübischen Lächeln.

Torge grunzte. „Schön wär's! Das Brautpaar möchte seinen Gästen an jedem Tag etwas Neues bieten. Wir müssen den

Festsaal nicht nur aufräumen und reinigen, sondern komplett umbauen, also das Mobiliar anders hinstellen und die Dekoration in neuen Farben herrichten. Solange alles friedlich abläuft, macht mir das nichts aus. Nach diesem Wochenende wird es in der *Weißen Düne* deutlich ruhiger werden, dann gibt es bestimmt mal wieder mehr Zeit für uns."

„Darauf freue ich mich", entgegnete Annegret und nahm einen Schluck aus ihrem Kaffeepott. „Ich möchte unbedingt mal wieder über einen Weihnachtsmarkt bummeln. Vielleicht finden wir dort ein paar schöne Geschenke für die Familie."

Er nickte. „Der Markt in Husum eröffnet bestimmt demnächst."

„Ach, nach Husum fahren wir so oft. Ich möchte lieber nach Hamburg oder Lübeck. Vielleicht können wir es sogar mit einem adventlichen Konzertbesuch verbinden. Was hältst du davon?"

Torge kniff die Augen zusammen und musterte sie. „Wirklich? Schon wieder? Wir waren schließlich erst vor Kurzem in der Elbphilharmonie."

„Und das war einfach ein großartiges Erlebnis. Sowas sollten wir viel häufiger machen. Das ist eine schöne Einstimmung auf Weihnachten und die besinnliche Zeit davor." Annegret ließ nicht locker. Wenn sie sich etwas in den Kopf gesetzt hatte, blieb sie in der Regel hartnäckig, bis er nachgab. Er konnte also genauso gut sofort einlenken.

„Also gut. Wenn du dich um die Karten kümmerst, bin ich dabei. Dann legen wir es aber auf einen Tag. Zweimal fahre ich vor Weihnachten nicht nach Hamburg."

Annegret strahlte. Im Grunde war es sehr einfach, sie glücklich zu machen.

„Nun muss ich aber los", erklärte er, nachdem der Teller leergeputzt war. „Wie du eben gehört hast, wartet viel Arbeit auf mich. Wir sehen uns heute am späten Nachmittag."

Der Tag verging in großer Betriebsamkeit. Die meisten der Mitarbeiter waren damit beschäftigt, den Festsaal vorzubereiten sowie die Ferienbungalows der Hochzeitsgäste aufzufrischen. Um sechzehn Uhr sollte in der *Weißen Düne* ein Sektempfang als Abschluss der standesamtlichen Trauung stattfinden. Abends würde warmes Essen serviert werden.

Torge hatte zwischendurch nach Ella Shepherd Ausschau gehalten, sie aber in der Ferienanlage nirgends entdeckt. Im Grunde genommen war das kein Wunder, sie war sicherlich für einen Auftrag unterwegs. Er war gespannt, ob er am Montag mehr darüber erfahren würde. Noch aufregender war natürlich die Vorstellung, im Mittelpunkt einer ihrer Reportagen zu stehen. Torge konnte es kaum abwarten, zu erfahren, was sie alles für ihn geplant hatte. Aber vorher musste er sich darum kümmern, dass hier alles wie am Schnürchen lief und das Brautpaar samt ihrer Hochzeitsgäste am Ende des Wochenendes zufrieden waren.

Heute Abend würde er Annegret bitten, mal seinen Schrank durchzuschauen. Sie konnte ihn bestimmt beraten, welche Klamotten er bei der Aufnahme der Fotos tragen sollte. Schon oft hatte er vor einer Fernsehkamera gestanden. Dabei hatte es sich stets um ein Interview gehandelt, das nach wenigen Minuten wieder beendet war. Ellas Reportagen mit außergewöhnlichen Persönlichkeiten im Mittelpunkt umfassten zwanzig bis dreißig Minuten. Damit war er wohl mindestens so prominent wie die Sängerin, die heute ihrem Angetrauten das Ja-Wort gab.

Torge schob den Gedanken beiseite. Jetzt hieß es, in den Endspurt zu gehen. Wenn alles erledigt war, konnte er beruhigt Feierabend machen. Die Verantwortung für den Saal übernahm dann das Team vom Restaurant. Er war morgen früh wieder mit von der Partie, um die gleichen Arbeiten wie heute erneut durchzuführen. Ein letztes Mal kontrollierte er, ob alles an seinem Platz stand, und nickte schließlich zufrieden. Weder von seiner Chefin Marina Lessing noch von den Gästen würde es Klagen geben.

Er war bereits auf dem Weg zu seinem alten Kombi auf dem Mitarbeiterparkplatz, als sein Handy sich meldete. Einen Moment überlegte er, es einfach zu ignorieren, weil er sich seinen Feierabend heute wirklich redlich verdient hatte. Jetzt noch einmal zurückzukehren, ging ihm erheblich gegen den Strich. Nach dem dritten Klingeln überwog sein Pflichtbewusstsein. Vielleicht handelte es sich ja wirklich um etwas Wichtiges, ansonsten konnte er es an seinen Kollegen Hansen delegieren. Die Nummer auf dem Display kam ihm irgendwie bekannt vor, genau konnte er sie jedoch nicht einordnen.

„Torge Trulsen", meldete er sich.

„Torge!", vernahm er eine leise Stimme. Es folgte ein Flüstern, von dem er allerdings nichts Genaues verstand.

„Wer ist dran?", fragte er etwas unwirsch. Trieb da jemand einen Scherz mit ihm?

„Leni", piepste es aus dem Telefon. „Hier ist Leni." Mehr brachte sie nicht heraus.

Torge kramte in seinem Gedächtnis.

„Die Azubine der *Weißen Düne*", fügte sie leise hinzu und endlich fiel bei ihm der Groschen.

Er hatte die Kleine in ihren ersten Wochen unter seine Fittiche genommen. Leni war sehr jung und hatte im August bei ihnen eine Lehre als Hotelfachfrau begonnen. Vermutlich war sie im Moment als Zimmermädchen eingeteilt. Gab es Probleme mit irgendwelchen Gästen? Etwa von der Hochzeit? Die sollten sich jetzt eigentlich alle im Festsaal aufhalten. Während seine Gedanken rotierten, meldete sich Leni wieder zu Wort.

„Torge! Kannst du bitte sofort herkommen? Ich weiß nicht, was ich machen soll. Ich bin im Bungalow Nummer 13." Ihre Stimme zitterte und versagte schließlich.

Vor Schreck blieb er mitten im Lauf stehen. Die Zahl hallte in seinen Ohren wider, seine Hände begannen feucht zu werden. Er umklammerte das Mobiltelefon, damit es ihm nicht aus den Händen rutschte.

„Im Bungalow Nummer 13?", wiederholte er fassungslos.

„Ja."

„Und was ist das Problem?" Auch seine Stimme vibrierte nun.

„Torge! Es ist fürchterlich. Hier liegt eine Frau auf dem Boden." Es schien Leni alle Kraft zu kosten, ihm überhaupt zu antworten. „Neben ihrem Kopf befindet sich eine Blutlache."

„Eine Blutlache?", echote Torge. Sein Verstand wehrte sich gegen die Informationen, die er gerade bekam.

„Ja. Aber sie muss hier schon eine Weile liegen, das Blut ist ganz dunkel, so als wäre es bereits getrocknet." Die Konzentration auf die Fakten schien ihr neue Kraft zu geben. Immerhin genug, um seine Fragen zu beantworten.

Torges Beine hingegen drohten den Dienst zu versagen. Fast hätte er sich einfach auf den Boden gesetzt, riss sich aber zusammen.

Wieder meldete sich Leni zu Wort. „Das Bitte-nicht-stören-Schild hing an der Tür. Und wir haben ja heute so viel mit den Bungalows der Hochzeitsgäste zu tun gehabt. Da es nun aber nach sechzehn Uhr ist, dachte ich, es hängt vielleicht versehentlich an der Tür. Ich habe erst geklopft und schließlich von der Terrassenseite in den Bungalow geschaut. Da habe ich sie liegen sehen. Deshalb bin ich reingegangen", rechtfertigte sie ihre Vorgehensweise.

„Und es ist wirklich der Bungalow Nummer 13?", vergewisserte sich Torge erneut. Das durfte einfach nicht wahr sein!

„Ja“, bestätigte Leni. „Kannst du bitte herkommen? Ich glaube, sie ist tot.“

Lilly in St. Peter-Ording

Freitag, den 1. Dezember

Obwohl Lilly Morgenroth am bevorstehenden Wochenende keine besonderen Pläne hatte, freute sie sich auf die freie Zeit. Manchmal war es einfach schön, spontan etwas zu unternehmen oder mal gar nichts zu machen. Im Sommer war sie sportlich sehr aktiv. Sie liebte das Kite-Surfen oder mit Freunden an der Küste unterwegs zu sein. Jetzt in der dunklen Jahreszeit verkroch sie sich auch gerne zu Hause und schaute sich - bewaffnet mit einer Tüte Chips - Serien auf Netflix an. Das konnte sie stundenlang durchhalten. Ab und zu fragte sie sich, ob sie aktiver werden sollte, um ihr Singledasein zu beenden, fühlte sich jedoch durch die Erfahrungen im vorletzten Fall abgeschreckt, ebenfalls mit einem Profil auf einer Datingplattform online zu gehen. Am besten überließ sie es dem Zufall oder ihrem Schicksal. Irgendwann würde ihr der Richtige über den Weg laufen, davon war die junge Kommissarin überzeugt.

Ein wenig hatte Lilly darauf gehofft, dass sich der Kollege aus Husum, den sie bei der Observierung der Spelunke im letzten Fall kennengelernt hatte, bei ihr melden würde. Das war bisher nicht geschehen. Sollte sie den ersten Schritt gehen oder lieber abwarten? Jetzt vor Weihnachten hatten alle viel zu tun, vielleicht würde er sich Anfang des Jahres melden. Normalerweise verhielt sie sich forscher, aber irgendetwas hielt sie dieses Mal zurück, selbst die Initiative zu ergreifen.

Egal, sie fühlte sich alleine sehr wohl und vielleicht war es gar nicht so schlecht, nach den anstrengenden Wochen eine Pause einzulegen, bevor sie sich auf ein neues Abenteuer einließ. Obwohl diese Woche ruhig verlaufen war, fühlte sie sich irgendwie erschöpft. Zeit, um Feierabend zu machen! Charlie hatte das Revier bereits verlassen, Fiete und Knud räumten ebenfalls ihre Schreibtische auf. Während sie ihren Rechner herunterfuhr, klingelte das Telefon des Revierleiters.

„Und, was hast du am Wochenende vor?“, wandte sich Lilly an Knud. „Hat Charlie dich gar nicht gefragt, ob du sie nach Hamburg begleiten willst?“

Statt sich provozieren zu lassen, zeigte Knud sein entspanntes Grienen. „Du bist bestimmt eingeweiht, dass ihre Freundin morgen Geburtstag hat und ihr Treffen lange geplant war.“

Lilly nickte. „Ich dachte ja nur. Da Ihr die Störelemente endlich beseitigt habt und dabei seid, euch anzunähern, ist es eher ungewöhnlich, ein ganzes Wochenende ohne dich zu verreisen.“

„Vielen Dank für deine Besorgnis, aber ich komme alleine gut klar. Darin habe ich jahrelange Übung“, witzelte Knud. „Wie sieht es eigentlich mit deinem Liebesleben aus? Seit du hier in Sankt Peter-Ording angekommen bist, gehst du ziemlich einsam durchs Leben.“

„Tja, ich liebe eben meine Unabhängigkeit", grinste sie ihn an. Auf keinen Fall wollte sie ihn in ihre eben angestellten Überlegungen einweihen. Dafür wusste sie viel zu wenig über den Kollegen aus Husum. Vielleicht beruhte die Anziehung nicht auf Gegenseitigkeit.

„Ich weiß, Ihr habt eigentlich Feierabend", unterbrach Fiete das Geplänkel. „Leider wird daraus nichts. Torge hat mich gerade angerufen. Wie es aussieht, hat es in der *Weißen Düne* einen Mord gegeben."

„Trulsen hat schon wieder eine Leiche gefunden?", fragte Lilly entsetzt.

„Nein, es war eine junge Kollegin, die sich dort in der Ausbildung befindet. Vor lauter Schreck wusste sie nicht, an wen sie sich wenden sollte. Also ist ihr Hilferuf bei Torge gelandet. Er hat sich wohl anfangs ein wenig um sie gekümmert, um ihr den Start am Arbeitsplatz zu erleichtern", antwortete Fiete.

„Das klingt ganz nach unserem allseits hilfsbereiten Schwerenöter", bestätigte Knud. „Warum hat er nicht auf meinem Handy angerufen? Das macht er sonst immer."

„Du hast es wohl ausgeschaltet oder dein Akku ist leer", ant wortete Fiete. „Das ist jetzt aber nebensächlich. Fahrt bitte zur *Weißen Düne*. Die Tote liegt im Bungalow Nummer 13. Da Charlotte bereits im Wochenende weilt, nehmen wir die Ermittlung ohne sie auf. Ihr schaut euch vor Ort um und ich informiere die Spurensicherung sowie die Gerichtsmedizin. Tut mir leid. Ich hoffe, Ihr hattet für dieses Wochenende keine großen Pläne."

Knud und Lilly wechselten einen Blick. Beide mussten unwillkürlich grinsen.

„Ist schon in Ordnung, Chef", erwiderte Lilly, obwohl sie Charlie insgeheim um die freien Tage beneidete. „Hast du weitere Informationen für uns?"

„Das Zimmermädchen hat die Frau gerade erst gefunden. Allem Anschein nach wurde sie erschlagen, vermutlich bereits in der letzten Nacht. Ihr Kopf ist von einer großen Blutlache umgeben, die bereits getrocknet ist."

„Ein Raubmord?", kam es Lilly sofort in den Sinn.

„Möglich. Hoffentlich hat Torge genug gelernt, um nicht selbst alles durchzukramen und mögliche Spuren zu vernichten. Am besten fahrt Ihr sofort los. Ich möchte, dass Ihr euch selbst ein Bild von der Angelegenheit macht."

„Weißt du, um wen es sich bei der Toten handelt? Sicherlich hatte sie selbst den Bungalow gemietet, oder?"

„So ist es. Es handelt sich um eine Fotografin, anscheinend ziemlich bekannt. Ihr Name ist Ella Shepherd", gab Fiete die Informationen weiter, die er von Trulsen bekommen hatte.

„Nie gehört", bemerkte Lilly.

„Würde mich nicht wundern, wenn Torge sie persönlich kannte und ihren Namen nicht nur von dem Meldezettel weiß", mutmaßte Knud.

„Da liegst du absolut richtig, aber das wird er dir selbst gleich ausführlich berichten." Auch Fiete konnte trotz der schlechten Nachrichten ein Schmunzeln kaum unterdrücken.

„Na, dann wollen wir mal", beendete Lilly das Gespräch. „Fährst du, Knud?"

Als sie wenig später bei dem Ferienbungalow eintrafen, hatte ihr inoffizieller Hilfssheriff den Tatort perfekt abgesichert. Obwohl Lilly mit dem ausgeprägt selbstbewussten Hausmeister immer noch nicht richtig warm wurde, musste sie zugeben, dass er manchmal wirklich nützlich war. Immerhin wusste er, wie man sich gegen Schaulustige zur Wehr setzte und einen Leichnam vor neugierigen Blicken schützte. Obwohl damit an diesem Tatort nicht umgehend zu rechnen war, hatte er vorsorglich die

Außenjalousien des Bungalows heruntergelassen und stand nun wartend vor der Eingangstür.

Auch das Zimmermädchen, das die Tote entdeckt hatte, saß trotz der Kälte auf der Bank daneben. Vermutlich hielt sie es alleine im Innenbereich nicht aus. Mit einer Decke über den Schultern wirkte sie wie ein Häufchen Elend, dabei starrte sie vor sich auf den Boden. Lilly spürte Mitleid mit der Frau. Eigentlich handelte es sich eher um ein junges Mädchen. Das Gesicht wirkte verletzlich, sie schien noch keine zwanzig zu sein.

„Guck du dich schon mal in dem Ferienhaus um, Knud", forderte sie den Kollegen auf. „Ich kümmere mich um das Zimmermädchen, damit sie nicht länger als nötig warten muss. Die Spurensicherung wird bestimmt in Kürze eintreffen."

Knud nickte und betrat kurz darauf in Begleitung seines Kumpels den Bungalow. Einen Moment lang spürte Lilly Unwillen aufsteigen, weil sich der Hausmeister weiter in ihre Ermittlung drängte. Wie schaffte der das bloß, jedes Mal als Erster am Tatort zu sein? Die junge Kommissarin schwankte zwischen Unmut und Amüsiertsein. Schließlich schob sie die unnützen Emotionen beiseite. Torge Trulsen war zwar eine Plage, aber trotzdem irgendwie ein Teil des Teams - ob sie wollte oder nicht.

Sie setzte sich neben die junge Frau, die nach wie vor den Blick gesenkt hielt, auf die Bank. Erst jetzt sah Lilly, dass sie trotz der wärmenden Decke am ganzen Leib zitterte, wofür wahrscheinlich nicht nur die Kälte, sondern auch die nervliche Belastung verantwortlich war.

„Moin, ich bin Lilly und arbeite hier in Sankt Peter-Ording für die Polizei. Wer bist du?"

„Leni", flüsterte die Gefragte. „Mein Name ist Annalena Lorenz, aber alle nennen mich nur Leni."

„Okay, Leni. Kannst du mir kurz erzählen, was passiert ist? Es wird nicht lange dauern. Im Anschluss bringe ich dich zur Rezeption. Bestimmt wird dich jemand nach Hause fahren."

Leni guckte sie an. „Vielleicht hätte ich es verhindern können, wenn ich früher ins Haus gegangen wäre. Die Premiumbungalows werden normalerweise bevorzugt behandelt, also die putzen wir zuerst. Da hing aber das Schild und wir hatten so viel mit den Domizilen der Hochzeitsgäste zu tun", stammelte sie mit gequältem Gesichtsausdruck.

„Mach dir darüber keine Gedanken", versuchte Lilly das Mädchen zu beruhigen. „Möglicherweise ist der Mord bereits in der vergangenen Nacht verübt worden."

Leni zuckte zusammen. „Ich habe nie zuvor einen toten Menschen gesehen. Das ist wirklich ein abscheulicher Anblick. Die arme Frau! Jemand muss ihr mit voller Wucht auf den Hinterkopf geschlagen haben. Da war so viel Blut!" Scheinbar brauchte sie es, das eben Erlebte in drastische Worte zu fassen, um damit klar zu kommen. Danach wurde sie etwas ruhiger.

„Ich weiß genau, was du meinst", antwortete Lilly. „Ich habe mich an den Anblick bisher nicht gewöhnen können, obwohl ich mittlerweile mit einigen Leichen konfrontiert worden bin. Ist dir am Tatort sonst irgendetwas aufgefallen? Oder vielleicht am Tag davor?"

Leni schüttelte den Kopf. „Frau Shepherd ist gestern erst angereist. Ich habe den Bungalow gründlich geputzt. Zwischendurch ist Torge vorbeigekommen, um das Kaminholz aufzufüllen. Ehrlich gesagt weiß ich nicht, ob irgendetwas ungewöhnlich war. Dafür war ich einfach zu schockiert. Sofort als ich den Raum betrat, habe ich all das Blut um den Kopf der toten Frau gesehen. Das war von der Terrasse aus nicht zu erkennen gewesen", erklärte sie. „Ich konnte mich nur mühsam beherrschen, nicht sofort schreiend davonzulaufen. Nachdem ich mich ein bisschen beruhigt hatte, habe ich Torge angerufen, weil er immer so hilfsbereit ist und für die meisten Dinge eine Lösung findet."

Lilly musste unwillkürlich grinsen.

„Kennen Sie Torge Trulsen?", wollte Leni wissen.

„Wer auf Eiderstedt kennt ihn nicht?", rutschte es Lilly heraus, was Leni ein schwaches Lächeln entlockte. „Komm, ich bringe dich jetzt zur Rezeption. Falls dir noch etwas einfällt, können wir morgen darüber schnacken."

Wenig später kehrte Lilly zu dem Bungalow zurück. Sie konnte es nun kaum abwarten, den Tatort zu begutachten. War die bekannte Fotografin einem Raubmord zum Opfer gefallen oder handelte es sich vielleicht um ein Eifersuchtsdrama? Die Brutalität des eingeschlagenen Schädels wies auf ein Verbrechen aus Leidenschaft hin, aber das konnte natürlich täuschen. Möglicherweise hatte sie einfach nach der Rückkehr von einer nächtlichen Fotosession einen Einbrecher überrascht, der es auf ihre Ausrüstung abgesehen hatte.

Lilly war am Vortag erst spät ins Bett gegangen und hatte die außergewöhnlichen Polarlichter in grünen und rosafarbenen Tönen über Eiderstedt leuchten sehen. War die Fotografin extra wegen dieser Naturphänomene in der Küstengemeinde angereist oder handelte es sich dabei lediglich um einen Zufall? Meist basierte Erfolg auf sorgfältiger Planung und der Bereitschaft, ein gewisses Risiko einzugehen – und war keine Glückssache.

Als sie das Feriendomizil betrat, hielt sie unvermittelt die Luft an. Niemand hatte sie auf den unangenehmen Geruch vorbereitet, der hier herrschte. Obwohl die Flügeltüren zur Terrasse weit geöffnet waren, hing er schwer im Raum. Komisch, dass Leni es nicht erwähnt hatte!

„Moin Kommissarin Morgenroth", wurde sie erneut von dem Hobbyermittler begrüßt, der sich wie selbstverständlich am Tatort bewegte.

Lilly nickte ihm lediglich zu und versuchte so flach wie möglich zu atmen. Ihr Blick wanderte durch den Raum. Der großzügige Wohn-Ess-Bereich mit der offenen Küche war ordentlich hinterlassen worden. Nichts wies auf einen Einbruch hin, bei dem alles durchwühlt worden war.

„Konntet Ihr bereits feststellen, ob etwas fehlt?", wandte sie sich an Knud.

„Natürlich wissen wir nicht, was sie alles mitgebracht hat, aber es gibt unter ihren Sachen weder eine Kameraausrüstung noch einen Laptop oder ein Handy. Der Mörder hat sich also für ihr technisches Equipment interessiert", antwortete er.

„Hört sich so an, als wären ihre Papiere und Karten noch da?", hakte Lilly nach.

„Ja, das stimmt. In ihrer Geldbörse befand sich kein Bargeld, aber Ausweise, EC- und Kreditkarten konnten wir sicherstellen."

„Es handelt sich also um Ella Shepherd?"

„Ja. Mit bürgerlichem Namen heißt sie Gabriele Schäfer. Vermutlich fand sie den Künstlernamen klangvoller", warf Torge Trulsen ein.

„Ich denke, sie wollte den internationalen Durchbruch erreichen und hat sich gleich mit einem entsprechenden Namen ausgestattet. Clever", bemerkte Lilly anerkennend. „Habt Ihr irgendwelche Spuren entdeckt, die auf den Täter hinweisen?"

„Die Spusi hat gerade ihre Arbeit aufgenommen. Wir müssen uns also gedulden", erklärte Knud. „Schau dich gerne selbst um."

Obwohl sie es zu vermeiden versuchte, wanderte ihr Blick immer wieder zu dem Leichnam mit der klaffenden Kopfwunde, aus der das viele Blut ausgetreten war. Mehr, um sich abzulenken, führte sie das Gespräch fort. „Habt Ihr die Tatwaffe gefunden?"

„Bisher nicht."

„Seid Ihr schon auf der Terrasse gewesen?" Der Fluchtimpuls vergrößerte sich. Lilly brauchte unbedingt frische Luft und ein wenig Abstand zu dem toten Körper, der noch gestern eine wirklich attraktive Frau gewesen war. Was für eine Verschwendung!

Ohne eine Antwort abzuwarten, verließ sie den Bungalow. Das Dünenpanorama wirkte sogar bei der eintretenden Dunkelheit atemberaubend. In der Ferne konnte Lilly die Pfahlbauten erkennen. Am Strand war zu dieser Jahreszeit nicht viel los. Am liebsten hätte sie den Tatort einfach verlassen, um einen ausgiebigen Spaziergang an der Wasserkante oder im Watt zu unternehmen. Aber das war natürlich nicht möglich. Seufzend riss sie sich von dem Blick in die Ferne los und konzentrierte sich auf den Bereich vor der Terrasse.

Hatte der Täter den Bungalow auf diesem Weg verlassen? Oder zumindest die Tatwaffe von hier aus in die Dünen geschleudert? Sie war versucht, selbst danach zu suchen, wollte aber keine möglichen Spuren vernichten. Lieber wartete sie, bis einer der Techniker das Areal gecheckt hatte. Viel konnte man bei diesen Lichtverhältnissen ohnehin nicht erkennen. Am besten kehrte sie wieder in den Bungalow zurück und guckte, was Knud und sein Kumpel gerade machten. Interessanterweise beugten sie sich beide in Richtung offener Kaminofentür.

„Na, was sucht Ihr denn da?", fragte sie amüsiert.

„Torge hat eine Ahnung", murmelte Knud.

„Kaminofen als Versteck hatten wir schon. Das ist keine Neuigkeit. Außerdem sieht es ganz so aus, als wäre der erst kürzlich benutzt worden", legte Lilly Veto ein.

„Genau, vielleicht ist hier etwas verbrannt worden, das uns weiterhelfen kann."

Das war zwar ein Widerspruch in sich, aber sollten sich die Männer ruhig die Finger schmutzig machen. Wenn sie Fiete richtig verstanden hatte, war Trulsen der Fotografin bereits früher begegnet. Vielleicht konnte er ein paar nützliche Informationen beisteuern, wenn er aus dem Ofenrohr wieder auftauchte.

„Und?", fragte sie, als die beiden sich aufrichteten.

„Falscher Alarm", brummte Trulsen vor sich hin. „Hätte aber sein können."

„Sagen Sie mal: Fiete meinte, Sie wären mit der Toten bekannt. Wissen Sie etwas über sie, das uns in der Ermittlung nützlich sein könnte? Kennen Sie jemanden aus ihrem Umfeld oder hat sie zumindest etwas aus ihrem Privatleben erwähnt?", stocherte sie im Nebel.

„Ella war im Sommer schon einmal hier. Sie wollte eine Reportage über mich machen." Stolz klang in seiner Stimme mit. Gleichzeitig schien er sich ein wenig zur Decke zu strecken, um größer zu erscheinen.

Lilly grinste. Selbst mit flachen Schuhen überragte sie ihn ein wenig. „Wirklich?", fragte sie erstaunt. „Warum das denn?"

„So uninteressant bin ich ja nun auch wieder nicht", verteidigte er sich in leicht beleidigtem Tonfall. „Immerhin bin ich ein nordfriesisches Original. Das hat sie gleich bei unserer ersten Begegnung bemerkt."

„Okay. Ja, Sie sind toll. Das ist jetzt nicht das Thema, Trulsen. Ging es dabei nur um Sie oder hat Ella Shepherd Ihnen etwas aus ihrem Leben anvertraut?"

„Hhm, nee, nicht so wirklich. Ich weiß lediglich, dass sie in Husum bei ihrer Schwester und ihrem Schwager wohnt."

„Im Ernst? Das ist eher ungewöhnlich. Stehen sich die Schwestern so nahe?", hakte Lilly nach.

„Nein. ... Hhm, weiß ich nicht so genau. Ihre Lebensstile sind komplett gegensätzlich. Ella ist aber so viel unterwegs ... war so viel unterwegs, dass es sich kaum lohnte, eine eigene Wohnung zu unterhalten."

„Das hat sie Ihnen erzählt?", wunderte sie sich.

„Ich hatte im Computer ihre Meldeadresse gesehen und mich gewundert, warum sie sich hier einmietet, wenn sie in einer knappen Stunde zu Hause sein kann", verteidigte sich Trulsen. „Außerdem vertrauen die Menschen mir eben Dinge an." Er zuckte mit den Schultern. „Da kann ich nichts gegen machen."

„Okay. Warum war sie dieses Mal hier? Als Hochzeitsfotografin oder wegen der Polarlichter?"

„Für die Hochzeit ist ein anderer zuständig. Marc Schilling."

„Dann sollten wir mal die sozialen Medien checken, ob sie gestern Nacht etwas gepostet hat, bevor der Mörder sie erwischte. Vielleicht hat es mit diesen Fotos etwas zu tun."

„Das habe ich bereits überprüft", erklärte Trulsen voller Inbrunst.

„Sie sind echt von der schnellen Truppe." Insgeheim ärgerte sich Lilly, dass sie nicht sofort und damit vor ihm auf diese Idee gekommen war.

„Ich musste eine Weile auf euch warten. Auf Instagram hat sie in der Nacht einige Fotos veröffentlicht. Wirklich toll! Die Pfahlbauten erstrahlen in grün. Diese Polarlichter sind echt der Hammer. Ich kann mich nicht daran erinnern, dass wir so etwas hier früher schon einmal sehen konnten. Heute Nacht muss ich selbst danach Ausschau halten. Vielleicht fahre ich mit meiner Frau zum Westerhever Leuchtturm."

„Trulsen, Sie schweifen ab. Was ist mit diesem anderen Fotografen? Wie hieß der? Schiller?"

„Schilling. Marc Schilling."

„Ja, meinetwegen. War der die ganze Nacht mit der Hochzeit beschäftigt oder im Anschluss ebenfalls draußen unterwegs?"

„Keine Ahnung!", erklärte Trulsen.

„Gepostet hat der also nichts?"

„Das habe ich nicht überprüft. So viel Zeit hatte ich nun auch wieder nicht."

„Da sollten wir ansetzen. Vielleicht geht es um Konkurrenz. Immerhin ist die gesamte Ausrüstung der Fotografin verschwunden", wandte sie sich an Knud.

„Ist ein guter Ansatzpunkt. Wir werden beide und ihr Verhältnis zueinander durchleuchten", erwiderte er. „Weißt du, wie die Schwester heißt, Torge?"

„Nein, aber ich kann dir die Adresse besorgen."

„Das wäre prima. Da sollten wir zuerst hinfahren, damit sie es nicht aus der Presse erfährt. Immerhin handelt es sich bei Ella Shepherd um eine prominente Person, da sind die Reporter immer doppelt so schnell."

„Hier ist keiner reingekommen", erklärte Trulsen mit Nachdruck. „Und die Rollläden habe ich auch sofort heruntergelassen, damit niemand von der Terrasse aus Fotos von der Toten schießt."

„Gut. Dann halte du dich bitte ebenfalls zurück, was die Kommunikation mit den Medien angeht. Wir wissen, wie gerne du dich vor einer Fernsehkamera positionierst und deinem Lieblingsreporter ein Interview gibst", konnte sich Knud die Spitze nicht verkneifen.

Trulsen schnitt eine Grimasse. „Das habe ich wirklich verstanden. Schließlich will ich meinen Bonus bei Kommissarin

Wiesinger nicht verscherzen", fügte er mit einem Augenzwinkern hinzu.

„Aha, was wir denken, ist dir also egal", konterte Knud.

„Apropos Charlie. Wir sollten sie verständigen und bitten, ihre Auszeit abzubrechen", wechselte Lilly das Thema.

„Welche Auszeit?", reagierte Knud ungewöhnlich heftig. „Sie ist gerade erst losgefahren. Lass ihr wenigstens den morgigen Tag mit ihrer Freundin. Charlotte hat seit der Entführung nicht zu ihrer alten Form zurückgefunden. Wir alle könnten eine Pause gebrauchen, aber für sie ist es am wichtigsten. Einen oder zwei Tage kommen wir ohne sie aus."

„Ich könnte etwas von ihren Aufgaben übernehmen", bot Trulsen sofort an. „Und mich zum Beispiel hier in der *Weißen Düne* umhören."

„Was soll das bringen?", reagierte Lilly fünscher als beabsichtigt.

„Na ja, immerhin ist sie hier ermordet worden. Aufgrund des Polterabends waren gestern viele Leute hier. Vielleicht hat jemand den Täter beobachtet", ließ er sich nicht so leicht abwimmeln.

Das war nicht von der Hand zu weisen. Allerdings passte es Lilly überhaupt nicht in den Kram, Torge Trulsen offiziell in die Ermittlung einzubeziehen. Schlimm genug, dass Charlie dem schrulligen Hobbyermittler seit der Rettungsaktion fast alles durchgehen ließ. Und Knud war ebenfalls nicht gerade objektiv, wenn es um seinen Kumpel ging. Trotzdem konnte der Hausmeister natürlich gerade hier in der *Weißen Düne* seine Nase quasi wie unbemerkt in die Angelegenheiten der Gäste stecken und sie in einen harmlosen Plausch verwickeln. Dabei hatte er bereits in der Vergangenheit ganz nebenbei interessante Fakten zu Tage gefördert.

„Schaden kann es nicht", schlug sich Knud erwartungsgemäß auf die Seite seines Freundes.

Lilly fühlte sich überstimmt. Am liebsten hätte sie Charlie angerufen und dazu befragt, aber das war natürlich kontraproduktiv. Außerdem kannte sie die Antwort bereits.

„Meinetwegen, aber du übernimmst die Verantwortung, wenn er wieder über die Stränge schlägt." Als Nächstes wandte sie sich direkt an Trulsen: „Hören Sie sich so unauffällig wie möglich bei den Hochzeitsgästen um. Sie befragen nicht den Fotografen, wenden sich auf keinen Fall an die Presse und suchen erst recht nicht die Schwester der Toten in Husum auf. Habe ich mich klar ausgedrückt?"

„Jawoll, Frau Kommissarin. Zu Ihren Diensten, Frau Kommissarin", erwiderte Trulsen in zackigem Tonfall und schlug die Absätze seiner Schuhe zusammen. Dabei verlor er das Gleichgewicht und wäre beinahe umgefallen.

Das sah so komisch aus, dass Lilly in lautes Gelächter ausbrach. Damit hatten weder Knud noch der ambitionierte Hobbyermittler gerechnet.

„Ich glaube, sie nimmt dich nicht ernst", prustete Knud los.

Trulsen schwankte deutlich zwischen Beleidigtsein und aufflammendem Ehrgeiz, ihr das Gegenteil zu beweisen, hielt sich mit einem Kommentar jedoch zurück.

„Wir sollten Charlie trotzdem anrufen. Du weißt genau, wie wichtig die ersten Stunden nach einem Mord sind. Vermutlich wurde Ella Shepherd bereits in der letzten Nacht getötet. Ich muss dir kaum aufzählen, was es jetzt alles zu tun gibt. Da nützt es wenig, wenn Trulsen hier in der Ferienanlage seine Lauscher aufstellt", insistierte Lilly weiter. „Wir könnten sie immerhin anrufen und ihr die Entscheidung überlassen. Wenn wir über ihren Kopf hinweg entscheiden, wird sie nicht begeistert sein."

„Dann bekommst du gleich wieder Stress mit ihr, bevor es mit euch so richtig angefangen hat", mischte sich Trulsen in das Gespräch ein.

„Sie habe ich nicht gefragt", fuhr Lilly ihm über den Mund, obwohl er ihr ein zusätzliches Argument lieferte.

Knud warf beiden warnende Blicke zu. „Lasst mein Privatleben aus dem Spiel", forderte er sie auf. „Das eine hat mit dem anderen überhaupt nichts zu tun."

„Trotzdem ist da was dran", machte sich Lilly den Einwand zunutze. „Du kennst Charlie. Sie wird ausflippen, wenn du ihr nicht die Wahl lässt. Mich haben deine Alleingänge im letzten Fall ebenfalls genervt", setzte sie noch einen drauf, um ihn endlich umzustimmen.

„Ich habe es verstanden", ließ Knud sich nicht provozieren. „Lass es gut sein. Wir fahren jetzt nach Husum, um die Familie zu benachrichtigen, und überlassen der Spusi den Tatort. Die werden hier ohnehin eine Weile brauchen. Charlotte wird frühestens morgen Abend benachrichtigt. Ich nehme das auf meine Kappe."

„Sie könnte es ebenfalls aus den Medien erfahren", startete Trulsen einen weiteren Versuch, Knud umzustimmen.

„Das halte ich für unwahrscheinlich. Insbesondere, wenn du gegenüber der Presse die Klappe hältst und auch bei den Gästen entsprechend umsichtig vorgehst. Denk dran, du willst etwas von denen. Du sollst sie nicht darüber informieren, was hier gestern Nacht geschehen ist, sondern sie ausfragen – und das möglichst unauffällig."

Knud in Husum

Freitag, den 1. Dezember

Obwohl Knud so energisch gegen einen Anruf bei Charlotte argumentiert hatte, fühlte er sich tief in seinem Inneren überhaupt nicht sicher, ob es richtig war. Lilly hatte mit ihren Argumenten absolut recht. Die erfahrene Kollegin hasste es, nicht selbst ihre Entscheidungen treffen zu können und von einer Ermittlung ausgeschlossen zu werden. Darüber hinaus hatte sie in den letzten Jahren so unabhängig gelebt, dass sie Knuds Verhalten bestimmt als übergriffig und bevormundend empfand. Charlotte wollte eine Beziehung auf Augenhöhe – sowohl beruflich als auch privat, das war Knud bewusst. Trotzdem konnte er nicht aus seiner Haut. Er musste sie beschützen, auch wenn sie sich dagegen wehrte und es ihre gerade wiedergewonnene Harmonie und vor allem ihr Vertrauen wieder beschädigte. Knud fühlte sich hin- und hergerissen, entschied sich aber schließlich, bei dem eingeschlagenen Weg zu bleiben.

Bevor sie nach Husum aufbrachen, informierte Knud den Revierleiter. Fiete recherchierte im Gegenzuge den Namen von Ella Shepherds Schwester. Katja Holthusen wohnte zusammen mit ihrem Mann Heiko und drei Kindern am Rande von Husum in einem Gebiet mit Einfamilienhäusern, die bereits Ende der siebziger Jahre gebaut worden waren. Wenn die Familie ein Zimmer für Ella erübrigen konnte, musste das Haus eine beachtliche Größe aufweisen. In dieser Zeit waren die Häuser eher klein gebaut worden, der Anspruch stieg erst in den letzten Jahren. Oder rückte die Familie aus finanziellen Gründen zusammen? Knud nahm sich vor, deren Einkommensverhältnisse zu prüfen und die Höhe der Miete für das Zimmer in Erfahrung zu bringen, obwohl das als Mordmotiv unwahrscheinlich schien. Trotzdem musste er natürlich das Verhältnis zwischen den Schwestern unter die Lupe nehmen.

Weit mehr interessierte Knud allerdings dieser Fotograf Marc Schilling. Für den Konkurrenten war es ein Leichtes, die vermeintlich gestohlenen Fotos als seine eigenen auszugeben. Da die komplette technische Ausstattung aus dem Ferienbungalow verschwunden war, kam er als Täter allemal in Frage.

„Meinst du, dass die Schwester über irgendwelche Lover von Ella Shepherd informiert war? Auch wenn sie als unabhängige Globetrotterin auf dem ganzen Erdball unterwegs war, hat sie bestimmt nicht ihre gesamte Zeit allein verbracht. Immerhin war sie eine sehr attraktive Frau“, überlegte Lilly, als sie schließlich in seinem Dienstwagen neben ihm auf dem Beifahrersitz saß. Obwohl es bereits dunkel war, guckte sie durch das Seitenfenster in die platte Landschaft.

„Wir werden es in Kürze erfahren", erwiderte Knud lapidar. „Glaubst du, es handelt sich um ein Verbrechen aus Leidenschaft? Ein verschmähter Liebhaber oder ein Eifersuchtsdrama?"

„Darüber habe ich nachgedacht, aber Spekulationen bringen uns nicht weiter. Mir kommen sie allerdings automatisch in den Kopf, wenn ich einen Leichnam und seine Verletzungen sehe", antwortete Lilly und gähnte herzhaft. „Bah, heute hätte ich nichts gegen einen gemütlichen Abend vor der Flimmerkiste einzuwenden gehabt."

„Da sagst du was."

„Stört es dich wirklich nicht, dass Charlie dieses Wochenende allein nach Hamburg gefahren ist?", setzte sie nach.

Knud warf ihr einen kurzen Blick zu. „Du bist wirklich eine Nervensäge", erwiderte er lächelnd.

„Das macht der Beruf", grinste sie ihn herausfordernd an.

„Jede Wette: Du warst schon als Kind so neugierig."

„Meine Eltern nannten es wissbegierig." Lilly war nicht auf den Mund gefallen.

„Aha. Ja, so kann man es ebenfalls ausdrücken." Knud legte eine Pause ein, um sie weiter auf die Folter zu spannen. „Also gut, sonst gibst du ohnehin keine Ruhe: Nein, es stört mich überhaupt nicht. Vielleicht hast du einen anderen Eindruck von mir, aber ich sehe mich als modernen Mann, der seiner Partnerin in einer Beziehung Freiheiten zugesteht."

„Ihr seid jetzt also fest zusammen?", unterbrach ihn Lilly. Sie wirkte beinahe atemlos.

Was Knud zum Lachen brachte. „Du bist ungeduldiger als ich."

„Ihr macht es eben wirklich spannend."

„Nein, wir sind nicht fest zusammen."

„Noch nicht", fiel Lilly ihm erneut ins Wort.

„Das hoffe ich zumindest. Aber ich glaube, wir sind nun endlich auf einem guten Weg. Da werde ich sie bestimmt nicht gleich in einen Käfig stecken oder herumnörgeln, weil sie zum Geburtstag ihrer Freundin fährt, was obendrein lange geplant war."

„Hhm."

„Was?", hakte er nach.

„Nix."

„Nun sag schon."

„Du wolltest nicht weiter darüber reden", wich Lilly aus.

„Du glaubst nach wie vor, dass es ein Fehler ist, sie nicht zu informieren."

Lilly nickte. „Ist vermutlich zu viel Freiheit."

„Ich weiß. Aber sie ist gerade angekommen. Lass uns abwarten, was wir gleich bei der Schwester und deren Mann herausfinden. Danach können wir entscheiden, ob wir sie morgen früh anrufen."

„Okidoki", bestätigte Lilly und kuschelte sich in den Sitz. Plötzlich schien sie von einer bleiernen Müdigkeit überfallen zu werden. Nachdem sie erneut herzhaft gegähnt hatte, schwieg sie beharrlich.

Knud griente. Seine junge vitale Kollegin war eingeschlafen.

Als sich die Tür des Einfamilienhauses öffnete, wären Knud und Lilly beinahe zurückgeschreckt. Im Rahmen stand eine Frau, die Ella Shepherd zum Verwechseln ähnlich sah. Zwar war sie circa sechs bis sieben Jahre älter und erheblich molliger, trotzdem fühlte sich Knud im ersten Moment unfähig, etwas zu sagen.

„Ja?", fragte Katja Holthusen. „Sie wünschen?"

Lilly reagierte als Erste. „Moin! Frau Holthusen? Ich bin Kommissarin Lilly Morgenroth und das ist mein Kollege Knud Petersen."

„Polizei?“ Ihre Augen weiteten sich.

Knud konnte sowohl Erschrecken als auch Ungläubigkeit darin entdecken.

„Ist etwas passiert? Doch nicht etwa mit unseren Kindern?“

„Nein“, versuchte Lilly die Frau zu beruhigen. „Wegen Ihrer Kinder sind wir nicht hier. Dürfen wir hereinkommen?“

„Ja, selbstverständlich.“ Katja Holthusen trat einen Schritt zurück. „Bitte entschuldigen Sie die Unordnung. Mit drei Kindern im Haus hängt man immer hinterher. Folgen Sie mir bitte.“ Sie führte die Kommissare in ein geräumiges, aber genauso vollgestopftes Zimmer, das wohl der gesamten Familie als zentraler Treffpunkt diente. Eine der renovierungsbedürftigen Wände wurde von einem riesigen Fernseher dominiert, der gerade eine Quizsendung ausstrahlte. Davor lümmelte sich der Hausherr auf einem Sofa, das seine beste Zeit bereits hinter sich hatte. An den Lehnen waren Kratzspuren zu erkennen, die wohl tierische Mitbewohner hinterlassen hatten.

„Was´n los?“, nuschelte Heiko Holthusen zwischen einer Handvoll Erdnussflips hindurch.

„Das weiß ich nicht. Die beiden kommen von der Polizei. Mach doch mal die Flimmerkiste aus, damit wir hören, was sie uns mitteilen wollen“, forderte Katja Holthusen ihren Mann auf.

Widerwillig kam er der Aufforderung nach. „Haben die Gören wieder etwas ausgefressen?“

„Nein, es geht nicht um Ihre Kinder“, wiederholte Lilly.

Knud konnte ihr ansehen, wie wenig begeistert sie war.

„Nehmen Sie Platz. Wollen Sie etwas trinken?“, fragte die Frau.

Knud und Lilly setzten sich, lehnten das Getränkeangebot jedoch ab. „Es tut uns sehr leid, aber wir haben schlechte Nachrichten“, eröffnete Knud den offiziellen Teil, um nicht mehr Zeit als nötig mit dem Ehepaar verbringen zu müssen. Auch wenn er Heiko Holthusen als unhöflich empfand, konnte er ihn trotzdem verstehen. Wer wollte sich den Feierabend von der Polizei verderben lassen?

„Schlechte Nachrichten?“, echote Heiko Holthusen und ließ das Salzgebäck wieder in die Schüssel fallen. „Was für schlechte Nachrichten?“

„Leider müssen wir Ihnen mitteilen, dass Ihre Schwester am späten Nachmittag tot in ihrem Bungalow in der *Weißen Düne* aufgefunden wurde“, erklärte Knud. „Es tut mir sehr leid.“

„Ella ist tot?“ Katja Holthusen schlug die Hand auf ihren Mund. „Was um Himmels willen ist denn passiert?“

Knud räusperte sich unwillkürlich. Mit welchen Worten sollte er den Angehörigen schonend beibringen, wie sie die Tote vorgefunden hatten? Egal, wie er sich ausdrückte, es klang brutal. „Ihre Schwester ist einem Kapitalverbrechen zum Opfer gefallen.“

„Sind Sie sicher? Kann es sich nicht um einen Unfall handeln?“

Er kam nicht drumherum, es in aller Deutlichkeit zu sagen. „Nein, Frau Holthusen. Sie wurde erschlagen.“

Katja Holthusen zuckte zusammen und brach anschließend in Tränen aus. „Wäre sie bloß hiergeblieben oder hätte zumindest bei uns übernachtet“, murmelte sie schniefend. „Ich habe nicht verstanden, warum sie sich diesen teuren Bungalow mieten musste, wenn sie in einer Dreiviertelstunde zu Hause sein konnte. Wir haben kurz vor ihrer Abfahrt darüber diskutiert - und nun ist sie tot! Das darf einfach nicht wahr sein!“

Während seine Frau außer sich war und mit ihren Emotionen kämpfte, saß Heiko Holthusen mit versteinertem Gesicht auf dem Sofa. Drückte sich so seine Betroffenheit aus oder war es ihm gleichgültig? Bemerkenswert fand Knud außerdem, dass er seiner Frau keinerlei Trost spendete. Vielleicht waren ihre Gefühle füreinander im turbulenten Familienleben untergegangen.

„Haben Sie eine Spur?“, fragte Katja und schnäuzte sich geräuschvoll die Nase.

„Für eine konkrete Spur ist es natürlich zu früh“, erwiderte Knud. „Können Sie uns etwas über Ihre Schwester und deren Leben erzählen? “

„Was wollen Sie denn wissen?“, fragte Heiko Holthusen. Etwas in seiner Haltung wirkte ablehnend, aber vielleicht täuschte sich Knud.

„Wie hat sie gelebt? Mit wem war sie befreundet? Gab es einen Mann in ihrem Leben oder Konflikte?“, zählte Knud auf, um die Antworten nicht in eine bestimmte Richtung zu lenken.

„Mit uns? Meinen Sie Konflikte mit uns?“ Heiko Holthusen wurde mit jedem Wort etwas lauter.

„Nun halt dich mal etwas zurück“, wies ihn seine Frau zurecht. „Das hat der Kommissar doch überhaupt nicht gesagt!“

„Mit wem denn sonst?“

„Genau das möchte ich von Ihnen wissen.“ Knud lächelte verbindlich, obwohl der Mann ihm auf die Nerven ging. Charlotte hätte sicherlich gereizt reagiert. Eine Vorstellung, die es ihm leichter machte, das Lächeln in seinem Gesicht zu halten.

„Ja, da gibt es etwas ...“

„Katja! Ich weiß nicht, ob es richtig ist, darüber zu reden. Du hast es die ganze Zeit nicht ernst genommen, obwohl wir schon Reportagen darüber im Fernsehen gesehen haben. Wenn er dahintersteckt, könnten wir als Nächste in sein Visier geraten.“ Heiko Holthusen raffte sich aus seiner halbliegenden Position hoch und guckte seine Frau aus blitzenden Augen direkt an.

Knud und Lilly wechselten einen Blick. Das hörte sich nach einem Anhaltspunkt an. Hoffentlich setzte sich Katja Holthusen gegen ihren Mann durch und erzählte ihnen, was ihr durch den Kopf gegangen war.

„Das ist Blödsinn. Er hat uns bisher nie belästigt. Hast du ihn hier einmal gesehen, wenn Ella auf Reisen war?"

„Da bin ich mir nicht sicher. Ja, doch, ich glaube schon."

„Er hat uns aber nicht behelligt."

„Das ist nun wirklich naiv gedacht. Es reicht aus, dass er ums Haus schleicht und uns beobachtet", widersprach Heiko Holthusen und nahm einen Schluck Bier direkt aus der Flasche.

„Wenn er wirklich für ihren Tod verantwortlich ist, sollten die Kommissare das wissen. Ich an Ellas Stelle wäre damit längst zur Polizei gegangen, aber dazu war sie ja nicht zu bewegen." Ihre Miene drückte all die Unzufriedenheit aus, die sie dabei empfand. „Also, hören Sie", wandte sie sich an Lilly und Knud. „Meine Schwester unterhielt grundsätzlich nur kurze, meist oberflächliche Beziehungen zu Männern. Dabei hat sie offen kommuniziert, wie sehr sie diese Form der Lebensführung liebte und wie wenig sie an einer festen Bindung interessiert war. Die meisten haben das geschnallt und klaglos hingenommen, wenn Ella ihnen nach einer Weile den Laufpass gab. In der Regel passierte das, wenn es ihr zu eng wurde. Ich glaube, manchmal hat sie sich auch einfach gelangweilt."

„Aber einer von denen hat es nicht akzeptiert", mutmaßte Lilly.

„Genau. Sein Name ist Jan Stecker. Anfangs war sie fasziniert von ihm, weil er ihr Paroli geboten hat. Sie glaubte, einen gleichberechtigten Partner gefunden zu haben. Mit der Zeit wurde er jedoch immer dominanter."

„Wie äußerte sich das?"

„Erst wollte er in ihre Reiseplanung einbezogen werden. Das fand Ella absurd. Sie hat seit dem Abitur völlig unabhängig gelebt und niemandem Rechenschaft abgelegt. Die einsamen Momente, die diese Lebensweise mit sich brachte, hat sie billigend in Kauf genommen."

„Er wollte gefragt werden, ob sie einen Auftrag annehmen durfte? Das wäre ja ein Rückschritt in die Siebziger", echauffierte sich Lilly.

„Ja, Ella hat es genauso empfunden. Eine Weile war sie kompromissbereit, aber auf Dauer war er mit nichts zufrieden. Selbst wenn sie auf eine Reise verzichtet hat ..."

„Das hat sie wirklich getan?" Lilly konnte es kaum glauben.

„Nur eine kurze Weile. Ich glaube, sie fühlte sich in dieser Zeit etwas verloren, wollte endlich mal ankommen. Na ja, jedenfalls hat sie schnell erkannt, dass dieser Preis zu hoch war. Erschwerend kam seine Kontrollwut hinzu. Während sie unterwegs war, hat er sie ständig angerufen oder mit Nachrichten bombardiert und war entsprechend verärgert, wenn sie nicht zeitnah geantwortet hat."

„Ätzend", rutschte es Lilly heraus.

Ein schwaches Lächeln huschte über Katja Holthusens Gesicht. „Sie beide hätten sich vermutlich gut verstanden."

„Hat er sie bedroht?"

„Das ist eine Frage der Definition. Ich fand diese Nachrichtenschwemme und seine ständigen Anrufe ziemlich bedrohlich, aber Ella konnte das nicht nachempfinden. Sie war davon zwar genervt, sah darin aber keinen Grund, es anzuzeigen. Vermutlich, weil sie so viel unterwegs war. Meist reiste sie ohnehin schon wieder ab, wenn er mitbekam, dass sie überhaupt hier war."

„Das dachte sie jedenfalls. Ich bin mir da nicht so sicher", legte ihr Mann erneut Veto ein.

„Hatten Sie keine Angst um ihre Kinder?", fragte Lilly. „Wie alt sind die denn?"

„Die Mädchen sind siebzehn, unser Sohn ist gerade fünfzehn geworden. Die fangen an, ihre eigenen Wege zu gehen und lassen sich von einem Kerl, der das Haus beobachtet, nicht so leicht einschüchtern", erklärte Katja Holthusen. Dabei klang eine Menge Stolz in ihrer Stimme mit.

„Du redest dir das schön, weil du in diesem Punkt nicht gegen Ella angekommen bist, Katja. Vielleicht solltest du den Kommissaren ehrlich sagen, wie groß unsere Sorgen waren, die wir uns wegen dieses Spinners gemacht haben. Immerhin wäre es dir am liebsten gewesen, wenn die Kinder nach Eintritt der Dunkelheit das Haus nicht mehr verlassen hätten, was mitten im Winter natürlich eine tolle Idee ist."

„Das war nur eine kurze Phase", gab Katja Holthusen zu. „In letzter Zeit habe ich mich wieder entspannt."

„Wie lange ging das denn schon?", fragte Lilly.

„Hhm, lassen Sie mich überlegen."

„Ella hat diesem Stecker im September den Laufpass gegeben", übernahm ihr Mann.

„Woher weißt du das so genau?", wunderte sie sich.

„Wir haben am Zehnten ihren Geburtstag gefeiert, erinnerst du dich? Bei dem Italiener in der Innenstadt, wo Ihr so gerne esst. Da hat sie es uns beiläufig erzählt, wie sie es immer getan hat, wenn sie mal wieder jemanden kennenlernte oder abservierte."

Katja Holthusen nickte zustimmend. „Genau! Jetzt, wo du es sagst, erinnere ich mich wieder."

„Und wann gingen diese Stalkingattacken los?"

„Circa zwei Wochen später war sie von einer Reise zurück, da stand er hier vor der Tür und wollte ein klärendes Gespräch. Ella hasste so etwas. Wenn sie einen Schlussstrich unter eine Sache gezogen hatte, gab es für sie kein Zurück. Und sie wollte auf keinen Fall darüber diskutieren. Darin sah sie keinen Sinn, weil sie einfach nicht daran glaubte, dass sich jemand änderte - sich überhaupt einem anderen Menschen zuliebe ändern sollte. Sie wollte das nicht und erwartete es im Gegenzuge von niemandem."

„Sie hat ihn also abgewiesen?“

„Ja.“

„Und danach fingen die Anrufe und Nachrichten an?“

„Ich glaube, damit hat er sofort begonnen, als sie die Beziehung beendete, das weiß ich aber nicht so genau. Ella hat wenig darüber gesprochen. So war sie eben. Eine Einzelgängerin, die das meiste mit sich allein ausgemacht hat.“

„Wie würden Sie Ihr Verhältnis beschreiben?“, fragte Knud.

„Schwierig“, brummelte Heiko Holthusen, was ihm einen warnenden Blick von seiner Frau einbrachte.

„Mein Mann übertreibt. Wir waren ganz normale Schwestern, die sehr unterschiedlich lebten. Dadurch gab es natürlich Reibungspunkte und Diskussionen. Trotzdem war sie eben meine kleine Schwester, für die ich alles getan hätte“, verteidigte sie sich.

„Ella hat sich oft genug beklagt, dass du dich wie eine Glucke aufführst. Nicht nur bei unseren Kindern, sondern auch bei ihr.“

Knud fragte sich, warum Heiko Holthusen seine Frau vor den Augen und Ohren der Kommissare derart attackierte. Was steckte dahinter?

„Trotzdem hat sie hier bei Ihnen gewohnt“, stellte er fest.

„Es war für uns alle von Vorteil“, erklärte Heiko Holthusen. „Zumindest am Anfang. Da waren die Kinder klein und Ella wollte sich nicht um eine eigene Wohnung kümmern. Außerdem mochte sie den Familienanschluss. Wenn sie hier war, hat sie gerne etwas mit den Kindern unternommen, was uns wiederum entlastete. Zu der Zeit war sie immer mal eine Woche oder zehn Tage am Stück hier. Das ist in den letzten Jahren kontinuierlich weniger geworden.“

„Weil die Konflikte größer wurden?“, fragte Lilly herausfordernd.

„Hhm, möglich. In erster Linie, weil die Kinder unabhängiger wurden und Ella immer bekannter. Ihre Auftragslage war super. Dazwischen hat sie auf eigenes Risiko Projekte durchgezogen und die Fotos meistbietend verkauft. Außerdem plante sie, einen Bildband herauszugeben. Sie war wirklich richtig gut im Geschäft", erklärte Katja Holthusen.

„Können wir ihr Zimmer sehen?"

„Warum?"

„Wir möchten uns gerne einen Eindruck von ihrer Umgebung machen, auch wenn es sich lediglich um einen Raum handelt. Vielleicht können Sie uns außerdem sagen, was sie in die *Weiße Düne* mitgenommen hat, damit wir eine Liste der entwendeten Gegenstände zusammenstellen können", erklärte Knud.

„Ja, natürlich. Kein Problem. Folgen Sie mir. Das Zimmer befindet sich oben."

Die Kommissare hatten das Wohnzimmer noch nicht verlassen, da dröhnte es bereits wieder aus dem Fernseher. Für Heiko Holthusen schien die Angelegenheit damit erledigt zu sein. Er lümmelte sich erneut auf das Sofa und stopfte sich eine Handvoll Erdnussflips in den Mund.

Ella Shepherds Zimmer war wie erwartet nüchtern und ohne viel Schnickschnack eingerichtet. Das schmale Bett stand unter einer Schräge, der Kleiderschrank war für eine Frau eher klein. Den meisten Raum nahm ein wuchtiger Schreibtisch ein, auf dem ein großes Display - allerdings ohne Computer - stand. Alles wirkte sauber und gepflegt, aber genauso unpersönlich. Eher wie ein Büro, in dem zufällig ein Bett stand. Ella hatte hier nicht gewohnt, sondern eher gearbeitet und einen Platz zum Schlafen gehabt.

„Wo ist der Computer?", fragte Lilly und wies auf die verwaisten Kabel.

„Ella hat ihr Notebook immer mitgenommen; egal, wohin sie gefahren ist. Für die Bearbeitung der Fotos brauchte sie einen größeren Bildschirm, aber sonst hat sie alles unterwegs erledigt."

„Wissen Sie, ob sie ihre Bilder in eine Cloud gespeichert hat?", fragte Lilly.

„Da fragen Sie was. Genau kann ich es Ihnen nicht beantworten. Allerdings war Ella extrem vorsichtig, was die Speicherung ihrer Daten anging. Manchmal schien es mir ein wenig neurotisch, aber sie hatte Angst, dass jemand ihr die Fotos stahl und als die eigenen ausgab."

„Gab es da einen konkreten Verdacht, der sich auf eine bestimmte Person bezog?", hakte Knud nach.

„Nein, davon hat sie nichts gesagt. Es schien mir eher allgemeiner Natur. Man hört ja so viel von Hackern und Datenklau", erwiderte sie.

„Dürfen wir uns hier genauer umsehen? Vielleicht hat sie irgendwo in diesem Zimmer eine Festplatte mit einer Datensicherung hinterlegt."

„Tun Sie sich keinen Zwang an. Alles, was der Aufklärung des Mordes an meiner Schwester dient, werde ich gerne zulassen oder unterstützen", erklärte Katja Holthusen.

„Danke, das ist sehr freundlich von Ihnen."

„Da ist noch etwas, das Sie vielleicht wissen sollten. Natürlich kann ich nicht beurteilen, ob es Ihnen hilft, aber man weiß ja nie."

An der Art, wie sie herumeierte, glaubte Knud zu erkennen, dass es ihr nicht leichtfiel, darüber zu reden. Also gab er ihr ein wenig Zeit und streifte ein Paar Handschuhe über, auch wenn es hier wahrscheinlich keine Fingerabdrücke von dem Täter gab.

„Vor circa zwei Wochen habe ich zufällig ein Telefonat von Ella belauscht. Ich wollte ihr etwas bringen und ihre Tür war lediglich angelehnt." Sie errötete. „Ich weiß, dass ich mich hätte bemerkbar machen sollen oder einfach später wiederkommen, aber meine Sorge um Ella war in den letzten Wochen gewachsen. Irgendwie nabelte sie sich immer weiter ab und vertraute mir gleichzeitig weniger an."

„Glauben Sie an einen Zusammenhang mit der Verfolgung von Jan Stecker?", wollte Lilly wissen.

„Möglich. Ich habe wahrscheinlich nicht so reagiert, wie sie es sich gewünscht hätte."

„Und was haben Sie bei dem Telefonat gehört?", brachte Knud sie wieder auf das ursprüngliche Thema zurück.

„Nichts Konkretes. Lediglich, wie sie sich mit einem Mann unterhielt."

„Einem Kollegen?"

„Das habe ich im ersten Moment vermutet. Aber nach einer Weile hörte es sich sehr vertraulich an. Nach einer privaten Verabredung."

„Mit einem Freund oder Lover?", fragte Lilly.

„Ja, eher so etwas. Ich habe mich darüber gewundert, weil die Sache mit Jan noch so frisch und außerdem nicht ausgestanden war. Aber so war Ella. Wenn sie weiterzog, interessierte sie sich nicht mehr für das Zurückgelassene."

„Oder den Zurückgelassenen."

Katja Holthusen nickte.

„Sprach sie ihn mit Namen an?"

„Nur mit seinem Vornamen. Sie nannte ihn Fabian. An dem Tag haben sie sich am Strand von St. Peter-Ording verabredet. Mehr kann ich Ihnen dazu leider nicht sagen."

„Okay, wir werden das überprüfen. Wie viel hat ihre Schwester Ihnen monatlich für dieses Zimmer bezahlt?"

„Ist das wichtig?" Die Frage schien ihr nicht zu behagen.

„Das gehört zu unserer Routine", erklärte Knud und lächelte sie beruhigend an.

„Dreihundert Euro alles inklusive", antwortete Katja Holthusen widerwillig.

„Auch die nächste Frage muss ich Ihnen stellen. Wo waren Sie und Ihr Mann in der vergangenen Nacht?"

„Sie glauben doch nicht etwa, dass wir Ella ermordet haben? Warum sollten wir das tun?"

Die Frage ließ Knud unbeantwortet. Geld könnte ein Motiv sein, aber das behielt er vorerst für sich. Dafür fehlten zu viele Informationen über den finanziellen Hintergrund der Familie.

„Wie gesagt, reine Routine", erklärte er lapidar.

„Wir waren hier. Da wir beide berufstätig sind, brauchen wir unseren Schlaf. Um welche Zeit genau handelt es sich überhaupt?"

„Das wird uns die Gerichtsmedizin in Kürze mitteilen."

„Okay. Wo ist Ella jetzt? Kann ich zu ihr? Ich muss es mit eigenen Augen sehen, dass sie wirklich tot ist, sonst kann ich es nicht glauben." Wieder liefen einige Tränen über ihre Wangen, die sie ungeduldig wegwischte.

Torge in St. Peter-Ording

Freitag, den 1. Dezember

Torge wäre liebend gerne mit den Kommissaren nach Husum gefahren, um die Schwester selbst zu befragen, aber das war natürlich nicht möglich. Andererseits hatte er ja quasi einen Auftrag und am liebsten arbeitete er sowieso allein.

Kaum hatten Lilly Morgenroth und Knud den Bungalow verlassen, klingelte erneut sein Mobiltelefon. Hatte sein Kumpel vielleicht etwas vergessen?

Ein Blick auf das Display verhieß nichts Gutes: Seine Chefin Marina Lessing rief ihn an. Was wollte die Managerin der *Weißen Düne* jetzt von ihm? Hatte er im großen Saal etwas übersehen, was zu einer Beschwerde durch das Brautpaar oder einen ihrer Gäste geführt hatte?

Torge überlegte fieberhaft, worum es sich handeln könnte und ging im Geiste alle Positionen seiner Checkliste durch. Nein! Das konnte eigentlich nicht sein! Er hatte alles gründlich überprüft und war mit dem Gesamtergebnis sehr zufrieden gewesen. Ihr Anruf musste einen anderen Grund haben.

Bevor der Anruf auf die Mailbox lief, nahm er das Gespräch an und zog instinktiv den Kopf ein.

„Torge Trulsen", meldete er sich.

„Herr Trulsen, hier ist Marina Lessing. Kommen Sie bitte in mein Büro. Jetzt! Wir haben etwas zu besprechen."

Bevor er die Chance erhielt, nachzufragen, hatte sie bereits wieder aufgelegt. Das klang überhaupt nicht gut! Torge sah seinen Feierabend in weite Ferne rücken. Was hatte er sich bloß wieder geleistet, dass sie so verärgert reagierte? Nun, er würde es in Kürze erfahren.

In dem geräumigen Büro der Managerin wartete überraschenderweise nicht nur sie selbst, sondern außerdem die verschreckte Leni, die die Tote gefunden hatte. Dann hatte er wohl gar nichts verbockt! Es ging stattdessen um den Leichenfund. Torge war gespannt, ob sich Marina Lessing wieder so wenig empathisch wie bei dem Mord an Michael Schwertfeger verhielt. Damals hatte sie lediglich den Ruf der Ferienanlage im Sinn gehabt und wenig Mitgefühl gezeigt. Seitdem war einiges an Zeit vergangen. Hatte sie sich weiterentwickelt?

„Setzen Sie sich!", riss sie ihn aus seinen Überlegungen. „Erzählen Sie mir alles, was Sie von dem Mordfall wissen. Aus Leni bekomme ich nichts heraus. Seit sie hier im Büro sitzt, ist sie völlig in sich zusammengesackt. Ihre Mutter holt sie gleich ab. Sie hat mir lediglich von Ihrem Auftauchen am Tatort berichtet. Ich muss darüber umfassend informiert werden, immerhin haben wir gerade eine große Gesellschaft. Darunter sind einige

Promis, die erfahrungsgemäß die Reporter anziehen, wie die Motten das Licht. Also, was ist passiert?"

Torge atmete einmal tief durch und berichtete alles, was er wusste.

„Das ist ja fürchterlich!", rief die Managerin aus, nachdem er geendet hatte. „Ausgerechnet dieses Wochenende! Das wird bestimmt in die Presse gelangen und dabei kein gutes Licht auf die *Weiße Düne* werfen!"

„Frau Lessing, bei allem Respekt! Eine junge Frau wurde ermordet! Für Ella Shepherd ist das bei Weitem wesentlich schlimmer!"

„Ja, Trulsen, da haben Sie natürlich recht. Trotzdem müssen wir nach vorne schauen und uns um die Belange unseres Arbeitsplatzes und unserer Gäste kümmern. Für die Fotografin können wir sowieso nichts mehr tun." Marina Lessing ruckelte an ihrem Dutt, obwohl der tadellos saß – jedenfalls soweit Torge das beurteilen konnte.

Leni runzelte die Stirn, schwieg jedoch. Vermutlich wagte sie es überhaupt nicht, ihrer Chefin Paroli zu bieten. Torge hingegen überlegte, ob er ihr seine Meinung kundtun sollte.

„Also", kam sie ihm zuvor. „Am besten nehmen Sie heute Abend an der Feier teil. Haben Sie einen schicken Anzug?"

Die seltsame Frage lenkte Torge von seinem stillen Protest ab. „Einen schicken Anzug? Ich weiß nicht, was Sie meinen."

„Nun stellen Sie sich mal nicht schwerfälliger an, als Sie sind. Auf eine Hochzeitsfeier sollten Sie nicht in diesen Klamotten gehen! In einem Anzug können Sie sich unauffällig unter die Leute mischen und Atmosphäre aufnehmen. Wenn das Thema Mord hochkocht, müssen Sie die Leute irgendwie ablenken und auf andere Gedanken bringen."

Für einen Moment war Torge sprachlos. Meinte die Lessing das ernst oder veräppelte sie ihn?

„Unmöglich!“, stieß er schließlich hervor.

„Wie bitte?“

„Frau Lessing! Etliche der Gäste haben mich bereits gesehen. Die halten mich für bekloppt, wenn ich im feinen Zwirn dort auftauche und mich am Buffet schadlos halte.“

„Da müssen Sie sich eben in Zurückhaltung üben, Trulsen!“, entgegnete sie, ohne den Kern seiner Aussage begriffen zu haben. „Einer muss die Feier im Auge behalten. Sie können doch so gut mit den Leuten schnacken!“

„Ich mische mich gerne unter die Gesellschaft, aber ich gehe so, wie ich bin. Dabei kann ich nach dem Rechten schauen und meine Arbeit machen. Das ist authentisch und keiner wird es merkwürdig finden. Nebenbei halte ich die Presse in Schach. Wenn nötig, versuche ich entgegenzuwirken. Mehr ist nicht drin!“ Selbstbewusst guckte er Marina Lessing direkt in die Augen.

„Also gut, dann machen wir es auf Ihre Weise. Am besten gehen Sie sofort, der Sektempfang hat bereits begonnen.“

Auch wenn er sich nach wie vor über die mangelnde Empathie seiner Chefin ärgerte, spielte ihm der ungewöhnliche Auftrag trotzdem in die Hände. Nun konnte er sich ganz offiziell im Saal bewegen. Wenn irgendwer etwas beobachtet hatte, wurde es bestimmt zum Gesprächsthema, wenn auch nur tuschelnd hinter vorgehaltener Hand. Torge hatte gute Ohren und war optimistisch, davon genug mitzubekommen.

Darüber hinaus kannte er einige Reporter. Bestimmt war er in der Lage, denen einige Informationen zu entlocken, notfalls im Tausch gegen etwas, das er wusste. Er musste es eben geschickt einfädeln, möglichst so, dass die Kommissare nichts davon mitbekamen. Dabei galt es zu improvisieren und spontan zu entscheiden, wie er vorging, auch wenn sich in der Vergangenheit ein konkreter Plan als die bessere Alternative erwiesen hatte.

Auf jeden Fall wollte er mit diesem Marc Schilling ins Gespräch kommen. Ella Shepherd hatte seinen Namen erwähnt, als sie sich im Sommer auf einen Kaffee trafen, um über die Zusammenarbeit zu beratschlagen. Viel hatte sie nicht von sich erzählt. Ihm schien es eher so, als wollte sie immer möglichst viel über ihr Gegenüber erfahren. Torge kramte in seinem Gedächtnis. Wie waren sie bloß auf den Konkurrenten zu sprechen gekommen? Auf jeden Fall war es um genau das gegangen: den Wettbewerb zwischen den beiden Fotografen. Hatte sie ihm nicht stolz berichtet, wie sie langsam an dem älteren Schilling vorbeigezogen war und ihm nun regelmäßig lukrative Aufträge wegschnappte?

Konnte darin ein Mordmotiv liegen? Wollte Schilling die junge ambitionierte Ella loswerden? Hatte er sich in diesem Zuge sogar ihr Equipment mit den Aufnahmen der letzten Nacht geschnappt? Torge selbst hatte die Polarlichter über Eiderstedt leuchten sehen und war davon überzeugt, dass Ella Shepherd fantastische Fotos aufgenommen hatte. Die ließen sich bestimmt zu guten Preisen verkaufen. Wann war es hier in diesen Breiten vorher zu einem derartigen Naturschauspiel gekommen? Torge konnte sich nicht erinnern, es in St. Peter-Ording überhaupt schon einmal gesehen zu haben. Er nahm sich fest vor, dem Fotografen auf den Zahn zu fühlen, was der in der letzten Nacht alles so getrieben hatte.

Als er wenig später den Festsaal betrat, war er echt beeindruckt. Im matten Tageslicht des Winters hatte der Raum schon großartig ausgesehen, aber mittlerweile war es dunkel geworden und das künstliche Licht verlieh der Deko einen festlichen Glanz. Es dominierten die Farben weiß, rot und rosa, was perfekt zu einer Hochzeit passte und selbst den schrulligen Hausmeister einen Moment innehalten ließ. Das würde seiner Annegret gefallen! Er war versucht, sie anzurufen, damit sie diese Schönheit mit eigenen Augen betrachten konnte, aber das war natürlich eine abwegige Idee. Torge hatte eine Mission und die wollte er erfüllen. Insofern zückte er sein Handy, um lediglich ein paar Fotos zu machen. Er war überzeugt, dass sie sich darüber genauso freute.

„Na? Machen Sie mir meinen Job streitig?", ertönte eine sonore Stimme in seinem Nacken.

Perplex drehte er sich um und guckte in die Augen eines gutaussehenden Mannes Mitte vierzig. War das Spott oder Freundlichkeit? Torge war nicht sicher. Auf jeden Fall schien er es mit einem professionellen Fotografen zu tun zu haben. Die Kamera war für ein paar Schnappschüsse überdimensioniert.

„Äh, nein. Das liegt nicht in meiner Absicht. Ich wollte nur meiner Frau ..."

„Schon gut", grinste der Typ. „War nicht so ernst gemeint. Schilling, mein Name ist Marc Schilling, der offizielle Hochzeitsfotograf."

„Torge Trulsen", antwortete dieser automatisch. Seine Gedanken rasten. So schnell hatte er gar nicht damit gerechnet, eine Gelegenheit für einen Plausch mit Schilling zu bekommen. Allerdings war er einfach schlecht vorbereitet. Wie sollte er den Mann bloß in ein Gespräch verwickeln, um ihn unauffällig auszufragen?

„Sie sehen nicht so aus, als wären Sie auf das Fest eingeladen, aber irgendwo habe ich Sie bereits gesehen", plauderte Schilling weiter.

„Ja, das haben Sie gut kombiniert", griff Torge den Small Talk auf. Der verschaffte ihm immerhin ein wenig Zeit. „Ich bin der Hausmeister und habe entscheidend an der Vorbereitung des Saals mitgewirkt."

„Ah! Ihnen haben wir diesen Traum in rosa-rot zu verdanken." Sein Ton troff vor Ironie, aber das perlte an Torge ab.

„Der Wunsch der Braut ist uns Befehl“, erklärte er entspannt. So leicht ließ Torge Trulsen sich nicht aus der Reserve locken und immerhin war das hier ein Heimspiel für ihn!

„Klaro, weiß ich doch. Geht mir ja nicht anders, Kumpel“, biederte sich der Fotograf bei ihm an.

Wenn Torge nichts von ihm gewollt hätte, wäre er jetzt abgerauscht, aber so nahm er die Gelegenheit wahr. „Sie sind wohl für drei Tage rund um die Uhr mit dem Paar und deren Gäste beschäftigt, was?“, probierte er den ersten Vorstoß.

„Kann man so sagen. Sie wollen die Hochzeit von A bis Z dokumentiert haben. Das haben wir damals anders gehandhabt, aber die Zeiten ändern sich eben.“

„Klingt nach einem lukrativen Auftrag“, mutmaßte Torge.

„Ja, geht schon.“

„Und waren Sie gestern Nacht am Strand oder im Ort unterwegs, um einen Blick auf die Polarlichter zu erhaschen?“, lenkte er das Gespräch in die gewünschte Richtung.

„Nee, ist gestern Abend wirklich spät geworden. Danach war ich ziemlich platt. Außerdem wollten meine Auftraggeber heute Morgen gleich ein paar ihrer Bilder haben, um sie in den sozialen Medien zu posten. Es ist einfach eine neue Generation. Heutzutage geht es nicht nur darum, selbst eine gute Zeit zu haben, man muss es auch der Welt präsentieren.“ Er verzog das Gesicht. „Aber von meinem Domizil habe ich die fantastischen Farben in der Ferne leuchten sehen. Leider liegt mein Bungalow landeinwärts und hat nicht so ein schönes Dünenpanorama.“

„Das war wirklich einmalig“, schwärmte Torge, um sein Gegenüber ein wenig zu provozieren.

„Ja, ich habe in der Nacht ein paar Fotos von meiner Kollegin Ella Shepherd im Netz gesehen. Sie war am Strand und hat die Pfahlbauten fotografiert. Echt klasse, das muss der Neid ihr lassen. Die Frau hat´s wirklich drauf und ein Gespür dafür, wann es wo spektakuläre Motive gibt. Kennen Sie ihre Aufnahmen?", fragte Schilling.

Torge hörte nicht nur aufmerksam zu, er studierte genauso gründlich die Mimik des Fotografen. So wie er über Ella sprach, schien er von dem Mord bisher nichts gehört zu haben. Konnte das sein oder zog der Mann hier die perfekte Show ab? Seine Worte klangen anerkennend. War es wirklich möglich, dass er seine Konkurrentin auf dem Gewissen hatte? War diese Wertschätzung lediglich ein Ablenkungsmanöver? Torge hatte in den letzten Jahren genug gelernt, um sich nicht einlullen zu lassen.

„Na ja, egal. Wahrscheinlich interessieren Sie sich nicht so sehr für Fotografie. Ist eben nicht jedermanns Sache. Dann muss ich wohl mal wieder die nächste Runde drehen. Auf keinen Fall will ich Unzufriedenheit bei meinen B-Promis riskieren", erklärte er mit einem Augenzwinkern und verschwand im Stimmengewirr. Das hingegen hatte richtig abfällig geklungen.

Torge wusste nicht, was er davon halten sollte. Noch konnte er den Fotografen überhaupt nicht einschätzen.

Bevor jedoch der Bericht aus der Gerichtsmedizin mit dem Todeszeitpunkt vorlag, machte es ohnehin keinen Sinn, ein vermeintliches Alibi zu überprüfen. Sollten die Kommissare sich darum kümmern, Knud würde ihn schon auf dem Laufenden halten. Bis dahin hörte er sich mal weiter bei den Gästen der illustren Gesellschaft um.

Charlie in Hamburg

Samstag, den 2. Dezember

Kommissarin Charlotte Wiesinger freute sich auf ihr freies Wochenende. Die letzten Monate waren herausfordernd gewesen - sowohl beruflich, als auch privat. Ihre eigene Entführung steckte ihr nach wie vor in den Knochen, auch wenn sie das eigentlich nicht gerne wahrhaben wollte. Normalerweise wäre ein längerer Urlaub oder sogar eine Kur notwendig gewesen, um die schrecklichen Erlebnisse nachhaltig zu verarbeiten, aber irgendwie konnte sie sich dazu nicht aufraffen. Vielleicht lag es an der Frequenz der Mordfälle, mit denen sie in letzter Zeit konfrontiert wurden. Kaum war sie den Fängen des Entführers entkommen, hatte das Team die grausame Mordserie aufgeklärt, aber danach gab es wieder keine Pause. Irgendwie war sie über den Punkt hinweg, ihrem eigenen Wohlergehen die Priorität einzuräumen, fühlte sich aber trotzdem erschöpft und ausgelaugt.

Das Gefühlschaos, dass Knuds Affäre mit der unkomplizierten Gerichtsmedizinerin ausgelöst hatte, trug ebenfalls dazu bei. Auch wenn diese nun wohl beendet war, stellte sie einen weiteren Grund dar, warum Charlie Sankt Peter-Ording nicht für länger verlassen wollte. Es fühlte sich ein wenig demütigend an, aber sie wollte die beiden nicht aus den Augen lassen. Immerhin war Fiona Jensen nach wie vor die zuständige Rechtsmedizinerin und würde sofort wieder in Erscheinung treten, wenn es den nächsten Toten gab, der einem Kapitalverbrechen zum Opfer fiel. Das würde hoffentlich nicht so bald geschehen. Charlie sehnte sich nach langweiliger Routine, die Bagatellfälle mit sich brachten.

Außerdem war sie gespannt, wie sich ihre eigene private Beziehung mit Knud nun entwickelte. Würde sie es schaffen, das nötige Vertrauen zu ihm aufzubauen, um sich wirklich auf ihn einzulassen? Für einen gemeinsamen Urlaub über mehrere Wochen war es definitiv zu früh. Also blieb sie, wo sie war, und begnügte sich mit einem freien Wochenende. Vielleicht brachten die Gespräche mit Anna, ihrer langjährigen Freundin, sie ein Stück in die richtige Richtung.

Viel zu selten hatten sich die beiden Frauen in letzter Zeit gesehen, obwohl sie nur hundertfünfzig Kilometer trennten. Da beide beruflich stark eingespannt waren, nutzten sie die Chance, gemeinsame Zeit zu verbringen, einfach viel zu selten. Umso mehr hatte sich Charlie auf das gemeinsame Wochenende gefreut. Gleiches galt für Hamburg, ihre Heimatstadt, in der sie zwar nicht mehr leben wollte, die sie aber jederzeit gerne besuchte.

Jetzt zur Adventszeit glänzten überall in den Straßen Tausende von Lichtern und luden die Menschen ein, ein wenig innezuhalten und sich auf das zu besinnen, was wirklich wichtig war. Eine Frage, die Charlie seit Wochen beschäftigte. Sie freute sich unglaublich darauf, Anna persönlich von den Geschehnissen der letzten Monate zu berichten. Das würde bestimmt zur Aufarbeitung beitragen und sie in den Gefühlen zu Knud sicherer machen. Darüber hinaus konnten sie einfach mal wieder Spaß haben, sich frei fühlen und durch die Metropole an der Elbe treiben lassen. Ein Spaziergang an der Alster, über die Weihnachtsmärkte bummeln, dabei ein paar Geschenke aussuchen und sich mit sinnlosen Kalorien in Form von Glühwein und gebrannten Mandeln vollstopfen. Eben all die Dinge tun, die man am liebsten mit der besten Freundin machte.

Den ersten Abend verbrachten die beiden Freundinnen gemütlich in Annas Wohnung im Stadtteil Eimsbüttel. Am Samstag waren sie den ganzen Tag in der City unterwegs gewesen und hatten Charlies Liste abgearbeitet. Es schien ein perfektes Wochenende zu werden, bei dem sich die Kommissarin mehr und mehr entspannte. Vielleicht sollte sie doch eine ganze Woche bleiben. In Sankt Peter-Ording verpasste sie im Moment nichts.

„Hast du was dagegen, wenn ich die Regionalsendung einschalte?", fragte Anna, nachdem sie es sich mit einer großen Schüssel Salat in ihrer Couchecke gemütlich gemacht hatten.

„Du willst jetzt Fernsehen?", wunderte sich Charlie.

„Nicht den ganzen Abend", relativierte Anna ihr Ansinnen. „Halt mich für verrückt, aber die Sängerin Vanessa Stern heiratet an diesem Wochenende in Sankt Peter-Ording. In den letzten Wochen höre ich ihre letzte CD in Dauerschleife, irgendwie entspannt mich das total. Ich würde einfach gerne ein paar Bilder von dem großen Event sehen."

Charlie lachte. „Ich entdecke ganz neue Seiten an dir. Bisher hast du dich nie für solchen Klatsch und Tratsch interessiert."

Anna grinste. „Ja, das stimmt. Irgendwie ist es mir auch ein bisschen peinlich. Allerdings habe ich entdeckt, dass mich die Betrachtung dieser Banalitäten meinen Job besser ertragen lässt. Also, darf ich den Fernseher für eine halbe Stunde einschalten? Sie zeigen bestimmt Fotos oder Filmsequenzen. Die Feier findet übrigens in der *Weißen Düne* statt. Arbeitet da nicht dieser schrullige Hausmeister, von dem du mir schon häufiger erzählt hast? Dieser kauzige Nordfriese, der dir immer wieder ins Handwerk pfuscht? Wie war noch sein Name?"

„Torge Trulsen. Und der wäre überhaupt nicht begeistert, wenn er wüsste, dass du seinen Namen vergessen hast. Warum haben wir uns nicht bei mir getroffen? Dann hättest du dir die Hochzeit live und in Farbe anschauen können."

„Na, so wichtig ist es mir auch wieder nicht. Ein paar Minuten im Fernsehen stillen meine Neugierde. Außerdem hast du dich so sehr gefreut, endlich mal wieder nach Hamburg zu kommen und deine Stadt zu erleben. Das wollte ich dir nicht nehmen", erklärte Anna lächelnd.

„Ach, das läuft doch nicht weg. Immerhin ist es dein Geburtstag und ich wäre über ein Treffen an der Küste genauso erfreut gewesen. Ich bin dort wirklich angekommen; trotzdem gibt es ein paar Dinge, über die ich gerne mit dir reden möchte."

„Hat das eine halbe Stunde Zeit?" Ohne eine Antwort abzuwarten, schaltete Anna den Fernseher ein. Die Sendung, die Buntes vom Tage berichtete, fing gerade an. Bestimmt war die Vermählung der Sängerin mit der tagelangen Feier an diesem Abend das Topthema. Gerade flimmerten Bilder von der *Weißen Düne* über den Bildschirm. Es folgte allerdings eine ganz andere Berichterstattung, als die beiden Frauen erwartet hatten. Statt über die glamouröse Hochzeit informiert zu werden, erfuhren die Freundinnen von dem Mord an der Fotografin Ella Shepherd.

Fassungslos ließ Charlie ihre Gabel sinken und stellte ihren Teller vor sich auf den Tisch. „Das glaube ich jetzt nicht", entfuhr es ihr.

„Schon wieder ein Mord in deiner gemütlichen Küstengemeinde." Anna war voller Mitgefühl. „Du kommst dort weniger zur Ruhe, als hier in der Großstadt. Vielleicht solltest du über einen Ortswechsel nachdenken. Ist es das, was du mit mir besprechen wolltest?"

„Pssst. Lass mich bitte eben den Bericht zu Ende hören", bat Charlie.

Anna nickte und beschäftigte sich weiter mit ihrem Salat. Eine Reportage über einen Mord anzusehen, war nicht das, was sie sich für ihren Geburtstag vorgestellt hatte, aber ein paar Minuten würde sie es aushalten, da war Charlie sicher.

So wie die Medien tickten, folgte im Anschluss bestimmt trotzdem eine Berichterstattung über die Hochzeit und glamouröse Feier. Skurrilerweise fand beides zur gleichen Zeit in der *Weißen Düne* statt. Torge Trulsen war bestimmt wieder in seinem Element. Und genau das war der Punkt, der die Kommissarin ärgerte. Wenn der Mord bereits in der Nacht von Donnerstag auf Freitag stattgefunden hatte, stellte sich die Frage, warum Knud sich nicht längst bei ihr meldete.

Ohne mit ihm zu sprechen, konnte sie sich das im Grunde selbst beantworten. Der einfühlsame Nordfriese war besorgt um sie. Ein Umstand, den sie grundsätzlich genoss, der sie aber genauso auf die Palme brachte. Warum begriff Knud nicht, dass sie solche Entscheidungen selbst treffen konnte und wollte? Mit seinem Bedürfnis, sie zu beschützen, übertrieb er es. In diesem Punkt verstanden sie sich einfach nicht. Sofort fragte sie sich, ob sie unter diesen Umständen überhaupt eine reelle Chance hatten, zusammen glücklich zu werden.

Oder suchte sie nur wieder einen Grund, die Flucht anzutreten, bevor ihre Beziehung überhaupt richtig begonnen hatte? Vielleicht war es wirklich hilfreich, sich mit Anna ausführlich über dieses Thema zu beraten.

Während die Bilder von dem gesellschaftlichen Ereignis gezeigt wurden, analysierte sie weiter ihre Situation. Dabei wurde ihr bewusst, dass ihr das kollegiale Schweigen mehr zusetzte als die Tatsache, erneut mit einem Mord konfrontiert zu werden. Für einen Moment verspürte sie ebenfalls Unmut gegenüber Lilly und Fiete; konnte sich jedoch vorstellen, wie sehr Knud sich dafür eingesetzt hatte, ihr den neuen Fall vorerst zu verschweigen, um ihr das Wochenende nicht zu verderben. Aus den Augenwinkeln konnte sie sehen, wie Anna sich für die banalen Bilder der Promi-Hochzeit begeisterte. Vielleicht sollte sie selbst ebenfalls loslassen und dem Beispiel ihrer Freundin folgen. Noch fühlte sie sich hin- und hergerissen, wie sie sich Knud gegenüber verhalten sollte.

„Hey, lass dir dadurch nicht den Appetit verderben. Es gibt jeden Tag Mord und Totschlag irgendwo auf der Welt. Ich weiß, es ist dein Job und du nimmst dir jedes Schicksal zu Herzen, aber lass uns heute trotzdem feiern. Spätestens morgen Abend fährst du ohnehin nach Hause. Dann bleibt genug Zeit, um deine Kollegen in der Ermittlung zu unterstützen." Beherzt biss Anna in eine der Garnelen, die sie als Highlight in den Salat gemischt hatte.

Sollte sie es wirklich so pragmatisch betrachten? War sie einfach zu verbissen? Sollte sie Knud für seine Rücksichtnahme dankbar sein, statt sich über ihn zu ärgern? Charlie folgte der Aufforderung ihrer Freundin und setzte ihre Mahlzeit fort. Einen Moment musste sie weiter darüber nachdenken. Auf jeden Fall wollte sie mit Anna über ihre Gefühle zu dem Kollegen sprechen.

Das war in jeder Hinsicht besser, als überstürzt aufzubrechen und gleich alles wieder in Frage zu stellen, was möglicherweise ihr Glück bedeutete. Aber konnte sie wirklich aus ihrer Haut?

Den Abend verbrachten Anna und Charlie wieder zu Hause, obwohl sie nach der Stärkung eigentlich noch einmal losziehen wollten. Die Eindrücke des Tages reichten ihnen allerdings aus. Darüber hinaus nahm Anna Charlies Anliegen ernst. Also öffneten sie eine Flasche Wein, legten die Füße hoch und diskutierten über männliches Verhalten sowie ihre Gefühle und Ansichten. Anna war längst nicht so skeptisch wie Charlie, empfahl ihr jedoch, vorsichtig zu sein, damit sie nicht wieder verletzt wurde. Im Grunde war die Kommissarin am Ende nicht schlauer als vorher. Sie würde ihrem Bauchgefühl folgen, war sich aber sicher, dass ihr Verstand dazwischenfunken würde.

Nach einer unruhigen Nacht wachte Charlie am Sonntagmorgen gerädert auf. Sicherlich hatte der Wein seinen Anteil an ihrem Gesamtzustand. Sie fühlte sich benommen und gleichermaßen beeinträchtigt von wilden Träumen, die sie in den Morgenstunden zusätzlich gepeinigt hatten. Während sie gestern Nacht den festen Entschluss gefasst hatte, heute nach dem Frühstück sofort zurückzufahren, um sich in die Ermittlung einzuschalten, überwogen nun die Zweifel. Zum einen fühlte sie sich einfach viel zu unwohl, zum anderen fragte sie sich, ob es wirklich der richtige Weg war, überstürzt aufzubrechen und einen neuen Konflikt mit Knud auszufechten – denn das wäre natürlich der wahre Grund für einen überstürzten Aufbruch. Schadete sie sich damit nicht selbst am meisten?

Kraftlos schlurfte sie gegen neun Uhr in die Küche. Zu ihrer großen Freude saß Anna bereits am komplett gedeckten Frühstückstisch und erwartete sie mit einem Lächeln.

„Na, du siehst ja auch nicht gerade fit aus", wurde sie frotzelnd begrüßt. „Da haben wir wohl ein bisschen zu tief in die Weinflasche geguckt. Willst du was essen oder ist es dafür zu früh?"

„Zumindest kommt der Alkoholkonsum erschwerend hinzu", erwiderte Charlie matt. „Nach Frühstück ist mir nicht zumute, aber ich würde gerne einen Kaffee trinken."

Anna schenkte einen extragroßen Pott ein und warf ihr anschließend einen prüfenden Blick zu. „Und? Willst du wirklich unser gemeinsames Wochenende beenden und nach Hause fahren oder hast du es dir anders überlegt?"

„Ich weiß nicht, was richtig ist. Im Moment fühle ich mich viel zu kraftlos, um mit Knud einen sinnlosen Streit zu beginnen. Vielleicht sollten wir uns heute einen Tag in einem Wellnesstempel gönnen, statt weitere Energie zu verschwenden."

Die Idee zauberte ein Strahlen auf Annas Gesicht. „Das nenne ich einen großartigen Vorschlag!", freute sie sich. „Außerdem gibst du ihm damit die Chance, dich im Laufe des Tages anzurufen und um deine Hilfe zu bitten."

„Darum geht es mir gar nicht, aber ich bin eben ein Teil des Teams und möchte über einen neuen Mordfall informiert werden."

„Auch wenn du dich im Urlaub befindest? Dein freies Wochenende ist schließlich so etwas wie ein kleiner Urlaub", argumentierte Anna dagegen.

„Vielleicht hast du recht", gab Charlie zu. „Lass uns einfach in Ruhe frühstücken und uns dann einen entspannten Tag genehmigen. Bevor ich gestern von dem Verbrechen hörte, war ich sogar in Versuchung eine ganze Woche zu bleiben. Die Idee ist natürlich vom Tisch. Da hätte ich jetzt das Gefühl, die Kollegen im Stich zu lassen."

Anna biss genüsslich in eine Brötchenhälfte. „Das ist zwar total widersprüchlich, aber ich weiß, was du meinst. Trotzdem freue ich mich auf einen weiteren gemeinsamen Tag. In der Sauna waren wir schon ewig nicht mehr. Perfekt für dieses nordische Schmuddelwetter."

Erst jetzt sah Charlie den leichten Schneeregen, der bestimmt feucht in den Klamotten hängenblieb, wenn man draußen unterwegs war.

Als Charlie am Sonntagabend schließlich Sankt Peter-Ording erreichte, fühlte sie sich wesentlich entspannter als am Morgen. Der Tag in der Wellnessoase hatte ihr unglaublich gutgetan und den Ärger gegen Knud verrauchen lassen. Manchmal war es einfach besser, eine Angelegenheit erst einmal sacken zu lassen und darüber nachzudenken, ob die spontane Reaktion wirklich angemessen war. In ein paar Minuten würde sie in ihr heimeliges Haus zurückkehren.

Nur wenig später fuhr sie auf ihre Auffahrt, wodurch sich einige bewegungsgesteuerte Lampen direkt am Haus einschalteten. Das Lächeln in ihrem Gesicht verschwand sofort, als sie etwas Undefinierbares vor ihrer Haustür stehen sah. Aus der Entfernung sah es wie ein Grabgesteck aus, was ihr einen gehörigen Schrecken einjagte. Sofort waren die Bilder ihrer Entführung wieder präsent. Der Kloß im Hals wurde langsam größer und nahm ihr die Luft zum Atmen.

Erst jetzt bemerkte sie, dass sie instinktiv auf die Bremse getreten war. Wieder machte sich ein ausgeprägter Fluchtimpuls bemerkbar, dieses Mal jedoch nicht weg von Knud, sondern im Gegenteil zu ihm hin. Am liebsten hätte sie sofort kehrtgemacht, um zu seinem Haus im Tümlauer Koog zu fahren. Automatisch wanderte ihr Blick zur Uhr. Es war bereits nach elf und damit sicherlich kein guter Zeitpunkt, ihn einfach so zu überfallen. Außerdem spielte sie ihm damit natürlich erst recht in die Hände.

Wie sollte sie sich gegen seine übertriebene Fürsorglichkeit wehren, wenn sie andererseits bei der geringsten Irritation sofort zu ihm fuhr und ihm bestenfalls jammernd in die Arme sank.

Nein! Das musste sie jetzt alleine durchstehen!

Charlie griff ins Handschuhfach und holte ihre Waffe heraus. Nachdem sie sie entsichert hatte, atmete sie einmal tief durch und sprach sich selbst Mut zu. Kurz überlegte sie, ob sie statt Knud alternativ Lilly anrufen sollte, wollte diese aber weder aufschrecken noch hier alleine minutenlang sitzen und auf die Kollegin warten. Also straffte sie sich und stieg aus dem Wagen. Ihre Knie zitterten, als sie sich langsam Richtung Haustür bewegte. Den Gedanken an ihre Hände und ob diese genauso vibrierten, verwarf sie lieber. Mit klopfendem Herzen näherte sie sich dem Eingang und konnte das seltsame Arrangement dabei nicht aus den Augen lassen – als würde es sie anspringen, wenn sie ihm keine volle Aufmerksamkeit schenkte.

Die Dunkelheit im weiteren Umkreis des Hauses war undurchdringlich, da konnte sie nichts erkennen. Bei keinem ihrer Nachbarn brannte Licht, alle schienen bereits zu schlafen. Auch von dieser Seite war also keine Hilfe zu erwarten.

Währenddessen fragte sie sich unentwegt, wer ihr ein Grabgesteck vor die Tür stellte und was das zu bedeuten hatte. Dabei handelte es sich bestenfalls um skurrilen Humor, schlimmstenfalls war es als Drohung einzustufen. Ihre Gedanken wanderten durch die letzten Fälle, aber ihr fiel niemand ein, dem sie ein dermaßen furchteinflößendes Geschenk zuordnen konnte. Je näher sie der Tür kam, desto weniger sah die Komposition wie Grabschmuck aus. Eher wie ein adventlicher Blumenstrauß, obwohl der Unterschied vermutlich minimal war.

Schließlich entdeckte sie eine Karte, die halb unter das seltsame Gebilde geklemmt war. Mit zitternden Händen griff sie danach und klappte sie auf. Im nächsten Moment brach sie in hysterisches Gelächter aus. Der Gruß war von niemand anders als von Knud vor die Tür gestellt worden. Vor lauter Erleichterung hätte sie fast ihre Waffe fallenlassen. Erst als leichter Schwindel sie erfasste, wurde ihr bewusst, dass sie die ganze Zeit die Luft angehalten hatte. Noch einmal atmete sie tief durch. Danach sank sie kraftlos auf die Stufen vor ihrem Haus. Nur langsam ließ das Zittern am ganzen Körper nach und sie konnte sich wieder entspannen.

Als die winterliche Kälte durch ihren Mantel drang, erhob sie sich wieder, ließ den Strauß und die Karte erst einmal liegen, um ihren Koffer aus dem Wagen zu holen. Um nichts in der Welt wollte sie das Haus heute Nacht noch einmal verlassen.

Schließlich siegte ihre Neugier. Mit einer Tasse Tee setzte sie sich in ihren gemütlichen Lesesessel. Am liebsten hätte sie zusätzlich ein Feuer im Kaminofen entzündet, aber dafür war es definitiv zu spät. Morgen wollte sie pünktlich auf dem Revier erscheinen und sich über den neuen Fall informieren. Nach den ausgiebigen Saunagangen und einer anschließenden Massage fühlte sie sich im Grunde jetzt wohlig müde, sodass sie nach dem Tee und der Lektüre der Karte direkt ins Bett gehen sollte. In dieser Nacht würde sie bestimmt besser schlafen. Entschlossen klappte sie die Karte auf. Nun hatte sie es lange genug rausgezögert und wollte endlich wissen, was Knud ihr auf diesem Wege mitgeteilt hatte.

Sie las:

Liebe Charlotte,

willkommen zu Hause. Ich hoffe, du hattest ein angenehmes und entspanntes Wochenende in Hamburg und konntest es mit deiner Freundin in vollen Zügen genießen.
Leider erwartet dich hier bereits ein neuer Mordfall. Vielleicht hast du es sogar in den Medien gehört. Eine bekannte Fotografin ist in der Weißen Düne niedergeschlagen worden. Die Einzelzeiten haben Zeit bis morgen.
Wie ich dich kenne, wird diese Nachricht, verbunden mit der Tatsache, dich nicht informiert zu haben, bei dir einen gewissen Unmut erzeugen. Das lag nicht in meiner Absicht. Im Gegenteil! Nach meiner Überzeugung hattest du dieses freie Wochenende verdient und ich wollte es dir einfach nicht verderben. Vielleicht hättest du genauso gehandelt, wenn es umgekehrt wäre.

Ich freue mich auf dich! Schlaf gut.
Liebe Grüße
Knud

Charlie wurde warm ums Herz. Mit der letzten Bemerkung hatte Knud ins Schwarze getroffen. Wahrscheinlich hätte sie wirklich genauso gehandelt. Sie stellte den adventlichen Strauß ins Wasser und ging endgültig besänftigt ins Bett.

Lilly in Friedrichstadt

Samstag, den 2. Dezember

Der Samstag begann auf Eiderstedt mit einem herrlichen Sonnenaufgang. Eigentlich hatte sich Lilly vorgenommen, vor dem Frühstück mal wieder eine Runde zu joggen, weil sie im Winter einfach zu viel herumsaß. Der jungen Kommissarin fehlte die Bewegung. Allerdings hatte sie den Abend genutzt, um die Informationen des Ehepaares Holthusen zu überprüfen und entsprechend zu erweitern.

Als der Wecker um halb acht klingelte, war ihre Motivation, durch die kalte Dunkelheit zu rennen auf dem Nullpunkt, was immerhin den Außentemperaturen entsprach. Also drehte sie sich einfach um und kuschelte sich für ein weiteres Stündchen in die Kissen. Morgen war auch noch ein Tag. Oder sie fuhr heute nach dem Einsatz mit Knud einfach mal wieder an den

Strand und lief dort eine Runde. Als gegen 8.30 Uhr die ersten Sonnenstrahlen durch ihr Schlafzimmer wanderten, hielt sie nichts mehr im Bett. Nach einer Wechseldusche fühlte sie sich fit und freute sich auf die Befragung von Jan Stecker, die an diesem Tag auf dem Plan stand.

Im Netz hatte sie einige Informationen über ihn gefunden. Der 35-Jährige führte ein eigenes Taxiunternehmen, schien allerdings keine Angestellten zu haben. Zumindest gab es darüber keine Angaben. Trotzdem sprach diese Tätigkeit für sich: Mit einem eigenen Taxi war Stecker komplett frei und zum Arbeiten nicht an einen Ort gebunden. Die perfekte Voraussetzung, um seinen Stalking-Ambitionen zu frönen. Lilly fand diese Art, Menschen zu verfolgen, einfach abscheulich und entwürdigend, und das für beide Parteien. Dabei konnte sie überhaupt nicht nachvollziehen, was Menschen dazu brachte, nach Beendigung einer Beziehung, den Kontakt auf diese Art erzwingen zu wollen. Sie war gespannt, um was für einen Typ es sich bei dem Ex von Ella Shepherd handelte und wie er auf das Auftauchen der Polizei reagierte.

Über seine Website hinaus hatte sie im Netz lediglich wenige Fakten über ihn gefunden. Auf Social Media schien er nicht übermäßig aktiv zu sein. Sein Facebookprofil war mager, über sein Privatleben gab er kaum etwas preis. Auf Instagram hatte sie ihn nicht gefunden. Ob er wirklich keine Hobbys hatte oder diese einfach nicht der ganzen Welt präsentieren wollte, blieb offen. Vielleicht sprach es sogar für ihn, nicht auf diese selbstdarstellerische Schiene geraten zu sein. Oder Stecker fürchtete, mit einem Shitstorm für sein abscheuliches Verhalten bestraft zu werden – wenn er sich darüber überhaupt Gedanken machte. Das würde sie im persönlichen Gespräch herausfinden.

Jan Stecker wohnte in Friedrichstadt. Über seinen Werdegang gab es keine Angaben. Insgesamt machte die Homepage einen eher laienhaften Eindruck. Ob eine Internetpräsenz für diese Branche wichtig war, wusste Lilly nicht. Sie selbst hatte noch nie über eine Website ein Taxi gebucht, das lief wohl eher übers Telefon oder mittlerweile über Apps. Hatte er Ella Shepherd bei einer Fahrt kennengelernt? Auf den ersten Blick schien es Lilly eher ungewöhnlich, dass sich die so tough wirkende Fotografin auf einen Taxifahrer eingelassen haben sollte. Sie selbst war ständig unterwegs und schien sich in der ganzen Welt zu Hause zu fühlen. Er dagegen hatte einen kleinen Radius, was allerdings nicht automatisch auf einen beschränkten Horizont hinweisen musste.

Die Kommissare wussten eben noch viel zu wenig über das Opfer. Da ihre Beziehungen überwiegend flüchtig gewesen waren, schien sie bei der Wahl ihrer Lover nicht sonderlich wählerisch gewesen zu sein. War ihr das zum Verhängnis geworden? Für die Beantwortung dieser Frage war es definitiv zu früh.

Knud erschien wie immer pünktlich zur verabredeten Zeit. Die Luft war kalt, aber klar und die Sonne strahlte vom Himmel. Es versprach ein schöner Tag zu werden, eigentlich ideal, um ein wenig unterwegs zu sein. Lilly freute sich auf Friedrichstadt. In dem kleinen Holländerstädtchen konnte man herrlich durch kleine individuelle Läden stromern und nach Weihnachtsgeschenken Ausschau halten. Vielleicht ließ sich Knud ja im Anschluss an die Befragung darauf ein. Dabei fiel ihr Charlie wieder ein. Gern hätte sie ihn erneut auf dieses Thema angesprochen, ließ es jedoch bleiben. Der pragmatische Nordfriese würde sie ohnehin nicht in seine Gedanken einweihen, wenn er dazu nicht bereit war; und im Grunde war dazu ja alles gesagt. Hätte Knud seine Meinung geändert, wäre er selbst darauf zurückgekommen.

Nach einer entspannten Fahrt über vergleichsweise leere Straßen erreichten sie Friedrichstadt. Jan Stecker wohnte im

Zentrum unweit der Kirche. Seine Wohnung lag im ersten Stock eines gepflegten Mehrfamilienhauses mit sechs Parteien. Vor der Tür stand ein cremefarbenes Taxi, das vermutlich ihm gehörte. Das Glück schien auf ihrer Seite zu sein, er war wohl zu Hause. Lilly streckte den Arm aus, um auf die Klingel zu drücken, hielt jedoch mitten in der Bewegung inne. Ein Gedanke war ihr durch den Kopf geschossen.

„Wie sollen wir die Befragung durchführen, wenn er nicht alleine ist?", fragte sie den Kollegen.

„Das halte ich für unwahrscheinlich", antwortete Knud. „Immerhin ist er hinter Ella Shepherd hergewesen. Glaubst du wirklich, dass er eine Frau zu Hause hat?"

„Solchen Typen traue ich alles zu. Jedenfalls, wenn die Aussagen von Katja und Heiko Holthusen überhaupt der Wahrheit entsprechen. Ich finde, sie haben ganz schön dick aufgetragen", tat Lilly ihre Meinung kund.

„Stalking nimmt oft üble Formen an. In der Regel werden die Opfer in ihrer gesamten Lebensweise beeinträchtigt. Es hat Fälle gegeben, in denen Frauen gezwungenermaßen in eine andere Stadt umgezogen sind, um dem psychischen Terror zu entgehen. Das muss man sich mal vorstellen! Wegen der Verfolgung durch eine bekloppte Person das ganze Leben umkrempeln. Stalking ist wirklich kein Kavaliersdelikt." Der sonst so pragmatische Knud redete sich in Rage. „Also ich weiß wirklich nicht, worauf du hinauswillst."

„Ich bin ganz deiner Meinung. Trotzdem wissen wir nicht, ob es in diesem Fall genauso extrem war", blieb Lilly skeptisch.

„Durch die permanente Reisetätigkeit konnte Ella Shepherd einem Großteil der Übergriffe entgehen. Bleiben aber die ständigen Nachrichten und Anrufe, die wie Terror wirkten und kaum wirkungslos an ihr abgeprallt sein werden. Ich nehme die Vorwürfe sehr ernst und bin wild entschlossen, diesem Stecker gehörig auf den Zahn zu fühlen. Egal ob er alleine ist, oder nicht."

Lilly fragte sich, ob der Kollege persönliche Erfahrungen damit gemacht hatte. Allerdings hielt sie es nicht für den richtigen Zeitpunkt, es zu hinterfragen und gegebenenfalls auszudiskutieren. Sie waren ohnehin der gleichen Meinung, obwohl Knud irgendwie nicht verstanden hatte, worauf sie hinauswollte.

Egal! Das schien jetzt nicht wichtig zu sein. Ohne das Thema weiter zu vertiefen, drückte sie schließlich auf die Klingel und wartete gespannt, was passieren würde. Fast unmittelbar wurde der Summer gedrückt und die Tür ließ sich öffnen. Lilly und Knud erklommen die Stufen bis zum ersten Stock, wo Jan Stecker sie erwartete. Er war mittelgroß und trug Jeans sowie ein langärmeliges T-Shirt, was recht lässig wirkte. Seine braunen Haare waren verstrubbelt, lange schien er noch nicht wach zu sein. Immerhin trafen sie ihn zu Hause an, womit ihre Fahrt nicht umsonst gewesen war.

„Ja, bitte? Wollen Sie zu mir?"

„So ist es", antwortete Knud. „Jedenfalls, wenn Sie Jan Stecker sind."

„Der bin ich. Und wer sind Sie?"

Lilly meinte, einen leichten Anflug von Nervosität zu erkennen, vielleicht bildete sie es sich aber auch nur ein.

„Knud Petersen und das ist meine Kollegin Lilly Morgenroth. Wir kommen von der Polizei in St. Peter-Ording und würden gerne mit Ihnen sprechen."

Einen Moment lang sah es so aus, als würde Stecker ihnen die Tür vor der Nase zuschlagen, aber schließlich entspannte er sich wieder.

„Polizei? Ist etwas passiert?"

„Ja. Wir möchten allerdings nicht im Treppenhaus darüber sprechen. Dürfen wir reinkommen?", fragte Knud.

„Wenn es sein muss“, zeigte er sich wenig begeistert, ließ sie jedoch eintreten und führte sie in eine geräumige Küche, die wider Erwarten penibel sauber und aufgeräumt war.

„Wollen Sie einen Kaffee?“, fragte er ergeben und zeigte damit immerhin gute Umgangsformen. „Nehmen Sie Platz“, lud er sie mit einer Handbewegung Richtung Essecke ein.

Lilly und Knud nahmen das Kaffeeangebot dankend an. Also stellte Jan Stecker zwei Kaffeebecher auf den Tisch und griff im Anschluss zur Kaffeekanne, die reichlich gefüllt war. Als er einschenkte, zitterte seine Hand leicht. Lilly hatte sich also nicht getäuscht. Jan Stecker strahlte eine Nervosität aus, die er zu überspielen versuchte. Allerdings wirkte dieses Verhalten angesichts des Stalkingvorwurfs nicht verwunderlich. Interessanter war eher, wie er sich in der Befragung verhalten würde. Knud hatte ja bereits angekündigt, hart vorgehen zu wollen. Lilly sollte es recht sein. Den Auftakt überließ sie dem Kollegen.

„Wo waren Sie in der Nacht von Donnerstag auf Freitag zwischen 23.00 Uhr und drei Uhr morgens?“, schoss Knud die erste Frage ab.

Jan Stecker zuckte unwillkürlich zusammen, die Kaffeekanne ließ er auf den Tisch knallen. Sogar Lilly hielt die Luft an. Ganz offensichtlich hatte der Gefragte mit so einem Gesprächseinstieg nicht gerechnet.

„In der Nacht von Donnerstag auf Freitag?“, wiederholte er die Frage. Entweder er musste wirklich darüber nachdenken oder er wollte Zeit schinden.

„Es war erst vorgestern. Tun Sie nicht so, als ob Sie lange darüber nachdenken müssen“, setzte Knud ihn weiter unter Druck.

„Schon gut“, versuchte Stecker ihn zu beschwichtigen. „Donnerstag, Freitag und Samstag fahre ich meistens abends, weil das lukrativer ist. Womit ich mein Geld verdiene, wissen Sie sicherlich bereits. Ich habe ein eigenes Taxi, kann mir meine

Schichten also so einteilen, wie es mir am besten passt und wovon ich mir am meisten verspreche."

„Vorgestern sind Sie also abends gefahren", fasste Knud zusammen. „Wie lange?"

„Das müsste ich nachschauen", antwortete Jan Stecker lapidar. Entweder nahm er Knud nicht ernst oder er hatte ein dickes Fell. Vielleicht war er auch einfach nicht der Hellste. Lilly hielt sich weiterhin zurück, obwohl es ihr nicht leichtfiel.

„Bitte, tun Sie das. Es ist wichtig. Wir brauchen die genauen Zeiten."

„Und wofür? Ist etwas passiert?"

Knud platzte der Kragen. So unentspannt war er sonst nur selten. „Ella Shepherd ist tot! Sie wurde ermordet. Und zwar in der Nacht von Donnerstag auf Freitag. Ist das Grund genug, meine Fragen zu beantworten? Möchten Sie mir nun endlich sagen, wo Sie in der Zeit von 23.00 Uhr bis drei Uhr morgens gewesen sind?"

Das Einschüchterungsmanöver fruchtete. Der Taxifahrer wischte sich ein paar Schweißperlen von der Stirn und griff nach seiner Kaffeetasse. Als er bemerkte, wie sehr seine Hand zitterte, stellte er sie unverrichteter Dinge wieder zurück. „Und was habe ich damit zu tun?", versuchte er sich trotzdem selbstbewusst zu geben. Es wirkte ein bisschen lächerlich.

„Wir wissen bereits, dass sie beide eine Affäre hatten ..."

„Eine Affäre! Das war keine Affäre. Wie können Sie so etwas behaupten?"

„Wir haben mit der Familie des Opfers gesprochen. Für Sie mag es etwas Ernstes gewesen sein; für Ella Shepherd war es lediglich eine unverbindliche Liaison. Seit sie Ihre - wie auch immer geartete - Beziehung beendet hat, haben Sie ihr nachgestellt - sie mit Nachrichten, Telefonaten und Überraschungsbesuchen bombardiert."

„Haben Sie dafür Beweise?“ Ganz so dumm schien er doch nicht zu sein.

Knud lächelte gelassen. „Wir stehen am Anfang unserer Ermittlung. Sie allerdings befinden sich durch Ihr Verhalten ganz oben auf der Liste unserer Verdächtigen. Schon das Stalking ist ein Straftatbestand. Gleichzeitig gibt es ein einwandfreies Mordmotiv. Ich an Ihrer Stelle würde lieber kooperieren, solange wir hier so nett und unverbindlich schnacken. Sollten Sie das verweigern, kann ich Sie genauso gut vorladen. Dann unterhalten wir uns auf dem Revier in offizieller Atmosphäre. Vielleicht gefällt Ihnen das ja besser.“

Stecker presste seine Hände zusammen, um das Zittern unter Kontrolle zu bekommen. Gleichzeitig fing sein rechtes Augenlid an zu zucken. Ganz offensichtlich fühlte er sich in die Enge getrieben, was trotzdem nicht unbedingt bedeutete, dass er der Mörder von Ella Shepherd war. Vielleicht hatte er einfach Angst bekommen, wegen des Stalkingvorwurfs zur Rechenschaft gezogen zu werden. Mit der Polizei war er bisher nicht konfrontiert worden.

„Also gut“, gab er schließlich nach. „Am Donnerstag war nicht viel los. Das wissen Sie ja selbst: Um diese Zeit herrscht hier in der Gegend eigentlich tote Hose. Die Touristen kommen erst wieder kurz vor Weihnachten beziehungsweise über Silvester. Das beste Geschäft macht man im Moment Freitag und Samstagnacht. Ich habe also am Donnerstag um halb zehn die Fahne gestrichen und Feierabend gemacht. Gab einen guten Spätfilm mit Robert De Niro, den habe ich mir angeschaut.“

Knud kniff die Augen zusammen. „Gibt es dafür Zeugen?“

Jan Stecker schüttelte den Kopf. „Wie Sie sehen, lebe ich allein. Da ich vorher nicht wusste, wann ich Feierabend machen würde, hatte ich keine Verabredung.“

„Haben Sie einen digitalen Fahrtenschreiber in Ihrem Wagen?", fragte Knud weiter.

Der Taxifahrer schien für einen Moment verunsichert. Dann fasste er sich wieder. „Nein, so etwas habe ich nicht. Muss ich auch nicht. Ein Fahrtenschreiber ist lediglich Pflicht im Güterverkehr und da auch nur bei großen Wagen."

Lilly nickte automatisch, Knud schien enttäuscht. Die Idee war ihm wohl spontan gekommen, führte jedoch in eine Sackgasse.

„Aber Sie sind sicherlich an eine Taxizentrale angeschlossen, oder wie kommen Sie an Ihre Fahrgäste?", sprang Lilly ein. Knud warf ihr einen dankbaren Blick zu. Für den Augenblick schien er aus dem Konzept gebracht.

„Klar. Nur ein paar Leute am Wegesrand aufsammeln, damit kommt man nicht zurecht."

„Und haben Sie sich am Donnerstag um halb zehn Uhr abends bei der Zentrale abgemeldet?", fragte sie weiter.

Jan Stecker nickte.

„Und das kann sie uns bestätigen", setzte Lilly voraus.

Offensichtlich war ihm nicht klar, worauf die Befragung hinauslief.

„Sicher", bestätigte er schließlich.

„Gut, wir brauchen den Namen; die Ansprechperson, die am Donnerstag Dienst hatte und eine entsprechende Telefonnummer." Lilly übernahm Knuds Tempo und Tonfall.

„Ja, kein Problem."

„Sie sind also um halb zehn nach Hause gefahren? Von wo? Oder sind Sie um die Zeit bereits hier angekommen?"

„Halb zehn war ich hier. Ich melde mich immer erst ab, wenn ich vorm Haus stehe. Könnte ja noch eine lukrative Fahrt reinkommen."

„Okay. Danach sind Sie in Ihre Wohnung gegangen, haben den Fernseher eingeschaltet und sind hiergeblieben - für den Rest der Nacht." Lilly starrte ihm direkt in die Augen. Dabei hoffte sie, dass er nicht sehen konnte, wie unsympathisch sie ihn fand. Im Grunde war das egal, aber sie legte Wert auf Professionalität.

„Erst habe ich mir was zu essen gemacht." Es klang spitzfindig.

„Ja, wunderbar. Danke für dieses Detail. Haben Sie Ihre Wohnung an diesem Abend oder in der Nacht noch einmal verlassen?"

„Stehe ich etwa unter Verdacht, Ella getötet zu haben?" Erst jetzt schien der Groschen gefallen zu sein.

„Ja!", bestätigte Lilly.

„Ich habe Ella geliebt! Warum sollte ich sie töten? Das ergibt doch überhaupt keinen Sinn!", jammerte der Taxifahrer. „Ich kann es gar nicht glauben, dass sie tot ist. Sie war so schön, so stark, so wundervoll. Jetzt werde ich sie nie wiedersehen!"

„Sie wollte Sie ohnehin nicht wiedersehen", konterte Lilly erbarmungslos. „Vielleicht sollte sie mit keinem anderen glücklich werden, wenn Sie sie nicht haben konnten. Haben Sie Ella Shepherd deshalb getötet?"

Stecker murmelte etwas Unverständliches.

„Hat es Sie wütend gemacht, als sie Ihnen den Laufpass gab?"

„Ja. Und traurig. Ich habe es nicht verstanden. Sie hätte von mir alles haben können."

„Was bedeutet das?", hakte Lilly sofort nach, ohne die ursprüngliche Frage aus den Augen zu verlieren.

„Was bedeutet was?"

„Was verstehen Sie darunter? Alles. Was alles?"

„Liebe, Treue, Schutz. Ja, ich wollte sie beschützen!"

„Ella Shepherd schien eine Frau gewesen zu sein, die nicht viel Schutz brauchte. Die im Gegenteil sehr gut alleine klarkam", widersprach Lilly.

„Na ja, immerhin ist sie jetzt tot, oder?"

Der Punkt ging an ihn.

„Jede Frau sehnt sich nach einer starken Schulter, an die sie sich anlehnen kann", setzte Jan Stecker seine Ausführungen fort, ohne auf eine Antwort zu warten. „Ella bildete da keine Ausnahme. Sie gab sich immer sehr tough, aber wenn wir alleine waren, zeigte sie ihre weiche Seite."

Lilly bezweifelte die Aussage. Nach dem, was sie bisher wusste, konnte sie sich kaum vorstellen, dass die Fotografin mögliche schwache Momente ausgerechnet bei diesem Mann ausgelebt hatte. Aber vielleicht irrte sie sich.

„Mit welcher Begründung hat sie sich von Ihnen getrennt?", fragte Lilly weiter.

„Ella wollte frei sein. Sie sagte, ich würde sie einengen", erwiderte er stockend.

Das klang schon eher nach der Wahrheit.

„Und haben Sie sie eingeengt?"

Jan Stecker zuckte wieder mit den Schultern. „Sie hat es wohl so empfunden."

„Was haben Sie von ihr verlangt?"

„Verlangt habe ich gar nichts. Ich habe ihr lediglich angeboten, bei mir einzuziehen. Wir hätten mehr Zeit zusammen verbringen können, außerdem wäre die Mietzahlung bei ihrer Schwester weggefallen", erklärte er.

„Wie romantisch", rutschte es Lilly heraus. „Aber das wollte sie nicht?"

„Nein. Eine Zeit lang ist sie häufiger hier in der Gegend geblieben, hat Aufträge im Umkreis angenommen, aber das schien sie nicht glücklich zu machen. Also ist sie wieder mehr unterwegs gewesen."

„Und das hat Sie nicht glücklich gemacht", mutmaßte sie.

„Vielleicht habe ich ein paar Mal zu oft gesagt, wie schön ich es fände, wenn wir nicht so oft getrennt wären. Irgendwie ist ihr das auf die Nerven gegangen." Plötzlich schien Jan Stecker froh zu sein, darüber reden zu können. Vielleicht blendete er gerade aus, wen er vor sich hatte.

„Möglich, sie war eine sehr unabhängige Frau", bestätigte Lilly sanft. „Haben Sie in der Nacht noch einmal Ihre Wohnung verlassen?", fragte sie schließlich im gleichen Tonfall.

„Nein. Ich habe meine Pizza gegessen und mir den Film angeschaut."

„Obwohl Sie wussten, dass sie wegen der Polarlichter in Sankt Peter-Ording weilte?"

„Woher wissen Sie das?" Spielte er mit ihnen?

„Sie hat es gepostet. Und Sie waren bestimmt ihr eifrigster Fan auf Instagram."

„Ja, ich habe die Bilder auf Insta gesehen, aber sie war in der *Weißen Düne* und da wollte ich nicht einfach aufs Gelände gehen. Es ist nur für Gäste der Ferienanlage zugänglich." Er log wirklich schlecht, aber sie konnte ihm nicht nachweisen, dass er wirklich dort gewesen war. Noch nicht.

Er hatte also von Ella Shepherds Aufenthalt in St. Peter-Ording gewusst. Hatte sie wirklich gepostet, wo sie abgestiegen war? Das hielt Lilly für unwahrscheinlich. Vielleicht hatte er sich eben verraten, dort gewesen zu sein - ohne es selbst zu merken.

„Okay, wir werden das überprüfen." An diesem Punkt kam sie nicht weiter. Zum Abschluss wollte sie etwas über Ellas letzten männlichen Begleiter erfahren. „Was wissen Sie über Fabian?"

Der Themenwechsel überrumpelte ihn. „Fabian? Was für ein Fabian?"

„Sie wollten kooperieren", erinnerte Lilly ihn in leicht gereiztem Tonfall. „Ich muss Sie wohl kaum daran erinnern, dass wir wissen, wie oft Ella von Ihnen verfolgt wurde. Unterlassen Sie also Ihre Spitzfindigkeiten und erzählen Sie uns etwas über Fabian."

„Ach so, Sie meinen Fabian Wiesner, den Typen auf den sich Ella unverständlicherweise eingelassen hat", versuchte er sein Gesicht zu wahren.

„Ja, genau den meinen wir. Wo wohnt er und was macht er so?"

Die unerwartete Wendung im Gespräch schien Stecker überhaupt nicht zu gefallen. Ganz offensichtlich empfand er es als Zumutung, über seinen Nebenbuhler zu sprechen und die Polizei mit entsprechenden Informationen zu versorgen.

„Keine Ahnung, was Ella an dem fand. Der Typ ist einige Jahre jünger als sie und kriegt nichts wirklich auf die Reihe. Er ist in Hamburg an der Uni eingeschrieben, scheint aber nicht zu studieren. Bis Ende Oktober stand er ständig auf dem Surfbrett, was er jetzt im Winter so treibt ..., wie gesagt keine Ahnung. Interessiert mich auch nicht."

Die umfangreichen Informationen, die bestimmt nicht von Ella kamen, widersprachen seiner Aussage. Jan Stecker hatte Fabian und Ella nicht nur beobachtet, sondern über ihn recherchiert. Irgendwie schien der Taxifahrer kein eigenes Leben zu haben.

„Wissen Sie, wo er wohnt?", wollte Lilly weiter wissen. Natürlich war es kein Problem diese Information selbst herauszubekommen, aber sie wollte Stecker weiter in die Enge treiben.

„Er wohnt in Sankt Peter-Böhl in einer WG mit drei anderen, die ebenfalls ihre Zeit am liebsten mit Surfen oder auf dem Fahrrad verbringen."

Der Mann schien wirklich zu viel Zeit und zu wenig eigene Hobbys oder Leidenschaften haben. Lilly warf Knud einen Blick zu, der schüttelte fast unmerklich den Kopf. Hier waren sie fürs Erste fertig.

„Halten Sie sich zu unserer Verfügung und bleiben Sie in der Region. Es kann sein, dass wir wiederkommen, um unser Gespräch fortzusetzen."

Kurz darauf verließen sie die Wohnung.

„Was für ein Unsympath!", sprudelte es aus Lilly heraus. „Ich brauche jetzt dringend etwas Süßes und würde gerne ein bisschen vorweihnachtlich shoppen. Bist du dabei? Es gibt hier großartige Geschäfte, in denen du etwas Besonderes für Charlie finden könntest."

Ein Einkaufsbummel gehörte nicht zu Knuds Lieblingsbeschäftigungen, aber er stimmte Lilly zuliebe zu. Mit der Aussicht auf ein außergewöhnliches Geschenk für die Kollegin hatte Lilly den perfekten Köder ausgeworfen.

Torge in St. Peter-Ording

Samstag, den 3. Dezember

Der Freitagabend war in keinerlei Hinsicht nach Torges Vorstellung verlaufen. In der Rückschau machte ihn das doppelt unzufrieden. Mit dem Fotografen Marc Schilling war er zwar schnell ins Gespräch gekommen, hatte jedoch nichts Brauchbares in Erfahrung gebracht. Die Wertschätzung, die dieser Ella entgegenbrachte, schien ehrlich zu sein, aber was bedeutete das schon? Ella Shepherd war eine großartige Fotografin gewesen, daran ließ sich nicht rütteln. Wenn Schilling sich abfällig über ihre Fotos geäußert hätte, wäre das ohnehin unglaubwürdig gewesen. Ob er aus wirtschaftlichen Interessen oder Neid etwas mit ihrem Tod zu tun hatte, blieb offen. Torge konnte den Fotografen aufgrund des kurzen Gesprächs, das sie geführt hatten, überhaupt nicht einschätzen.

In Bezug auf die Hochzeitsgäste war der Abend genauso unbefriedigend verlaufen. Irgendwie war es ihm nicht gelungen, mit den Menschen ins Gespräch zu kommen, obwohl das eigentlich zu seinen Stärken gehörte. Alle Anwesenden waren komplett auf die Braut fixiert und dabei wenig offen für andere Themen gewesen. Mehr als Small Talk und Schwärmerei für das Brautkleid sowie die großartige Dekoration des Saals war nicht dabei herausgekommen.

Der Mord an Ella Shepherd war ohnehin erst kurz nach Beginn der Feierlichkeiten dieses Tages entdeckt worden. Bis zu den Gästen schien er sich bislang nicht herumgesprochen zu haben, insofern gab es weder Spekulationen noch das Bedürfnis sich über den Hochzeitsfotografen und die Dauer seiner Anwesenheit in der Nacht von Donnerstag auf Freitag mitzuteilen. Die Braut und ihr Bräutigam standen im Mittelpunkt des Interesses, alles andere schien an diesem Abend unwichtig zu sein.

Am Samstag war Torge wieder früh auf den Beinen. Nach dem obligatorischen Frühstück mit seiner Annegret fuhr er zur *Weißen Düne*, um den Saal zum dritten Mal in neue Farben zu tauchen. Vanessa Stern hatte sich persönlich bei ihm für die großartige Vorbereitung der letzten Tage bedankt; das motivierte ihn, für den Endspurt alles zu geben.

Dabei überlegte er die ganze Zeit, mit welcher Begründung er an diesem Abend wieder dabei sein konnte. Er war davon überzeugt, dass sich der Todesfall bis dahin herumgesprochen hatte. Bestimmt waren die Gäste wieder gespannt auf das neue Kleid, die neue Dekoration und das dritte Festmahl. Wie Torge jedoch die Menschen kannte, trat selbst bei derart außergewöhnlichen Feierlichkeiten langsam Ermüdung ein. Der Tod eines Gastes in der Ferienanlage weckte bestimmt die Sensationsgier und hatte damit gute Chancen zum zentralen Gesprächsthema an diesem Abend zu werden.

Sollte er Marina Lessing darauf hinweisen und sich die offizielle Erlaubnis holen, erneut seine Ohren offen zu halten und gegebenenfalls die Gespräche in die gewünschte Richtung lenken? Oder war das gar nicht nötig? Die Managerin hatte am gestrigen Tag deutlich gemacht, wie wichtig ihr der Ruf der *Weißen Düne* war. Negative Berichterstattung sollte auf jeden Fall vermieden werden. Insofern war es überflüssig, sich mit ihr abzustimmen. Was sollte sie dagegen haben, wenn er sich noch einmal zwischen die Hochzeitsgäste mischte? Heute konnte er sicherlich mehr erreichen.

Am Ende wurde ihm die Entscheidung abgenommen. Marina Lessing rief ihn bereits mittags in ihr Büro, um sich nach seinen bisherigen Erkenntnissen zu erkundigen. Torge gab unumwunden zu, kaum etwas erreicht zu haben und teilte seine Überlegungen des Vormittags mit ihr. Seine Chefin schien erleichtert über seine Bereitschaft, es noch einmal zu versuchen. Auch sie war davon überzeugt, dass seine Anwesenheit am heutigen Abend wichtig war. Erneut brachte sie den Anzug ins Spiel, was Torge wieder strikt ablehnte.

„Alle haben mich gestern bereits in meinem normalen Outfit gesehen", widersprach er vehement. „Was macht das für einen Eindruck, wenn ich heute im Anzug auftauche? Daran hat es nicht gelegen. Ich werde eine schwarze Jeans anziehen, außerdem hat Annegret mir ein hellblaues Hemd gebügelt. Mehr ist nicht drin."

„Das ist ja besser als nichts", gab sich Marina Lessing zufrieden und entließ ihn aus ihrem Büro.

Torge beeilte sich, mit seiner Arbeit im Saal fertig zu werden. Für den zweiten Versuch wollte er sich besser vorbereiten, also ein paar Strategien zurechtlegen, wie er mit den Hochzeitsgästen ins Gespräch kommen und sie vorsichtig ausfragen konnte. Insbesondere über Marc Schilling und seine Anwesenheit in der Mordnacht wollte er mehr in Erfahrung bringen. Und auch mit dem Fotografen selbst wollte er nochmal schnacken. Immerhin hatte der Mann ein Motiv.

Als Torge um kurz nach sieben den Festsaal betrat, waren bereits etliche Gäste eingetroffen. Heute dominierten die Farben weiß und silber, dazu waren ein paar wenige schwarze Akzente in Form von glänzenden, mit Helium gefüllten Luftballons gesetzt. Die Braut trug ein tiefrotes Kleid, das vor diesem edlen Ambiente einfach großartig aussah. Eine Band spielte ruhige Hintergrundmusik, die Gäste standen in kleinen Gruppen zusammen und unterhielten sich halblaut. Trotzdem war der Saal von Stimmengewirr erfüllt. Torge ließ seinen Blick weiter durch den Raum schweifen und entdeckte Marc Schilling, der mit einem Bier in der Hand am Rande des Geschehens stand und einen gelangweilten Eindruck machte. Sollte er sofort zu dem Fotografen gehen oder die geplante Unterhaltung auf später verschieben?

In einer knappen halben Stunde würde das Buffet eröffnet werden. Auch das kam Torge entgegen. Gestern war nach dem Sektempfang ein Vier-Gänge-Menü serviert worden. Das bedeutete, dass alle auf ihren Plätzen saßen und sich wenig durch den Saal bewegten. Vielleicht war seine Ausbeute an informativen Gesprächen aus diesem Grund so schlecht gewesen. Nach kurzer Überlegung verschob Torge das Gespräch mit Schilling auf später. Erst wollte er mit einigen Gästen sprechen und dabei möglichst die ersten Fakten sammeln. Bestenfalls konnte er den Fotografen im Anschluss bereits damit konfrontieren.

„Na? Sie scheinen ja ein richtiger Fan von Vanessa zu sein. Ich habe Sie gestern schon hier gesehen, obwohl Sie dem Anschein nach zu keiner der Familien zu gehören. Haben Sie sich reingeschmuggelt?" Eine Frau, die Torge auf Mitte fünfzig schätzte, also in seinem Alter war, zwinkerte ihm zu.

„Jetzt haben Sie mich erwischt", schmunzelte er und erwiderte das Augenzwinkern. „Allerdings bin ich kein blinder Passagier auf dieser Party, sondern gehöre zu den Angestellten der *Weißen Düne*. Torge Trulsen ist mein Name", stellte er sich vor und reichte seiner Gesprächspartnerin die Hand.

„Edith Schumann, ich bin Vanessas Tante. Dann sind Sie wohl für den Ablauf verantwortlich", mutmaßte sie. „Ich muss Ihnen ein Kompliment aussprechen, Sie haben alles bestens im Griff. Ich freue mich sehr für meine Nichte, dass es ein so rauschendes Fest geworden ist, wie sie es sich erträumt hat."

„Hoffentlich ist der Todesfall dann kein schlechtes Omen für Vanessa", mischte sich ein weiterer weiblicher Gast in die kleine Konversation ein.

„Was für ein Todesfall?", fragte Edith entsetzt. „Etwa hier in der *Weißen Düne*?"

„Sag bloß, du hast nichts davon gehört? Man munkelt schon den ganzen Tag, dass etwas Schlimmes passiert ist. Ich meine ein Verbrechen, nicht einfach ein natürlicher Tod. Und eben war es in den Regionalnachrichten. Eine junge Frau wurde in ihrem Bungalow getötet, vermutlich erschlagen. Das muss man sich mal vorstellen! In einer derart hochwertigen Anlage. Ich dachte, die hätten hier einen funktionierenden Sicherheitsdienst, aber davon scheint keine Rede zu sein. Fast wäre ich gestern überstürzt abgereist oder spätestens heute direkt nach dem Essen, aber mein Hartmut war dagegen. Er meinte, es handle sich garantiert um eine persönlich motivierte Tat, also kein Zufallsopfer. Insofern hätten wir nichts zu befürchten."

Ediths Augen waren mit jedem Wort größer geworden. „Davon habe ich überhaupt nichts mitbekommen. Ich war allerdings den ganzen Tag mit Vanessa beschäftigt, damit sie heute so umwerfend aussieht. Weiß man, um wen es sich bei der Toten handelt? Das ist ja wirklich fürchterlich!"

„Da sagst du was!", bestätigte ihre Freundin. „Es handelt sich um die Starfotografin Ella Shepherd."

„Sie ist hier? Vanessa hatte bei ihr angefragt, aber eine Absage erhalten." Ediths Fassungslosigkeit vergrößerte sich.

„Ich habe es gestern schon befürchtet", setzte sich der Redestrom der anderen fort. „Wissen Sie", wandte sie sich direkt an Torge. „Mein Bungalow liegt direkt neben dem der armen Ella Shepherd. Phantastische Aussicht, sage ich Ihnen. Ich habe mich beim Umziehen und Herrichten komplett vertrödelt und war deshalb spät dran. In meinem Alter dauert es im Badezimmer etwas länger, und neben einer so schönen Braut will man schließlich nicht komplett verblassen."

„Mir gefallen reifere Frauen wesentlich besser", erklärte Torge, um sie auf charmante Weise zu unterbrechen und wieder aufs Thema zu bringen. Vielleicht hatte die Frau in der Mordnacht etwas beobachtet!

„Oh! Wie schmeichelhaft von Ihnen! Ich bin übrigens Gisela Böttcher. Wie war gleich Ihr Name?"

„Ich bin Torge Trulsen, der Hausmeister dieser Ferienanlage. Sagen Sie, haben Sie in der Nacht von Donnerstag auf Freitag bei dem Bungalow etwas beobachtet, was der Polizei von Nutzen sein könnte?"

„Sie ist schon in der Nacht davor gestorben? Nein, wir konnten nichts bemerken, weil wir bis spät gefeiert haben. Lassen Sie mich überlegen, es muss so gegen zwei Uhr gewesen sein, als wir diesen Saal verließen. Danach war ich wirklich todmüde. Eigentlich gehe ich immer viel früher ins Bett, so gegen elf, aber man will ja mit den jungen Leuten mithalten. Das verstehen Sie bestimmt. Außerdem war die Stimmung einfach großartig und Vanessa heiratet schließlich nur einmal im Leben. Na ja, jedenfalls hoffen wir das. Mein Hartmut und ich haben uns sofort, nachdem wir unseren Bungalow erreichten, aus unserem feinen Zwirn geschält und sind ins Bett gefallen. Da er außerdem schnarcht wie ein alter Holzfäller, habe ich mir angewöhnt, mit Ohrstöpseln zu schlafen. Da dringt kaum was durch. Aber vielleicht hat Hartmut etwas gesehen oder gehört. Wollen wir ihn fragen?"

Auch wenn Torge keine große Hoffnung hegte, dass Gisela Böttchers Mann mehr beobachtet hatte, war es zumindest einen Versuch wert. Vielleicht war er nicht ganz so müde wie seine Frau oder später noch einmal aufgewacht. Bisher stand der Zeitpunkt des Todes nicht fest und Torge war schließlich hergekommen, um möglichst viele Informationen zu sammeln.

„Gern", stimmte er zu. „Allerdings habe ich vorher noch eine Frage an Edith: Wissen Sie, wann Marc Schilling am Polterabend den Saal verlassen hat? Sie scheinen in seine Beauftragung involviert gewesen zu sein. Vielleicht hatten Sie ja ein Auge auf ihn, ob er seinen Vertrag erfüllt. Wissen Sie, welche Zeit vereinbart war?" Die Fragen sprudelten nur so aus ihm heraus, was Edith Schumann mit einem nachsichtigen Lächeln quittierte.

„Man könnte glatt auf die Idee kommen, Sie seien mit der Mordermittlung beauftragt, Herr Trulsen. Sie sind ein echter Tausendsassa."

Torge fühlte sich geschmeichelt, wollte aber gleichzeitig nicht schon wieder vom Thema abkommen. Das war mit den beiden Damen gar nicht so einfach!

„Danke. Ja, wissen Sie, ich unterstütze die Polizei tatsächlich in diesem Fall. Außerdem will meine Chefin so viel wie möglich über den furchtbaren Vorfall wissen."

„Und was hat der Fotograf damit zu tun?", mischte sich Gisela Böttcher wieder ein. „Sie glauben doch nicht etwa, dass er seine Konkurrentin auf dem Gewissen hat? Gibt es dafür Beweise?"

Die direkte Frage störte den Hobbyermittler. Er war es nicht gewohnt, selbst Rede und Antwort stehen zu müssen. Und Marina Lessing hatte ihm deutlich gemacht, er solle Informationen sammeln, statt welche auszuplaudern. Daran wollte er sich unbedingt halten.

Er kaschierte seine Unsicherheit mit einem Lachen. „Nein, da haben Sie mich missverstanden", versuchte er sie von diesem Schluss abzulenken. Wie sollte er sich da nur herauswinden? Seine Gedanken rasten, aber ihm fiel nichts ein. Wenn Edith nicht von sich aus antwortete, würde er diesen Aspekt vorerst fallenlassen und sie später erneut darauf ansprechen.

Sie erlöste ihn jedoch. „Also, welche Zeiten genau vereinbart wurden, weiß ich nicht. Ich habe ihn allerdings nach Viertel vor elf an diesem Abend nicht mehr gesehen."

„Woher wissen Sie das so genau?", fragte er nach.

„Um halb elf wurden Kaffee und kleine Törtchen sowie ein wenig Gebäck serviert. Davon hat er Bilder gemacht. Daran kann ich mich erinnern, weil Vanessa und ihr frisch Angetrauter sich mit dem Süßkram gegenseitig gefüttert haben, was ich ziemlich albern fand. Danach hat er das Fest verlassen, meine ich. Oder hast du ihn später gesehen, Gisela?"

„Nicht, dass ich wüsste. Auf den Fotografen habe ich allerdings nicht besonders geachtet. Glauben Sie wirklich, er könnte Ella Shepherd den Erfolg geneidet und sie deshalb umgebracht haben?"

„Aber er hat Vanessas Auftrag bekommen", widersprach Edith. „Warum sollte er neidisch sein?"

Gisela Böttcher machte eine wegwerfende Handbewegung. „Das große Geld steckt nicht in dieser Hochzeitsfotografie. Kommen Sie, Herr Trulsen, wir befragen meinen Mann. Ich möchte selbst gerne wissen, ob er was beobachtet hat. Das wäre ja ein Ding!"

„Hätte er Ihnen das nicht längst erzählt?", fragte Torge vorsichtig.

„Ah, der schnackt nicht gerne. Immer nur so viel, wie es gerade sein muss. Er hat lieber seine Ruhe. Dem muss man die Sachen aus der Nase ziehen, sonst erfährt man nichts." Gisela Böttcher marschierte quer durch den Saal und Torge hatte Mühe, Schritt zu halten. Sie war wirklich eine forsche Person!

Hartmut Böttcher dagegen war ein gemütlicher Typ mit enormer Leibesfülle. Sein schelmisches Grinsen schien ein Dauerzustand zu sein, wobei ihn nichts so schnell aus der Ruhe brachte. Er begrüßte Torge mit einem kräftigen Händedruck, den dieser vermutlich noch die nächsten drei Tage spüren würde.

„Sind Sie ein Privatschnüffler oder gehören Sie zur örtlichen Polizei?", fragte er interessiert, nachdem Torge sich vorgestellt und seine Frage wiederholt hatte.

Das war eine gute Frage. Irgendetwas dazwischen, obwohl er damit ja kein Geld verdiente. „Ich unterstütze die Polizei und sammle Fakten für meine Chefin hier in der *Weißen Düne*. Eigentlich arbeite ich hier."

„Ich würde Ihnen wirklich gerne helfen, zumal mir die Foto grafin wirklich sympathisch war", erklärte Hartmut Böttcher. „Aber in besagter Nacht habe ich geschlafen wie ein Murmeltier."

„Sie haben mit ihr gesprochen?", fragte Torge elektrisiert. Ob er irgendetwas wusste, was die Ermittlung voranbrachte? „Wann war das denn?"

„Hhm, das muss so gegen neun, halb zehn gewesen sein. Ich habe die Feier verlassen, um in Ruhe eine Zigarre zu rauchen. Das ist hier nicht erlaubt. Die junge Frau kam aus ihrem Bungalow und blickte in Richtung Strand. Wir haben uns kurz unterhalten."

War er etwa der Letzte, der Ella – mit Ausnahme des Mörders – lebendig gesehen hatte? Gut möglich.

„Worüber denn?" Torges Neugier war geweckt.

„Erst über die Hochzeit und meine Flucht, um meinem Laster zu frönen. Sie erzählte mir anschließend, sie sei wegen der Polarlichter hergekommen. War ein toller Anblick, wie sie so über die Landschaft waberten. Sie wollte kurz danach an den Strand, um die Pfahlbauten in diesem besonderen Licht zu fotografieren."

Vom Zeitablauf schien es hinzukommen.

„Wie war sie drauf?"

„Wie meinen Sie das?"

„War sie in guter Stimmung? Wirkte sie ängstlich oder gehetzt?"

„Nein, keineswegs. Sie freute sich, dass die Polarlichter wie angekündigt auftauchten, und war in freudiger Erwartung auf die kommenden Stunden. Wenn ich darüber nachdenke, wirkte sie sogar aufgeregt. Nach circa zehn Minuten verabschiedete sie sich, weil sie loswollte. Das Leuchten hatte zwischenzeitlich weiter zugenommen."

So wortkarg wie seine Frau ihn bezeichnet hatte, schien Hartmut Böttcher gar nicht zu sein. Vielleicht musste man ihn einfach nur zu Wort kommen lassen. Torge bedankte sich und wünschte den beiden weiterhin viel Spaß auf der Feier.

Im Anschluss ließ er sich weiter treiben, kam hier und da ins Gespräch und sammelte Eindrücke. Wie Marina Lessing befürchtet hatte, war der Mord an Ella Shepherd zum zentralen Thema geworden, allerdings brachte niemand den Vorfall mit Vanessa Stern oder der eigenen Person in Verbindung, sodass nur unaufgeregt diskutiert wurde, welches Motiv es dafür geben könnte.

Keiner schien den Fotografen Marc Schilling zu verdächtigen. Vielleicht war er mit dieser Annahme wirklich auf den Holzweg geraten. Ohne den Tatzeitpunkt zu wissen, brachte es vermutlich nichts, noch einmal mit ihm zu sprechen, also verwarf Torge diesen Plan.

Bevor er die Ferienanlage verließ, wollte er kurz in seinem Kabuff vorbeischauen – ein winziger Raum, der von der Lobby abging und ihm als Büro diente. Er hatte dort einen Blumenstrauß für seine Annegret ins Wasser gestellt. Eine kleine Aufmerksamkeit, weil sie mal wieder klaglos die Abende eines Wochenendes auf ihn verzichtete, an denen er eigentlich frei gehabt hätte. Welche Frau brachte schon so viel Geduld für ihren Mann auf? Torge wusste, wie viel Glück er mit seiner seuten Deern hatte. Über diesen unerwarteten Blumengruß würde sie sich bestimmt freuen.

Auf dem Weg zu seinem alten Kombi kam er an dem imposanten Brunnen in der Lobby vorbei. Er hatte ihn fast umrundet und war mit den Gedanken bei seinem wohlverdienten Feierabendbier, da hielt er plötzlich inne. Eine Zeitlang hatte er es sich angewöhnt, ein paar Münzen für Fortuna in das schillernde Wasser zu werfen – einmal in Geistesabwesenheit wesentlich mehr als beabsichtigt. Bei dieser Erinnerung musste er unwillkürlich lächeln. Es war der erste Fall mit Charlotte Wiesinger gewesen und sie war alles andere als begeistert, ihn kennenzulernen und als Teil des Teams zu akzeptieren. Seitdem war so viel passiert. Allerdings hatte er in letzter Zeit die Tradition vernachlässigt, seinem Ermittlungsglück auf diese Weise nachzuhelfen. Das sollte er unbedingt wieder ändern – für Ella Shepherd und alle Beteiligten. Er legte den Strauß auf den Rand des Brunnens und angelte sein Portemonnaie aus der Tasche. Torge hatte die Schüttelbörse für Kleingeld von seinem Vater übernommen und hielt sie seit dessen Tod in

Ehren. Er suchte alle braunen Centstücke heraus und schnippte sie in hohem Bogen in den Brunnen. Ob ihn jemand dabei beobachtete, war ihm mittlerweile völlig egal.

Knud in St. Peter-Ording

Sonntag, den 4. Dezember

Glaubst du wirklich, dass der Fotograf Ella Shepherd auf dem Gewissen hat?“, fragte Lilly und gähnte herzhaft. Es war ihr anzusehen, wie wenig Lust sie verspürte, an diesem Sonntag weiter an ihrem Fall zu arbeiten.

Das konnte Knud sogar verstehen. Bisher waren die Fakten mager, die Berichte aus der Gerichtsmedizin und von der Spurensicherung ließen auf sich warten. Damit stand nicht einmal der Todeszeitpunkt fest. Trotzdem sollten sie mit der Vernehmung von Marc Schilling nicht weiter warten, weil er sicherlich spätestens morgen abreiste und zurück nach Hamburg fuhr, wo er gemeldet war.

„Was ich glaube, ist zweitrangig“, antwortete Knud wie üblich pragmatisch.

„Nach meiner Meinung ist Konkurrenz im Job kein schlagendes Mordmotiv. Immerhin hatte er diesen Drei-Tage-Auftrag, der bestimmt gut bezahlt wird. Außerdem: Was hat er davon, wenn er Ella Shepherd tötet? Ihre Genialität und der Blick für den richtigen Bildausschnitt springen deswegen nicht automatisch auf ihn über", führte Lilly ihre Gedanken weiter aus.

„Wenn du zu müde bist, kann ich Schilling alleine befragen", bot Knud gutmütig an. „Torge hat mich heute Morgen angerufen. Er war gestern den ganzen Abend auf der Party und hat einigen Gästen ein paar interessante Informationen entlockt."

„Wirklich? Na, da platze ich förmlich vor Neugier. Was hat Trulsen denn herausbekommen?" Lillys Gesichtsausdruck strafte ihre Aussage Lügen, aber Knud ließ sich von ihrer schlechten Laune nicht beeindrucken.

„Marc Schilling hat die Party vermutlich gegen Viertel vor elf verlassen."

„Tatsächlich? Und was beweist das?"

„Beweis ist zu hoch gegriffen, aber zumindest gibt die Feier ihm kein Alibi für die Zeit des Mordes."

„Die noch nicht einmal feststeht", murrte Lilly.

„Trotzdem interessant, dass er kurz nach dem Auftauchen von Ellas Bildern im Netz von der Bildfläche verschwunden ist. Ich will herausfinden, ob es da einen Zusammenhang gibt. Wie gesagt, ich kann gerne alleine zur *Weißen Düne* fahren."

Einen Moment lang zögerte Lilly. Die Versuchung, sich einen faulen Tag zu machen, schien verlockend. Doch dann griff sie zu ihrer Espressotasse, kippte den Inhalt in einem Zug herunter und grinste ihn frech an. „Danke für das Angebot, aber es ist nicht meine Art, Kollegen im Stich zu lassen. Es wird schließlich nicht ewig dauern." Noch einmal gähnte sie herzhaft, bevor sie sich von ihrem Stuhl erhob. „Gehen wir."

Marc Schilling erwartete die beiden Kommissare im Frühstücksraum. Er hatte sich eine ruhige Ecke ausgesucht, in der sie weitestgehend ungestört miteinander reden konnten. Mit einer einladenden Geste forderte er sie auf, Platz zu nehmen.

„Moin! Sie müssen die Kommissare Petersen und Morgenroth sein. Tatsächlich habe ich mich über Ihren Anruf gewundert, aber vermutlich befragen Sie alle, die Ella kannten und sich hier in dieser Ferienanlage aufhalten. Ist ein merkwürdiger Zufall, dass wir an diesem Wochenende beide hier sind, aber so ist das Leben eben."

Der Fotograf schien seine Nervosität mit dem Redeschwall überdecken zu wollen. Ob dahinter ein schlechtes Gewissen steckte oder er einfach nur durch das Auftreten der Polizei unruhig wurde, war vorerst nicht erkennbar. Knud und Lilly nahmen ihm gegenüber Platz, bestellten Kaffee bei der freundlichen Kellnerin, die kurz darauf erschien und sie nach ihren Wünschen fragte.

„Zufall oder Schicksal", kommentierte Knud seine Bemerkung. „Das wollen wir herausfinden."

„Das klingt ja dramatisch. Stehe ich etwa unter Verdacht, etwas mit Ellas Tod zu tun zu haben?"

„Wir stehen am Anfang unserer Ermittlung und sammeln Informationen bei allen, die etwas mit ihr zu tun hatten oder ihr in den letzten Stunden ihres Lebens begegnet sind. Bisher liegen keine Verdachtsmomente gegen Sie vor", beruhigte er den Fotografen, obwohl dieser ein ausreichendes Motiv hatte, die Konkurrentin zu töten. „Wie gut kannten Sie sie?"

„Tja, was heißt schon kennen? Privat hatte ich nichts mit ihr zu tun."

„Immerhin waren Sie in der gleichen Branche tätig. Nach unseren Informationen war Ella Shepherd allerdings wesentlich erfolgreicher als Sie und hat Ihnen ständig lukrative Aufträge weggeschnappt." Bewusst formulierte Knud etwas provokativ, um Marc Schilling gleich zu Beginn aus der Reserve zu locken.

„Interessant!" Nach seiner Mimik zu urteilen, ließ ihn diese Aussage nicht unberührt. Gleichzeitig zog er die Braue seines rechten Auges hoch. „Woher haben Sie solche Informationen?"

„Das spielt keine Rolle", ließ Knud ihn abtropfen. „Beantworten Sie einfach meine Frage."

„Oh, okay. Mir war nicht bewusst, dass es sich um eine Frage handelt, es klang eher wie eine Tatsache." Schilling schien zu überlegen, ob er weiter auf Konfrontation gehen oder den Kommissaren einfach die gewünschten Informationen liefern sollte. Schließlich entschied er sich zu kooperieren. „Ella und ich waren in der gleichen Branche tätig - ja, das stimmt. Allerdings hatten wir unterschiedliche Schwerpunkte. Eine Zeitlang hat sie sich ebenfalls für die Hochzeitsfotografie interessiert, diese allerdings längst aufgegeben. Ihr Schwerpunkt waren Landschaftsfotografie und Porträts von besonderen Menschen in deren Umgebung. Für solche Reportagen ist sie um die ganze Welt geflogen."

„Was ihr einen internationalen Ruf und viel Erfolg eingebracht hat", ergänzte Knud.

„Das ist richtig", bestätigte Schilling.

„Und haben Sie ihr diesen Erfolg geneidet?"

„Natürlich gab es Momente, in denen ich ein wenig neidisch war", gab Marc Schilling überraschend ehrlich zu. „Allerdings musste ich mir eingestehen, diesen Einsatz nicht leisten zu wollen. Wissen Sie, im Gegensatz zu Ella bin ich verheiratet und mittlerweile sesshaft geworden. Weder meine Frau noch ich selbst möchten so leben. Es klingt nach dem großen Abenteuer, ist aber in der Realität mit erheblichen Entbehrungen verbunden. Nirgends richtig zu Hause zu sein, entspricht nicht meiner Lebensart. Sie können Ihre Freizeit nicht so nutzen, als wenn Sie sich in ihrem gewohnten Umfeld mit Freunden und Bekannten aufhalten. Vielleicht ist es zusätzlich meinem Alter geschuldet. Ich bin jetzt sechsundvierzig. Da wird man ein wenig gemütlicher und möchte nicht ständig unterwegs sein und mit den Widrigkeiten ferner Länder konfrontiert werden. Für meine Frau wäre das ebenfalls keine Option und wir wollen nicht ständig getrennt sein. Irgendwann muss man sich halt entscheiden, wie viel Einsatz man für Beruf und vermeintlichen Ruhm leisten möchte."

„Das klingt alles schlüssig und nachvollziehbar. Trotzdem könnte es Sie gewurmt haben, beim Auftreten dieser seltenen Naturphänomene hier in St. Peter Ording an eine dreitägige Hochzeitsfeier gebunden zu sein, während Ihre Konkurrentin spektakuläre Aufnahmen am Strand macht. Sie haben sicherlich die in Szene gesetzten Pfahlbauten inmitten der Polarlichter gesehen, die Ella in der Nacht ihres Todes bei Instagram gepostet hat."

„Worauf wollen Sie hinaus?"

„Dass Sie weite Reisen über den gesamten Erdball ablehnen, ist eine Sache. An diesem Wochenende waren Sie jedoch genau am Ort des Geschehens. Haben Sie nach Beendigung Ihres Auftrags an diesem Abend ebenfalls Fotos am Strand gemacht?"

„Nein."

„Warum nicht?", hakte Knud sofort nach.

„In erster Linie hatte ich dafür nicht die richtigen Objektive dabei. Wer konnte schon ahnen, dass St. Peter Ording ausgerechnet an diesem Wochenende in spektakuläre Polarlichter getaucht wird? Meines Wissens ist das bisher nie passiert." Ein unzufriedener Zug umspielte Marc Schillings Mund. So abgeklärt wie er tat, war er keineswegs.

„Ella schien es gewusst zu haben. Sie war deswegen extra hergekommen."

„Ja, ich habe keine Ahnung, aus welcher Quelle sie solche Informationen zog, aber sie war stets perfekt im Bilde."

Knud nickte. „Wann haben Sie am Donnerstagabend den Festsaal verlassen?"

„Pfft. Lassen Sie mich überlegen. Das muss so gegen elf gewesen sein. Um halb elf Uhr wurde ein später Nachtisch serviert, davon wollten Vanessa Stern und ihr Bräutigam Fotos haben. Danach war der Job für diesen Tag erledigt und ich bin zu meinem Bungalow gegangen."

„Und haben Sie im Anschluss Ella Shepherd aufgesucht?"

„Warum sollte ich das getan haben?"

„Vielleicht wollten Sie an Ihrem Erfolg partizipieren. Sie könnten ihr ein Angebot unterbreitet haben, zum Sonderpreis unter Kollegen einige ihrer Fotos zu übernehmen, um sie unter Ihrem eigenen Namen weiterzuverkaufen. Das hätte vielleicht Ihrer Karriere einen neuen Schub gegeben."

Schillings Lachen klang falsch. „Wirklich eine großartige Idee, Herr Kommissar. Schade, dass ich nicht selbst darauf gekommen bin. Nein! Ich bin in dieser Nacht nicht zu Ella gegangen. Ich wusste ja nicht einmal, dass sie überhaupt hier in der *Weißen Düne* abgestiegen ist. Ihre Fotos auf Insta habe ich gesehen. Ich gebe zu, ein großer Fan ihrer Bilder zu sein, und ich habe ihre Karriere verfolgt. Ja, das ist richtig. Ich bin aber in dieser Nacht in meinem Bungalow geblieben. Zuerst habe ich einige Fotos für Vanessa Stern herausgesucht, die ich ihr im Anschluss geschickt habe. Sie wissen ja, wie die jungen Leute heutzutage sind. Alles, was annähernd spektakulär ist, muss zeitnah in den sozialen Medien geteilt werden. Natürlich war Vanessa da keine Ausnahme. Tatsächlich habe ich danach überlegt, ob ich an den Strand gehen soll, um selbst einige Aufnahmen der Polarlichter zu machen, den Gedanken allerdings nach kurzer Überlegung wieder verworfen. Zum einen war ich unglaublich müde und musste ja am nächsten Tag wieder fit sein, zum anderen hatte ich, wie gesagt, für derartige Aufnahmen nicht die richtige Ausrüstung dabei. Die Fotos wären vermutlich nicht einmal halb so gut geworden, wie die von Ella und weiteren Fotografen, die sich dort bereits zahlreich tummelten. Also habe ich mir die Mühe gespart."

„Nur, um es klarzustellen", hakte Knud nach. „Sie waren allein in dem Bungalow und es gibt keine Zeugen dafür. Ist das richtig?"

„Ja, das ist absolut richtig. Und irgendwie klingt es in meinen Ohren, als würden Sie mich doch verdächtigen. Brauche ich ein Alibi für die Nacht?", fragte Marc Schilling in ironischem Tonfall, der sicherlich seine Unsicherheit überdecken sollte.

Knud war überzeugt, dass dieser Mann etwas verschwieg. Allerdings machte es vermutlich wenig Sinn, ihn dazu weiter zu befragen. Für den Moment konnte er nicht mehr ausrichten. „Bisher nicht. Halten Sie sich aber bitte zu unserer Verfügung. Reisen Sie heute ab?"

Marc Schilling nickte. „Mein Auftrag ist erledigt, also werde ich zurück nach Hamburg fahren. Wenn Sie mich noch einmal sprechen wollen, können wir das telefonisch erledigen oder Sie suchen mich dort auf. Weitere Reisen habe ich in diesem Jahr nicht mehr geplant. Mehr habe ich Ihnen nicht zu sagen, würde aber gerne zum Abschluss meines Aufenthalts dieses vorzügliche Frühstück genießen."

„Dann wünschen wir Ihnen einen guten Appetit und eine entspannte Heimreise. Wir melden uns bei Ihnen." Damit verabschiedeten sich die Kommissare.

„Du warst ja ungewöhnlich still, Lilly". Knud warf seiner Kollegin einen prüfenden Blick zu. „Bist du einfach nur müde oder liegt es an etwas anderem?"

„Hhm. Ich weiß nicht. Mir ist nicht wohl dabei, all diese Ermittlungsschritte ohne Charlie durchzuführen, aber damit will ich gar nicht wieder anfangen. Nur, weil du gefragt hast. Darüber hinaus hattest du alles wunderbar im Griff. Es gab keinen Grund, sich einzumischen. Was machen wir nun? Frühen Feierabend?"

Knud musste unwillkürlich lachen. „Du scheinst wirklich hochmotiviert zu sein." Das Thema Charlie überging er geflissentlich. „Ich dachte, wir könnten eigentlich gleich bei der WG von Fabian Wiesner vorbeischauen. Auch wenn er nach Aussage von Jan Stecker vermutlich keinen Job hat, ist die Chance, ihn am Sonntag zu Hause anzutreffen, höher als in der Woche. Auf dem Surfbrett wird er vermutlich gerade nicht stehen." Knud klappte den Kragen seiner Jacke hoch, um sich vor dem schneidenden Wind zu schützen, der eiskalt über das platte Land fegte und die Temperaturen weiter sinken ließ. „Oder soll ich dich erst zu Hause absetzen?"

„Nee, geht schon", behauptete Lilly schelmisch. „Auf diesen Fabian Wiesner bin ich wirklich gespannt. Der könnte uns einiges über Ella Shepherd erzählen, wodurch wir den Fall vielleicht besser einschätzen können. Ich bin dabei."

„Na, dann auf nach Böhl", erklärte Knud weiterhin fröstelnd. Der Wagen würde auf der kurzen Fahrt nicht warm werden, aber immerhin kamen sie aus dem unangenehmen Wind heraus.

Die Wohnung der WG von Fabian Wiesner befand sich in einem unspektakulären Klinkerbau, der ein wenig vernachlässigt wirkte. Die Fensterrahmen hätten dringend einen Anstrich gebraucht, der schmale Streifen vor dem Haus, den man nur mit Fantasie als Vorgarten bezeichnen konnte, wirkte verwahrlost. So wohnte man mit einem kleinen Budget. Knud konnte sich eine erfolgreiche Fotografin nur schwer in dieser Umgebung vorstellen, andererseits war sie auf ihren Reisen vermutlich in viel heruntergekommeneren Kaschemmen abgestiegen. Und sie hatte schließlich nicht selbst hier gewohnt. Wer weiß, ob sie mit Fabian Wiesner überhaupt Zeit in seinem WG-Zimmer verbracht hatte.

„Keine schöne Gegend von St. Peter", fasste Lilly seine Gedanken zusammen. „Ich weiß nicht, ob ich hier einziehen würde."

Die Tafel mit den Klingelschildern war in einem ähnlichen Zustand. Für alle Bewohner reichte der Platz nicht aus, also waren die Namen irgendwie in die Nähe des Klingelknopfes geklebt, teils auf Malerkrepp, teils sogar auf Heftpflaster geschrieben. Knud war gespannt, was sie im Inneren des Hauses erwartete. Fabian Wiesners WG wohnte im obersten Stock. Er betätigte die Klingel und lehnte sich gegen die Haustür, die sich prompt einen Spalt öffnete.

„Wie es aussieht, kann hier jeder rein. Dann wollen wir mal, wir müssen ins dritte Obergeschoss."

Dort angekommen wurden sie von einem im Türrahmen stehenden Mann erwartet. Er war relativ klein und schmächtig und sah nicht gerade wie ein Sportler aus. Seine rötlichen Locken waren an diesem Morgen noch keinem Kamm begegnet, sein langes Gesicht wurde von einer runden Brille dominiert, insgesamt wirkte er wie ein Computernerd, als Liebhaber von Ella Shepherd konnte sich Knud dieses Kerlchen überhaupt nicht vorstellen. Eher handelte es sich wohl um einen der Mitbewohner.

„Ja? Wer stört so früh am Sonntagmorgen?", empfing er die Kommissare grußlos. Es klang nicht wie ein Scherz, sondern ernst gemeint.

„Moin!", erwiderte Knud gelassen. „Es tut uns leid, Sie so früh behelligen zu müssen, aber es ist wichtig." Er stellte die beiden kurz vor und erklärte ihr Anliegen.

„Im Ernst? Sie kommen von der Polizei? Kann ich Ihre Marken sehen?“ Aufregung schien ihn erfasst zu haben, er tippelte unruhig von einem Fuß auf den anderen.

„In Deutschland haben wir keine imposanten Marken, lediglich Plastikkarten“, antwortete Knud amüsiert und zog seinen Ausweis aus der Tasche.

„Wow! Sie wollen sicherlich mit Fabian schnacken, aber der ist nicht da. Möchten Sie trotzdem reinkommen? Ich habe gerade einen Kaffee aufgesetzt. Vielleicht kann ich Ihnen ein wenig weiterhelfen.“

Knud und Lilly tauschten einen Blick. Einen Versuch war es wert. Immerhin ergab sich daraus die Chance, etwas über Fabian Wiesner und sein Verhältnis zu Ella Shepherd zu erfahren.

„Ja oder nein?“, fragte der Nerd ungeduldig.

„Haben Sie die Fotografin mal persönlich kennengelernt? Hat sie Fabian hier besucht?“

„Ja, schon. Nicht besonders oft und meistens nur kurz. Ab und zu hat sie ihn abgeholt oder sie sind nach einem gemeinsamen Abend hier gelandet. Unsere Küche ist der zentrale Treffpunkt, wenn man Gesellschaft möchte. Da haben wir manchmal eine Stunde oder so zusammengesessen.“

Das hörte sich immerhin so an, als würden sie auch über das Verhältnis der beiden etwas zu hören bekommen, was nicht durch die Meinung des Lovers eingefärbt war. Außerdem waren sie nicht ganz umsonst hergekommen.

„Gern“, antwortete Knud. „Aber nur, wenn wir wirklich nicht stören.“

Der Nerd verstand den Wink. „Tut mir leid, das war nicht so ernst gemeint. Ist hier bei uns in der WG ein Running Gag. Kommt vielleicht nicht bei jedem gut an, aber sie scheinen ja recht entspannt zu sein. Ist bestimmt aufregend so eine Mordermittlung“, vermutete er und führte die Kommissare schließlich in eine überraschend gemütlich wirkende Küche, in der nicht das erwartete Chaos herrschte.

Die aufgeregte Art ihres Gegenübers belustigte Knud. Die meisten Menschen wollten sie so schnell wie möglich loswerden, wenn sie mit einem Kapitalverbrechen konfrontiert wurden. „Wie ist eigentlich Ihr Name?", fragte er den Mitbewohner, während dieser zwei Kaffeepötte aus einem bunten Sammelsurium auf den sauberen Tisch stellte.

„Oh, das habe ich komplett vergessen. Mein Name ist Achim Müller. Wollen Sie Zucker? Milch haben wir leider nicht."

„Kein Problem! Erzählen Sie uns etwas über Fabian. Sind Sie befreundet oder wohnen Sie hier lediglich zusammen?"

„Hhm, als Freundschaft würde ich unser Verhältnis nicht gerade bezeichnen, aber wir kommen miteinander aus. Unsere Interessen sind sehr unterschiedlich. Fabian nimmt das Leben leicht. Den ganzen Sommer verbringt er seine Zeit eigentlich nur draußen, meistens auf dem Surfbrett. Er ist allerdings ebenfalls ein leidenschaftlicher Fahrradfahrer und diesen Sport übt er genauso im Winter aus. Sport ist sein Leben, alles andere kommt danach."

„Wir haben gehört, dass er in Hamburg an der Uni eingeschrieben ist. Was studiert er denn?"

„Eingeschrieben ist er im Fach Soziologie, allerdings studiert er nicht wirklich. Jedenfalls hat er es in diesem Jahr komplett schleifen lassen. War eben ein super Sommer, den wollte er sich nicht damit verderben, am Schreibtisch zu sitzen und Bücher zu lesen. Fabian ist im März hier aufgetaucht und wollte eigentlich nur einen Monat bleiben, hat es sich aber anders überlegt und das Semester sausen lassen."

„Das Wintersemester fing bereits im Oktober an. Hat er seine Studien wieder aufgenommen?", schaltete sich Lilly dieses Mal in das Gespräch ein.

„Irgendwann im Spätsommer hat er diese Fotografin kennengelernt. Von der war er wirklich hin und weg, was ich absolut verstehen konnte. Nicht, dass sich so eine Frau wie Ella jemals für mich interessieren würde …" Achim verzog sein Gesicht zu einer Grimasse. „Sie war allerdings unglaublich viel unterwegs und Fabian wollte einfach die wenige Freizeit mit ihr zusammen verbringen. Aber das war nur eine Seite der Medaille. Fabian hatte sich an sein lockeres Leben gewöhnt und fühlte sich wenig motiviert, sein Studium ernsthaft zu betreiben. Es klingt jetzt vielleicht etwas abwertend, aber irgendwie ist er ein Traumtänzer." Achim Müller nahm einen Schluck Kaffee und ergänzte: „Jeder muss nach seiner Façon glücklich werden, aber meine Art zu leben wäre es eben nicht."

„Wie leben Sie denn?", fragte Lilly, obwohl das für die Ermittlung ohne Belang war.

„Ich absolviere ein duales Studium im Bereich Informatik. Eingeschrieben bin ich ebenfalls in Hamburg, allerdings finden viele Vorlesungen mittlerweile hybrid statt, das heißt wir können uns online dazuschalten. Da die Firma, in der ich den praktischen Teil mache, hier in St. Peter sitzt, bin ich die meiste Zeit des Jahres ebenfalls hier an der Küste. Für mein Asthma ist das einfach das beste Klima."

Die Antwort enthielt eine Information, die vielleicht in Bezug auf Fabian wertvoll war. „Vielleicht studiert Fabian ebenfalls auf diese Weise?", überlegte Knud.

„Nee!", grinste Achim Müller. „Die Soziologen haben damit nichts am Hut. Vielleicht kriegt der Fachbereich es nicht auf die Reihe, die Vorlesungen digital anzubieten. Fabian hat jedenfalls noch nie etwas davon erwähnt."

„Wissen Sie wann und warum er nach Hamburg gefahren ist?"

„Gestern Abend fand ein Ehemaligentreffen seines Abijahrgangs statt. Er wollte unbedingt dabei sein, weil es sich um seine alte Clique handelte."

„Obwohl Ella Shepherd dieses Wochenende nach Sankt Peter-Ording gekommen war?", fragte Lilly.

„Ja. Fabian hat grundsätzlich versucht, so viel Zeit wie möglich mit ihr zu verbringen, aber trotzdem nicht alles andere vernachlässigt, was ihm wichtig war. Wenn ich es richtig in Erinnerung habe, will er außerdem morgen zur Uni, um dort etwas zu regeln. Der Fachbereich hat ihn angeschrieben und mit Exmatrikulation gedroht, weil er im letzten Jahr keine Zwischenprüfungen abgelegt hat. Fabian schien sich kurz darüber geärgert zu haben, aber die Sache dann gelassen gesehen. So war er eben, wie ich schon sagte: Ein Traumtänzer, der das Leben von der leichten Seite nahm."

„Galt das ebenfalls für das Verhältnis zu Ella Shepherd?"

„Ich glaube, beide haben die Beziehung eher locker genommen. Sie haben sich verstanden, hatten eine gute Zeit zusammen und vermutlich auch großartigen Sex." Achim lächelte ein wenig süffisant, was der Situation kaum angemessen war. „Nicht mehr und nicht weniger. Sie haben zumindest nicht den Eindruck erweckt, auf eine gemeinsame Lebensplanung hinzusteuern oder so etwas."

„Gab es ab und zu Streit zwischen den beiden?", wollte Knud wissen. „Oder sonst irgendwelche Konflikte?"

„Nicht, dass ich wüsste. Wenn sie hier waren, schienen sie entspannt und harmonisch miteinander. Vielleicht waren sie gar nicht genug verliebt oder am Leben des anderen interessiert, um einen Ansatzpunkt für Streit zu haben."

„Aber Fabian hätte gern mehr Zeit mit Ella verbracht, oder?"

Achim Müller nickte. „Ja. Er erkannte allerdings ihren Ehrgeiz. Außerdem war sie gerade einer einengenden Beziehung entflohen. Der Typ verlangte von ihr, Aufträge sausen zu lassen, um mehr zu Hause zu sein. Das muss man sich mal vorstellen! In welchem Jahrhundert leben wir denn? Als ob ein Mann so etwas fordern könnte! Da wollte Fabian sich nicht einreihen, auch wenn er sie gerne um sich hatte. Sie kam ja immer wieder zu ihm, das wollte er sich nicht vermasseln, indem er den gleichen Fehler wie sein Vorgänger machte. Fabian hat ihren Lebensstil akzeptiert, auch wenn sie in diesem Bereich unterschiedliche Vorstellungen hatten." Plötzlich schien er den Hintergrund von Knuds Frage zu begreifen. „Sie glauben doch nicht etwa, dass Fabian etwas mit Ellas Tod zu tun hat, oder?"

Charlie in St. Peter-Ording

Montag, den 5. Dezember

Am Montagmorgen fühlte sich Charlie ungewohnt ausgeruht und freute sich auf das Wiedersehen mit den Kollegen. Das Wochenende in der alten Heimat hatte ihr ausgesprochen gutgetan. So blieb die positive Stimmung erhalten, auch wenn es sie nach wie vor ein wenig triggerte, dass Knud sie von dem Beginn der Ermittlung ausgeschlossen hatte. Sie akzeptierte jedoch seine Erklärung und wollte die neue Harmonie zwischen ihnen nicht gefährden, indem sie überreagierte. Immerhin schien der Tapetenwechsel den gewünschten Effekt zu haben und das war schließlich das Wichtigste.

Trotzdem hielt sie an diesem Morgen nichts im Bett. Obwohl es jahreszeitbedingt dunkel war, startete sie früh in den Tag. Nach einer heißen Dusche gönnte sie sich lediglich zwei Tassen

Espresso und verließ, ohne zu frühstücken, ihr Haus im Dorf von Sankt Peter. Sie konnte es nicht abwarten, von den Teamkollegen in die ersten Schritte der neuen Mordermittlung eingeweiht zu werden.

Trotz der frühen Uhrzeit war bereits das gesamte Team am Besprechungstisch versammelt. Einen Moment lang befürchtete sie, langsam komplett ausgebootet zu werden, aber die Kollegen waren gerade in der Vorbereitungsphase. Lilly reinigte das Whiteboard und Knud verteilte Kaffee an alle. Es fühlte sich an, wie nach Hause zu kommen und Charlie freute sich wieder da zu sein. Außerdem wurde sie überschwänglich begrüßt, als ihr Erscheinen bemerkt wurde.

„Moin Charlie! Gut siehst du aus! Komm, setz dich und erzähl von deinem Wochenende. Konntest du dich ein wenig erholen?"

Die Kommissarin musste unwillkürlich lachen. Lilly tat gerade so, als wäre sie einige Wochen weggewesen.

„Moin! Und danke der Nachfrage. Ja, es war ein wunderbares Wochenende und ich konnte ein wenig Kraft tanken. Trotzdem habe ich mich über eure Einigkeit gewundert, mich nicht sofort in den neuen Fall einzubeziehen." Eigentlich hatte sie sich die Spitze verkneifen wollen, aber sie rutschte ihr einfach heraus.

„Knud hat es uns strikt verboten", petzte Lilly mit ernstem Gesicht. „Da hatten wir einfach keine andere Chance."

„Ist schon gut. Letztendlich war es wohl die richtige Entscheidung. Ich konnte die Auszeit gebrauchen. Aber nun genug damit! Ich bin gespannt wie ein Flitzebogen. Erzählt mir alles, was Ihr bisher herausgefunden habt!"

Knud stellte einen Pott mit Kaffee vor sie auf den Tisch. „Schön, dass du wieder da bist, Charlotte", flüsterte er und ihr wurde warm ums Herz.

Auch sie freute sich, ihn nach dem getrennt verbrachten Wochenende wiederzusehen, wollte nun aber alles über den neuen Fall erfahren.

„Wer berichtet?", fragte sie in die Runde.

„Lilly oder Knud. Die beiden haben sich das Wochenende um die Ohren geschlagen und einige Befragungen durchgeführt", erklärte Fiete.

Die junge Kollegin warf Knud einen erwartungsvollen Blick zu, den er nickend bestätigte.

„Ich habe nichts dagegen, wenn du vorträgst."

Das ließ Lilly sich nicht zweimal sagen. Sie griff nach einem kleinen Stapel Karteikarten, auf dem sie die Fakten der letzten drei Tage ordentlich strukturiert hatte. Ihre Ausführungen begannen mit dem Auffinden der toten Fotografin in dem Premiumbungalow der *Weißen Düne* durch das unerfahrene Zimmermädchen, das in seiner Überforderung Torge Trulsen zu Hilfe gerufen hatte.

Sofort wurde sie von Charlie unterbrochen. „Ernsthaft? Davon wurde in den Regionalnachrichten natürlich nichts berichtet. Unser rühriger Hilfssheriff war wieder in Stunde eins am Tatort?"

Lilly grinste. „Tja zumindest, was das Auffinden des Leichnams angeht. Vermutlich wurde Ella Shepherd bereits in der Nacht davor getötet. Wir warten allerdings auf den Bericht aus der Gerichtsmedizin. Mit Glück trifft der heute gegen Mittag ein. Ich habe bei Fiona ein bisschen Druck gemacht, weiß aber nicht, ob sie das beeindruckt."

Auf eine Diskussion über Fiona wollte Charlie sich auf keinen Fall einlassen – dann lieber über Torge Trulsen. „Es ist wirklich ein Phänomen, wie er das immer hinkriegt, sofort mitten im Geschehen zu sein."

„Na ja, wenn die *Weiße Düne* zum Tatort wird, liegt es nahe. Bei dir hört es sich so an, als hätte er die Frau eigenhändig umgebracht. Allerdings kommt es noch besser. Trulsen ist Ella Shepherd bereits im Sommer begegnet und sie wollte eine Reportage über ihn machen."

„Das wundert mich überhaupt nicht", erklärte Charlie. „Aber lassen wir das. Was habt Ihr bisher herausgefunden? Gibt es Verdächtige?"

Lilly nickte. „Zuerst möchte ich erzählen, was wir bisher alles über die Tote wissen", erklärte sie und berichtete die Fakten, die sie von der Familie, Jan Stecker und Armin Müller erfahren hatten. Danach stand sie auf und begab sich an das Whiteboard. „Also wir haben zwei Verdächtige, die wir weiter überprüfen sollten: Zum einen ist da der Exfreund Jan Stecker und zum anderen ein Fotograf, der gleichzeitig in der Ferienanlage weilte und für die Hochzeit von Vanessa Stern engagiert war. Er stand mit Ella im harten Konkurrenzkampf, was ein Motiv für den Mord sein könnte." Lilly schrieb die Namen auf das Board und ergänzte alle Informationen, die sie bisher hatten.

„Wir sollten außerdem die Familie überprüfen", meldete sich Fiete zu Wort, der sich bisher komplett im Hintergrund gehalten hatte. „Die Schwester Katja Holthusen und ihr Mann Heiko haben ein ebenso starkes Motiv wie der Fotograf. Das Geld scheint bei denen permanent knapp zu sein. Sie können zwar die Raten für ihr Haus und die Basis ihres Lebensunterhaltes bestreiten, jedoch wird es eng, wenn es um ein wenig Luxus wie Urlaub oder andere Freizeitgestaltung geht. Ella zahlt immerhin dreihundert Euro monatlich für das Zimmer und wie wir in Erfahrung gebracht haben, spielte sie mit dem Gedanken, dieses aufzugeben. Ich werde den finanziellen Hintergrund der Familie weiter beleuchten."

„Das halte ich für äußerst unwahrscheinlich, Chef", widersprach Lilly prompt. „Dreihundert Euro im Monat sind nun wirklich nicht die Welt. Zumindest kein Grund, um die eigene Schwester zu töten. Außerdem fällt die Zahlung nach ihrem Tod ja auch weg – klingt irgendwie widersprüchlich."

„Ich muss dich wohl kaum daran erinnern, dass Menschen wegen weit weniger ihr Leben lassen mussten. Ihr könnt euch auf Marc Schilling und Jan Stecker konzentrieren, während ich meine Recherchen vervollständige. Und was ist mit diesem Fabian Wiesner?", fügte er schließlich hinzu. „Irgendwie finde ich sein Verhalten ebenfalls verdächtig. Einen Tag nach Ellas Tod verschwindet er in die Großstadt und ist bislang nicht wieder aufgetaucht."

„Aber welchen Grund sollte er haben, seine Freundin zu töten? Nachdem, was wir bisher gehört haben, waren die beiden überaus harmonisch und er hat ihre Lebensführung akzeptiert", legte Lilly erneut Veto ein.

„Und wenn der schöne Schein trügt?"

„Also gut", gab sie nach und fügte seinen und die Namen des Ehepaares ebenfalls ihrer Übersicht hinzu. „Das ist ungefähr der Stand der Dinge", wandte sie sich schließlich an Charlie. „Was hältst du davon? Fallen dir weitere Fragen oder zu klärende Aspekte ein?"

„Vorerst nicht. Da habt Ihr über das Wochenende eine ganze Menge geschafft. Das Wichtigste ist wohl der Obduktionsbericht, damit wir die Alibis exakt nachprüfen können. Hat die Spusi darüber hinaus irgendetwas in dem Bungalow gefunden?"

„Da sie erst am Freitagnachmittag ihre Arbeit aufgenommen haben, steht der Bericht ebenfalls aus. Darauf hoffe ich heute, fest zugesagt haben sie es aber nicht."

Gegen Mittag trafen kurz nacheinander beide Berichte ein. Die Kollegen hatten sich mächtig ins Zeug gelegt, damit die Kommissare die dringend notwendigen Ergebnisse ihrer Arbeit erhielten.

Der Obduktionsbericht tauchte als Erstes in den eMail-Postfächern der Kommissare auf. Charlie entdeckte ihn und öffnete ihn sofort.

„Hört mal zu!", rief sie in die Runde. „Fionas Bericht ist da. Der Tod ist bei Ella Shepherd zwischen ein und zwei Uhr in der Nacht eingetreten. Was bedeutet das in Bezug auf unsere Verdächtigen?" Alle Fakten hatte sie sich nicht gemerkt. Ohne eine Antwort abzuwarten, drehte sie sich zu dem Whiteboard um und suchte dort nach der fehlenden Info.

„Die Alibis haben wir bislang nicht exakt überprüft, weil das ohne den Todeszeitpunkt wenig Sinn ergab", antwortete Lilly. „Zwischen eins und zwei also." Sie schien zu überlegen, wie das zu den bisher gesammelten Fakten passte. „Tja, da müssen wir wohl alle erneut befragen."

„Jetzt ist auch der Bericht der Spusi eingetroffen", meldete sich Knud zu Wort. „Na, das ist vielleicht ein Ding."

„Was denn? Du spannst uns ja auf die Folter", maulte Lilly, obwohl sie ihn selbst lesen könnte.

„In Ellas Bungalows standen zwei Gläser auf dem Tisch. Die wurden wie erwartet von zwei verschiedenen Personen benutzt. Und nun ratet mal, wer der Fotografin in der Tatnacht einen Besuch abgestattet hat?", trieb Knud die Spannung auf den Höhepunkt.

Alle Kollegen hingen an seinen Lippen und gönnten ihm die Freude, die dieses kleine Spielchen ihm bereitete.

„Der Hochzeitsfotograf Marc Schilling!", löste er schließlich auf.

Lilly zeigte sich enttäuscht. „Wirklich? Ich hätte sonst was auf den Stalker Jan Stecker gewettet."

„Enttäuschung ist die völlig falsche Reaktion, Lilly! Wann haben wir in einer Ermittlung mal so einen Treffer?", freute sich Knud.

„Immer mit der Ruhe. Das beweist lediglich seine Anwesenheit in der Mordnacht, deshalb muss er sie nicht getötet haben", bremste Fiete die aufflammende Euphorie.

„Für einen Haftbefehl reicht es trotzdem! Ist immerhin ein starkes Indiz", verteidigte Knud seine Annahme. „Du wirst einen beantragen, oder etwa nicht? Er scheint für die Tatzeit kein Alibi zu haben. Also das zusammen ist wirklich ein Verdachtsmoment!"

„Trotzdem merkwürdig, wenn sie zusammen etwas getrunken haben. Klingt nicht gerade nach einem Mordplan", gab Charlie zu bedenken.

„Er muss es ja nicht geplant haben", widersprach Knud sofort. „Vielleicht sind sie in Streit geraten, der durch irgendeinen Auslöser eskaliert ist. Möglicherweise hatte Schilling bereits einiges getrunken, als er zu Ella Shepherd gegangen ist. Immerhin war er stundenlang auf diesem Polterabend, auf dem nach Torges Aussage reichlich Alkohol geflossen ist."

„Was nicht gerade für seine Professionalität spricht", hielt Charlie weiter dagegen. „Wenn er einen Auftrag hatte, kann er sich schließlich nicht betrinken. Halte ich jedenfalls für unwahrscheinlich."

„Um das einschätzen zu können, wissen wir viel zu wenig über den Mann. Das ist jedoch ein Punkt, den wir in einem Verhör schnell klären können", gab Knud zurück.

„Es sei denn, er lügt uns an; was nicht gerade verwunderlich wäre, wenn er etwas zu verbergen hat. Aber spielen wir es einmal durch. Trulsens kleiner Umfrage zufolge war Marc Schilling bis circa Viertel vor elf in dem Festsaal und hat Fotos von dem Brautpaar beim späten Nachtisch gemacht. Danach war sein

Auftrag für diesen Abend beendet. Vermutlich hat er seine Ausrüstung in den Bungalow gebracht, sich vielleicht ein bisschen erfrischt, um sich anschließend mit Ella zu treffen. Welchen Grund könnte er dafür gehabt haben?"

Obwohl Charlie Knud mit ihren braunen Augen fixierte, schaltete sich Lilly ins Gespräch ein.

„Ich kann mir gut vorstellen, dass er Ella ein Angebot unterbreitete. Nach seiner eigenen Aussage hatte er keine optimale Ausrüstung dabei, um selbst spektakuläre Nachtaufnahmen am Strand zu machen. Vielleicht war er außerdem erschöpft von dem Tag oder irgendwie zu träge, sich dafür aufzuraffen. Nachdem er ihre Fotos auf Insta gesehen hat, kam ihm die spontane Idee, auf relativ einfache Weise an ihrem Erfolg zu partizipieren. Er geht zu ihrem Bungalow und erklärt, er möchte etwas mit ihr besprechen. Vermutlich ist sie überrascht, weist ihn aber nicht direkt ab. Vielleicht fühlte sie sich ein wenig einsam, und sehnte sich nach Gesellschaft. Warum nicht mit einem Kollegen einen Absacker trinken?"

„Genauso könnte es sich zugetragen haben", bestätigte Knud.

Lilly nickte. „Sie trinken etwas, tauschen Geschichten aus oder fachsimpeln ein wenig, bis er schließlich den Mut fasst, ihr sein Angebot vorzutragen."

„Ein wirklich unmoralisches Angebot", witzelte Charlie.

„Nun bleib mal ernst und hör mir zu!", forderte Lilly die Kollegin auf.

„Ich bin ganz Ohr! Was mich an dieser Geschichte stört, ist der Zeitablauf. Wenn Ella Shepherd erst zwischen eins und zwei Uhr in der Nacht getötet wurde, ist bis dahin eine Menge Zeit vergangen. Glaubt Ihr wirklich, dass die beiden über zwei Stunden zusammengesessen haben, bevor es zum Streit kam?", fragte Charlie in die Runde.

„Wir wissen nicht, wann genau Schilling zu ihrem Bungalow gegangen ist. Vielleicht hat er erst geduscht und sich ein wenig Mut angetrunken, bevor er sie aufgesucht hat. Das kann locker eine Stunde gedauert haben. Um Viertel vor elf oder etwas später entdeckte er ihre geposteten Fotos und vermutete, dass sie nicht so kurz darauf ins Bett gehen würde", verteidigte Lilly ihre Theorie.

„Ich sehe es genauso", erklärte Knud mit Nachdruck. „Vielleicht hat er sogar die Fotos als Aufhänger für das Gespräch genommen, ihr geschmeichelt und sie gebeten ihm mehr zu zeigen."

„Und darauf soll sie reingefallen sein?", echauffierte sich Charlie. „Nachdem, was Ihr mir von Ella Shepherd erzählt habt, ist in meinem Kopf ein anderes Bild von ihr entstanden."

„Ich glaube schon, dass sie sich oft einsam fühlte. Überlegt mal, wie viele Wochen im Jahr sie allein in der Weltgeschichte unterwegs war. Selbst wenn sie sich hier und dort mal mit einem Lover vergnügt hat, blieb viel Zeit, die sie allein verbrachte. Bei ihrer Schwester scheint sie sich ebenfalls nicht mehr richtig zu Hause gefühlt zu haben, was die Einsamkeit vergrößerte. Möglicherweise war sie ganz froh, als Schilling vor ihrer Tür stand und einen Feierabenddrink mit ihr nehmen wollte."

Charlie musterte Lilly ausgiebig. Das klang ungewöhnlich emotional für die junge Kommissarin, gerade so, als würde sie ihre eigenen Empfindungen mit dem Team teilen. Eine Bemerkung dazu hielt Charlie jedoch für unangemessen. Vielleicht sollte sie mit der Kollegin mal wieder einen Abend um die Häuser ziehen. Dann konnten sie sich ordentlich ausquatschen.

„Also gut, sie verbrachten ein oder zwei nette Stunden zusammen, tranken dabei ein wenig Alkohol und schließlich unterbreitete Schilling ihr seinen Vorschlag. Was geschah dann?"

„Na, das liegt auf der Hand. Ella Shepherd lehnt ab. Zum einen geht es gegen ihre Ehre, zum anderen hat sie es nicht nötig, ihre Fotos zum Sonderpreis zu verschleudern. Und warum soll sie die Karriere ihres Kollegen pushen? Auch dazu hat sie überhaupt keine Veranlassung."

„Soweit, so gut. Er ist enttäuscht und versucht sie weiter zu überreden, aber sie bleibt hart. Wodurch sind sie in Streit geraten?"

„Nichts für ungut, Charlie, aber heute bist du ein wenig fantasielos. Du weißt selbst, wie leicht aus einer Lappalie ein Streit entsteht. Dafür kann es mehrere Gründe gegeben haben. Vielleicht hat sie ihm vorgeworfen, selbst zu faul zu sein, um sich nachts durch die Kälte zu kämpfen. Vielleicht ist sie sogar massiver geworden und hat ihn beleidigt. Mit der Behauptung, ihre Fotos seien ohnehin viel zu schade für ihn und es würde niemand glauben, könnte sie ihn ausreichend verärgert haben. Er greift nach einem Gegenstand und schlägt im Affekt zu." Lilly schien keinen Zweifel an dieser Abfolge der Geschehnisse zu haben.

„Was uns zu der Tatwaffe bringt", überlegte Charlie, ohne auf die Ausführungen weiter einzugehen. „Was hat die Spusi dazu gesagt?"

„Ein stumpfer Gegenstand", murmelte Knud. „Am Tatort wurde nichts gefunden. Vielleicht hat der Täter ihn irgendwo in die Dünen geschmissen. Ist im Moment zweitrangig."

Charlie lag auch dazu eine Bemerkung auf der Zunge, aber sie schluckte sie herunter. Wegen so einer Kleinigkeit wollte sie die Stimmung nicht verderben. Stattdessen wandte sie sich an Lilly: „Ja, so könnte es gewesen sein. Bleibt eine Frage: Warum hat Marc Schilling das von ihm benutzte Glas einfach auf dem Tisch stehengelassen? Er muss wissen, wie leicht es für uns ist, mithilfe der Fingerabdrücke seine Anwesenheit am Tatort nachzuweisen." Charlie guckte der Kollegin herausfordernd direkt in die Augen.

„Vielleicht war er in Panik. Einfach mit der Situation völlig überfordert. Schließlich ist er kaum mit einem Tötungsvorsatz zu ihr gekommen, sondern um einen Deal zu machen. Als die Situation eskalierte, ist er mit der Mordwaffe in der Hand in die dunkle Nacht gerannt und hat das Glas auf dem Tisch völlig vergessen. Wenn außerdem reichlich Alkohol im Spiel war, wundert es mich umso weniger."

„Sehr anschaulich", grinste Charlie. „Nun gut. Beantragen wir also einen Haftbefehl und verhören ihn. Mal schauen, wie er auf die Vorwürfe reagiert."

Lilly nickte eifrig. „Ich kann das übernehmen. Trotzdem wird es wohl erst morgen etwas werden, da er jetzt bestimmt nach Hamburg abgereist ist. Außerdem wird er kaum ohne Anwalt erscheinen."

„Ich habe den Haftbefehl bereits beantragt", erklärte Fiete. „Aufgrund der vorliegenden Fakten wird Marc Schilling zu unserem Hauptverdächtigen. Wir werden ihn morgen verhören, bevor er dem Haftrichter überstellt wird. Seid euch trotzdem bewusst, dass wir bislang lediglich Indizien statt handfester Beweise haben. Wie vorhin erwähnt, möchte ich gleichzeitig unsere anderen Spuren weiterverfolgen. Ich recherchiere über die Schwester und den Schwager. Ihr behaltet diesen Stecker im Auge und versucht Fabian Wiesner zu erreichen. Mit dem sollten wir uns ebenfalls unterhalten. Des Weiteren können zwei von euch zur *Weißen Düne* fahren und versuchen, einen Zeugen für die Mordnacht zu finden. Die meisten Hochzeitsgäste sind vermutlich abgereist, aber vielleicht haben wir Glück. Lasst euch den Belegungsplan zeigen, damit wir wissen, wer in der Nähe des Premiumbungalows der Toten untergebracht war. Wenn die Bewohner bereits nach Hause gefahren sind, versuchen wir es telefonisch. Notfalls müssen wir sie aufsuchen oder die jeweils örtliche Polizei einschalten; je nachdem, ob es verwertbare Hinweise gibt. Da wir nun den Todeszeitpunkt kennen, können wir außerdem konkret die Alibis unserer Verdächtigen überprüfen. An die Arbeit, das könnte aufwändig werden."

Lilly in St. Peter-Ording

Dienstag, den 6. Dezember

Bereits am Nachmittag lag den Kommissaren der Haftbefehl vor. Sie waren zu dritt Fietes Anweisung gefolgt und hatten sich erkundigt, welche der Hochzeitsgäste nahe bei der toten Fotografin untergebracht gewesen waren und ob einige von ihnen nach wie vor in der Ferienanlage weilten. Dabei hatte sich herausgestellt, dass Marc Schilling entgegen seiner Ankündigung, bislang nicht abgereist war. Ob er doch sein Glück mit eigenen Aufnahmen der hoffentlich erneut auftauchenden Polarlichter versuchen wollte oder ihm der ungeklärte Tod der langjährigen Konkurrentin keine Ruhe ließ, blieb offen. Immerhin erleichterte es den Ermittlern die Arbeit, weil sie für seine Verhaftung nicht extra nach Hamburg fahren mussten.

Lilly und Charlie suchten ihn auf, um ihn in Gewahrsam zu nehmen. Knud setzte währenddessen die Befragung einiger der Gäste aus den umliegenden Bungalows des Tatortes fort. Marc Schilling zeigte sich überrascht, als die Kommissarinnen vor seinem Domizil auftauchten, blieb jedoch ruhig. Ganz offensichtlich rechnete er nicht mit dem, was ihm nun bevorstand.

„Moin Kommissarin Morgenroth, mit Ihnen habe ich nicht so schnell wieder gerechnet. Gibt es neue Erkenntnisse? Und eine neue Kollegin! Mit wem habe ich das Vergnügen?", fragte er jovial.

„Ich bin Kommissarin Charlotte Wiesinger, Herr Schilling. Und ja, es gibt neue Erkenntnisse in dem Fall. Diese haben dazu geführt, dass wir einen Haftbefehl gegen Sie erwirkt haben. Ich nehme Sie hiermit wegen des Mordverdachts an Ella Shepherd fest." Während Lilly ihm seine Rechte vorlas, legte sie ihm Handschellen an und führte ihn schließlich ab.

Vor Schreck bekam Schilling in den folgenden Minuten kein Wort heraus. Umso heftiger war seine Reaktion, nachdem er sich wieder gefangen hatte. „Das muss sich um einen Irrtum handeln!", rief er mit schriller Stimme. „Ich habe sie nicht umgebracht! Warum sollte ich? Das ergibt überhaupt keinen Sinn! Sie ruinieren meinen Ruf und meine Karriere!" Er war immer lauter geworden und erregte schließlich die Aufmerksamkeit einiger Gäste der Ferienanlage. Als er es bemerkte, schwieg er beschämt und ließ sich mit gesenktem Kopf zu Charlies Dienstwagen bringen. Auch auf der kurzen Fahrt zum Revier brachte er kein Wort mehr heraus. Er schien zu überlegen, wie er sich am besten verhalten sollte und was nun passieren würde.

Als sie ihm schließlich im Verhörzimmer gegenübersaßen, beherrschte er sich mühsam. Lediglich das Pochen seiner Schläfe verriet seine Erregung. „Ich will erst einen Anwalt sprechen", brach er schließlich sein Schweigen. „Ich sage Ihnen kein Wort mehr ohne meinen Anwalt. Das ist mein gutes Recht."

Charlie nickte. „Da haben Sie absolut recht." Die Handschellen hatte sie ihm bereits abgenommen. „Rufen Sie ihn an und for dern Sie ihn auf, herzukommen. Spätestens morgen werden wir Sie vernehmen."

„Was liegt gegen mich vor? Haben Sie Beweise?"

„Das wissen Sie wohl besser als wir", entgegnete Charlie gelassen.

„Ich habe mein Mobiltelefon im Bungalow liegenlassen", erklärte Schilling. Es klang eingeschüchtert und verunsichert. „Bitte geben Sie mir ein Telefon."

Schweigend reichte sie ihm einen schnurlosen Apparat. „Nur ein Anruf bei Ihrem Anwalt", teilte sie ihm mit. „Wir warten draußen."

Marc Schillings Anwalt reiste am gleichen Abend aus Hamburg an und nahm mit den Kommissarin Kontakt auf. Er stellte sich als Dr. Stefan Wagenknecht vor und ließ sich kurz über die Vorwürfe ins Bild setzen, bevor er sich mit seinem Mandanten zur Vorbesprechung zurückzog. Sie vereinbarten als Termin für das anstehende Verhör den darauffolgenden Dienstag, morgens um neun Uhr.

Wie zu erwarten war, erschien der Rechtsbeistand pünktlich. Lilly schätzte den Mann auf Ende fünfzig, was auf einen reichen Erfahrungsschatz hinwies. Er war schlank und wirkte durchtrainiert, darüber hinaus war er konservativ gekleidet, dabei aber sehr gepflegt. Die von ihm ausgehende Ruhe schien sich auf Schilling zu übertragen. Beide saßen den Kommissarinnen gefasst gegenüber und sahen sie erwartungsvoll an. Knud befand sich ebenfalls im Raum, hielt sich jedoch im Hintergrund und überließ Charlie und Lilly den aktiven Part des Verhörs.

„Also, welche Beweise liegen gegen meinen Mandanten vor, die eine Verhaftung wegen angeblichen Mordes an der Fotografin Ella Shepherd rechtfertigen?“, fragte Dr. Stefan Wagenknecht. „Ich gehe davon aus, dass Sie welche haben, sonst wäre ich völlig umsonst in dieses verschlafene Nest gekommen.“

Charlie öffnete den Mund, doch Lilly kam ihr zuvor. Sie wusste genau, dass sich die ältere Kollegin bei dieser Art der Ansprache sofort provoziert fühlte und entsprechend reagierte. Das wollte sie vorerst verhindern. Sollten Schilling und sein Rechtsverdreher sich ruhig in Sicherheit wiegen, sie würde denen die Fakten auf den Tisch legen und war gespannt, ob er derart selbstbewusst blieb.

„Herr Schilling“, sprach sie den Verhafteten direkt an. Schließlich wollte sie von ihm eine Aussage und nicht von seinem Anwalt. „Als wir uns am Sonntag in der *Weißen Düne* unterhielten, gaben sie zu Protokoll, den Festsaal gegen Viertel vor elf verlassen zu haben.“

Schilling nickte langsam. Er wusste nicht, worauf die Kommissarin hinauswollte und war auf der Hut, das konnte Lilly ihm deutlich ansehen.

„Danach haben Sie Ihren Bungalow aufgesucht und ihn in der Nacht nicht mehr verlassen. Ist das richtig?“

„Ja.“ Der Fotograf schien verunsichert.

„Was soll das, Frau Morgenroth? Haben Sie einen Zeugen, der meinen Mandanten zu einem späteren Zeitpunkt außerhalb seines Ferienhauses gesehen hat oder was wollen Sie mit dieser manipulativen Vorgehensweise erreichen?“, mischte sich der Rechtsanwalt ein.

„Geben Sie mir eine Minute“, antwortete Lilly gelassen. „Ich komme gleich zum Punkt. Sie sind also sicher, Ihre Aussage nicht revidieren zu wollen, und bestätigen mir hier und jetzt, ab circa dreiundzwanzig Uhr die ganze Nacht alleine in Ihrem Bungalow verbracht zu haben?"

„Wieso alleine?", hakte Dr. Wagenknecht nach.

„Weil es sonst einen Zeugen für die Behauptung Ihres Mandanten gäbe", erklärte ihm Lilly geduldig. Aus den Augenwinkeln konnte sie sehen, dass Charlie ihr einen anerkennenden Blick zuwarf, weil sie sich nicht aus der Reserve locken ließ.

„Also?", wandte sie sich wieder an Marc Schilling. „Ja oder nein?"

„Ja." Schilling versagte die Stimme.

„Wollten Sie noch etwas hinzufügen?"

Er warf seinem Anwalt einen hilfesuchenden Blick zu, den dieser jedoch nicht erwiderte. Vielleicht war dem Fotografen das Glas wieder eingefallen. Trotzdem blieb er bei seiner Version.

„Frau Kommissarin Morgenroth. Vielleicht ist es Ihrer Unerfahrenheit geschuldet, dass sich diese Befragung endlos hinzieht, ohne zum Ziel zu führen, aber meine Zeit ist kostbar und mein Mandant kann den Tag ebenfalls besser verbringen, als mit diesem Kinderkram. Wenn das alles war, würden wir dieses nette Kaffeekränzchen gerne beenden." Demonstrativ erhob sich Dr. Stefan Wagenknecht von seinem Stuhl und signalisierte Schilling mit einer Geste, es ihm gleich zu tun.

„Wir sind hier noch nicht fertig! Setzen Sie sich gefälligst wieder hin!", fuhr Lilly ihn an. Nicht nur der Anwalt, auch Schilling und sogar Charlie zuckten unwillkürlich zusammen. „Wir haben in dem Bungalow ein Glas mit einem Rest Whisky sichergestellt, auf dem sich die Fingerabdrücke Ihres Mandanten befinden. Da Ella Shepherd erst eincheckte, nachdem der Polterabend im Festsaal bereits begonnen hatte, gehen wir von einer Falschaussage aus, Herr Schilling", wandte sie sich schließlich direkt an den Verhafteten. „Warum haben Sie sich in dem Bungalow des Mordopfers aufgehalten und es uns verschwiegen?“

Die Gesichtsfarbe beider Männer änderte sich schlagartig. Während der Fotograf blass wurde, wechselte die des Anwalts auf puterrot.

„Du bist in der fraglichen Nacht am Tatort gewesen?“, fuhr er seinen Mandanten an. „Und erzählst mir nichts davon?“

Schilling starrte auf die Tischplatte und antwortete nicht.

„Ich brauche dringend eine halbe Stunde Besprechungszeit allein mit meinem Mandanten“, presste Dr. Stefan Wagenknecht heraus. „Von diesem Glas am Tatort hatte ich keinerlei Kenntnis.“

„Das ist nicht notwendig“, widersprach Schilling. „Ich bin nicht dort gewesen.“

„Ach, nein?“, fragte Lilly gereizt.

„Nein! Schließlich müssten sonst weitere Fingerabdrücke an anderen Stellen im Haus gefunden worden sein.“

Lilly kam ins Stocken. Hatte er damit etwa recht?

„Nicht zwingend“, meldete sich Knud aus dem Hintergrund. „Der Abdruck auf dem Glas ist völlig ausreichend, um Ihre Anwesenheit am Tatort nachzuweisen.“

„Das Glas kann nachträglich dorthin gebracht worden sein, um meinem Mandanten die Tat anzuhängen. Er hat im Festsaal sicherlich etliche Gläser angefasst. Werden dort die gleichen wie in den Gästebungalows benutzt?“ Immerhin war Wagenknecht in der Lage, sich schnell auf die neue Situation einzustellen.

„Das ist gut möglich, aber wer sollte so etwas tun?“, fragte Knud.

„Bevor wir weiter darüber spekulieren, bringen Sie das am besten in Erfahrung. Währenddessen bespreche ich mich mit meinem Mandanten.“ Dieses Mal fragte er nicht, er verlangte es.

„Eine Viertelstunde", entschied Knud und verließ mit den Kolleginnen den Raum.

„Was für ein Fatzke", machte sich Charlie Luft.

„Reg dich nicht auf, das lohnt sich nicht", erwiderte Knud mit seinem typischen Grienen. „Du siehst doch, wie die ins Schwimmen geraten. Ich bin mir ziemlich sicher, dass im Festsaal und in den Bungalows die gleichen Gläser benutzt werden. Das ist schließlich am praktischsten. Trotzdem werde ich eben bei Torge anrufen. Der weiß es bestimmt genau."

„Was würden wir bloß ohne Torge Trulsen machen?", fragte Charlie leicht gereizt.

„Ich bin davon überzeugt, wir würden das ohne ihn herausfinden, aber so geht es eben am schnellsten." Einen Augenblick sah es so aus, als wollte Knud Charlie beruhigend über die Wange streichen. Sie schien den gleichen Eindruck zu haben und wich zurück. Solche Vertraulichkeiten am Arbeitsplatz duldete sie nicht, das müsste Knud eigentlich wissen.

„Soll ich euch kurz alleine lassen?", bot Lilly an. Vielleicht würde es Charlie guttun, von Knud besänftigt zu werden.

„Nein!", erwiderte die Kollegin bestimmt. „Worauf wartest du, ruf unseren Retter in allen Lebenslagen an", forderte sie Knud auf, konnte sich nun aber ebenfalls ein Grinsen nicht verkneifen.

Während dieser sein Mobiltelefon zückte, wandte sie sich an Lilly. „Könnte es wirklich sein, dass jemand nach dem Mord ein Glas mit Schillings Fingerabdrücken an den Tatort gebracht hat?"

„Dann müsste der Mörder nicht nur die Tat, sondern außerdem geplant haben, es Schilling in die Schuhe zu schieben und rechtzeitig ein von ihm benutztes Glas mitgenommen haben. Das klingt allerdings konstruiert und unwahrscheinlich", überlegte Lilly laut.

„Und?“, fragte Charlie in seine Richtung, als Knud wieder auflegte.

„Ja, es werden überall die gleichen Gläser benutzt. Aber ich halte das trotzdem für Seemannsgarn. So ein Tathergang würde perfektes Timing voraussetzen. Wenn der Täter sich außerdem nicht unter den Hochzeitsgästen befindet, was eher abwegig ist, kommt das Risiko hinzu, auf einem der Fotos zu landen.“ Knud schüttelte den Kopf. „Nein, das glaube ich nicht!“

„Geht mir genauso“, stimmte Lilly zu. Ihre Unsicherheit hatte sie überwunden. „Gehen wir wieder rein!“

Wieder nahmen die Kommissarinnen direkt am Tisch Platz, während sich Knud auf den Stuhl an der Rückwand des Raumes niederließ. Lilly studierte die Gesichter der beiden Männer, konnte aber nicht auf deren Stimmung schließen. Egal! Sie hatte sich eine Strategie zurechtgelegt und war wild entschlossen, dem Verhafteten ein Geständnis zu entlocken.

„Also, haben Sie es sich anders überlegt oder wollen Sie Ihre wilde These aufrechterhalten, nach der ein unbekannter Täter ein Glas mit Ihren Fingerabdrücken in dem Bungalow des Mordopfers gebracht hat?“ Lilly blickte ihm direkt in die Augen. Für eine Weile hielt er dem Blickkontakt stand, aber schließlich wich er aus.

„Ich habe keine Ahnung, wie dieses Glas in Ellas Bungalow gekommen ist, aber ich war nicht dort und habe sie erst recht nicht umgebracht“, erwiderte er trotzig.

„Haben Sie die Frage bezüglich der Gläser geklärt?“, schaltete sich sein Anwalt wieder ein.

„Ja“, antwortete Lilly knapp.

„Und? Was ist dabei herausgekommen?“

„Es werden überall in der *Weißen Düne* die gleichen Gläser benutzt, das ist richtig. Aber entwerfen Sie bitte ein realistisches

Szenario, wie es aus dem Festsaal in den Bungalow gekommen sein soll."

Dr. Stefan Wagenknecht stockte. Vermutlich war ihm klar, wie unrealistisch all diese Annahmen waren. Trotzdem versuchte er es mit einer Version, die der vorherigen Überlegung der Kommissare entsprach.

„Gut", zeigte sich Lilly nach wie vor entspannt. „Gehen wir mal davon aus, es sei so gewesen. Unwahrscheinlich, aber natürlich trotzdem möglich. In diesem Fall werden die nächsten Schritte wie folgt aussehen: Sie", Lilly zeigte auf den Fotografen, „werden uns all Ihre Fotos überlassen, damit wir sie auf diesen Aspekt hin prüfen können. Die Liste aller Hochzeitsgäste liegt uns bereits vor. Im Anschluss werden wir also alle, und ich meine wirklich alle Anwesenden des Abends befragen, ob ihnen aufgefallen ist, dass jemand, der vermutlich nicht zu der Hochzeitsgesellschaft gehörte, ein Glas - aus dem Sie zuvor getrunken haben - entwendet und damit den Saal verlassen hat. Das wird eine Menge Staub aufwirbeln. Ich gehe von zahlreichen Nachfragen zum Hintergrund dieser Befragung aus. Etliche werden ihre eigenen Schlüsse ziehen, wodurch der Verdacht unweigerlich auf Sie fällt."

Lillys Worte erzielten genau die beabsichtigte Wirkung. Marc Schilling wurde abwechselnd blass und rot. Die Ader an seiner Schläfe pochte wie wild und verriet seine innere Erregung. Wie es aussah, kämpfte er gerade mit sich selbst, ob er zugeben sollte, Ella an diesem Abend aufgesucht zu haben. Wieder wandte er sich hilfesuchend an seinen Anwalt, brachte jedoch kein Wort aus. Lilly hätte gerne gewusst, was der Anwalt ihm in der kurzen Besprechung empfohlen hatte. Sicherlich würde sie es gleich erfahren. Geduldig hüllte sie sich nach ihren Ausführungen nun ebenfalls in Schweigen und wartete ab.

„Das können Sie nicht machen", ergriff Dr. Wagenknecht das Wort. „Eine derartige Vorgehensweise ist für meinen Mandanten extrem rufschädigend, das wissen Sie genau. Der Wettbewerbsdruck ist in dieser Branche extrem hoch und Herr Schilling hat ohnehin zu kämpfen, um seine Existenz zu sichern."

„Wir werden das berücksichtigen und so behutsam wie möglich vorgehen. Allerdings muss ich ja wohl nicht betonen, dass es sich um eine Mordermittlung handelt. Wenn Ihr Mandant die Kooperation verweigert und sich an hanebüchenen Geschichten festhält, sind wir gezwungen, entsprechende Maßnahmen zu ergreifen. Es steht Ihnen frei, auf Herrn Schilling einzuwirken. Wenn er zugibt, am späten Abend der Mordnacht mit Ella Shepherd einen Whisky in ihrem Bungalow getrunken zu haben, brauchen wir oben beschriebenes Procedere nicht durchzuführen. Es liegt an Ihnen."

„Stehst du das durch, Marc?" Besorgnis klang in seiner Stimme mit.

„Was soll ich denn machen, Stefan?", flüsterte Schilling. „Ich habe sie nicht umgebracht, das schwöre ich!"

Lilly witterte ihre Chance. Der Verhaftete schien kurz davor, seinen Widerstand aufzugeben und die Anwesenheit am Tatort zuzugeben. Wenn sie ein umfassendes Geständnis erreichen wollte, musste sie mit Fingerspitzengefühl vorgehen. Auf keinen Fall wollte sie es so nah vor dem vermeintlichen Ziel vermasseln! Wieder nahm sie sich Zeit und wartete ab.

„Ich habe sie nicht umgebracht", wiederholte der Fotograf. Verzweiflung stand in sein Gesicht geschrieben. Wie ein Mantra wiederholte er den Satz einige Male, bevor er schließlich den Kopf hob und Lilly direkt in die Augen sah. Er hatte eine Entscheidung getroffen und sie war gespannt, wie die ausgefallen war.

Marc Schilling holte tief Luft. Es war ihm anzusehen, wie sehr er mit sich rang, ob er wirklich eine Aussage machen sollte. Bis auf sein schweres Atmen herrschte im Raum absolute Stille. Man hätte die buchstäbliche Stecknadel fallen hören können. Alle Anwesenden hingen an seinen Lippen und fragten sich, ob sie gleich ein Geständnis zu hören bekamen.

„Also gut", brach er endlich sein Schweigen. „Ja, ich bin an diesem Abend zu Ella gegangen. Als der späte Nachtisch im Festsaal serviert wurde, habe ich Ellas Bilder auf Insta gesehen. Natürlich waren mir die Polarlichter bereits aufgefallen. Sie hatte einen besonderen Instinkt und vermutlich eine ausgezeichnete Quelle, um solche Informationen frühzeitig zu erhalten. Es war also überhaupt nicht verwunderlich, dass sie in Sankt Peter-Ording weilte, um großartige Fotos von den Pfahlbauten zu machen. Das Timing war perfekt, weil kurz darauf mein Auftrag für diesen Tag erledigt war. Ich bin davon ausgegangen, sie in ihrem Bungalow anzutreffen. Also bin ich in mein Ferienhaus zurückgekehrt, um die Kameraausrüstung loszuwerden und mich ein bisschen frisch zu machen. Ella war eine Nachteule. Ich bin davon ausgegangen, sie mit einem nächtlichen Besuch nicht zu stören."

„Und was wollten Sie erreichen?", fragte Lilly ein wenig atemlos, obwohl sie dazu bereits eine eigene Theorie entwickelt hatte.

„Na ja, erst einmal wollte ich bei einem Glas Whisky ein wenig unverbindlich schnacken. Das hat funktioniert. Ella wirkte nicht gerade begeistert, als sie mich vor der Tür stehen sah, ließ mich nach kurzem Zögern jedoch eintreten. Ich machte ihr Komplimente zu den aktuellen Fotos, das hat sie milde gestimmt. Genau genommen wirkte sie ein wenig verloren. Sie sprühte zwar einerseits vor Enthusiasmus, weil ihr Plan in Bezug auf die Polarlichter so großartig aufgegangen war; andererseits konnte ich ihre Einsamkeit spüren. Beruflicher Erfolg ist sicherlich sehr inspirierend, allerdings füllt es die Menschen meistens nicht komplett aus."

„Geld allein macht nicht glücklich", murmelte Lilly.

Marc Schilling nickte. „Ja, das kommt außerdem hinzu. Allerdings ging es Ella ohnehin weniger ums Geld als um Ruhm und Anerkennung. Sie war unglaublich erfolgreich und muss dementsprechend viel verdient haben. Das war jedoch nicht ihr Fokus. Ihr Lebensstandard war eher niedrig. Klar, sie hat Geld für ihre Reisen ausgegeben, aber ansonsten eher bescheiden gelebt."

Offensichtlich hatte sich der Fotograf sehr umfassend über das Leben seiner Konkurrentin informiert. Auf Lilly wirkte es befremdlich, wie gut er über sie Bescheid wusste. Irgendwie schien Ella Shepherd die Stalker angezogen zu haben. Aber in einem schien Schilling richtig zu liegen: Neben dem großen Erfolg war sie einsam gewesen.

„Sie haben ihr also Honig um den Bart geschmiert und sie damit milde gestimmt. Daraufhin tranken Sie zusammen etwas Whisky und tauschten ein paar Belanglosigkeiten aus, was Sie für Ihr eigenes Anliegen gestärkt hat. Kommen wir zur Sache! Was genau wollten Sie von Ella an diesem Abend?"

Er ließ ein unzufriedenes Grunzen hören, bevor er auf die Frage antwortete. „Eigentlich hätte ich mir denken können, wie bescheuert die Idee war. Ella war kein Teamspieler, sondern stark und unabhängig. An Kooperationen hatte sie kein Interesse. Im Grunde genommen wollte sie nicht einmal netzwerken. Sie hatte ihre Kontakte, die scheinbar einwandfrei funktionierten und sie mit Informationen versorgten, die anderen nicht zugänglich waren."

„So wie Ihnen", mutmaßte Lilly.

„Ja, so wie mir. Allerdings muss ich zugeben, nicht den Biss gehabt zu haben, den Ella besaß. Vielleicht früher mal. Ich bin knapp fünfzehn Jahre älter und habe das weite Reisen mittlerweile satt."

„Bleiben wir vorerst beim Thema", forderte Lilly ihn auf. „Was genau haben Sie ihr vorgeschlagen?"

„Kurz und knapp: Ich wollte ihr einige Fotos abkaufen. Vielleicht habe ich mich dabei etwas ungeschickt angestellt, weil ich gleich zu Beginn gefragt habe, ob sie mir einen Sonderpreis einräumt", antwortete Marc Schilling.

„Wie hat sie reagiert?", fragte Lilly.

„Sie hat abgelehnt. Sofort, ohne darüber nachzudenken."

„Was Sie nicht akzeptieren wollten."

„Genau. Vielleicht hatte ich an diesem Abend ein paar Gläser zu viel getrunken. Jedenfalls habe ich ihr von meiner wirtschaftlichen Situation berichtet. Ich kann meinen Zahlungsverpflichtungen nachkommen, aber meine Frau und ich müssen uns ein wenig einschränken. Eine Zeit lang habe ich einfach gedacht, die goldenen Jahre wären vorbei. Wenn ich jedoch ehrlich bin, muss ich mir eingestehen, nicht mehr ausreichend Ehrgeiz und Einsatz für den Job aufzubringen. Deshalb sind jüngere Fotografen an mir vorbeigezogen, so wie Ella Shepherd. Ich hatte gehofft, auf diesem Weg wieder den Anschluss zu finden. Ihre Bilder sind großartig und es hätte meiner Karriere gutgetan, einige davon als meine auszugeben."

„Aber trotz der ehrlichen Darstellung Ihrer Situation hat Ella es Ihnen verweigert", fasste Lilly die gehörten Aspekte zusammen.

„Sie empfand es nicht als Ehrlichkeit, das habe ich in ihren Augen gesehen. Ella war es lästig, sich mein Lamentieren anzuhören. Nach ihrer Meinung konnte man mit entsprechendem Ehrgeiz und Engagement alles erreichen, was man wollte. Auf keinen Fall wollte sie mir einige ihrer Fotos verkaufen. Im Grunde genommen wusste ich das vorher, aber wie gesagt: Irgendwie war es eine durch Alkoholgenuss angestiftete Verzweiflungstat." Wieder senkte er den Kopf. „Wenn ich Ihnen davon berichte, schäme ich mich für mein Verhalten. Ich habe mich vor ihr regelrecht gedemütigt."

„Warum sind Sie in Streit geraten?", fragte Charlie dazwischen. Auch ihr ging das Selbstmitleid des Fotografen so langsam auf die Nerven.

„Ich glaube, auch das ist meine Schuld", antwortete Schilling und bestätigte damit die Vermutung der Kollegin. „Ich habe es einfach übertrieben. Nachdem sie mir eine Abfuhr erteilt hatte, hätte ich es darauf bewenden lassen sollen. Stattdessen habe ich ihr mein gesamtes Elend vor die Füße geschüttet und erwartet, dass sie das umstimmen würde. Aber so war Ella nicht. Die Mitleidstour zog bei ihr überhaupt nicht, dazu war sie zu tough und geradlinig. Sie lebte ihre Überzeugung und war bereit, dafür Opfer zu bringen. Es passte nicht in ihr Weltbild, mir unter die Arme zu greifen, weil ich nicht bereit war, genauso viel wie sie zu leisten."

„Ich verstehe trotzdem nicht, worüber Sie sich gestritten haben", erklärte Charlie.

„Um mich zum Schweigen zu bringen, wurde sie fies. Im Nachhinein muss ich zugeben, es nicht besser verdient zu haben. Wer will sich bei einem nächtlichen Treffen so ein Gejammer anhören? Trotzdem hat es mich wütend gemacht, als sie behauptete, es würde sowieso niemand glauben, dass ich so großartige Bilder aufnehmen könnte. Damit schoss sie übers Ziel hinaus."

„Sie waren also wütend, das kann ich gut verstehen", sagte Charlie. „Eine derartige Aussage hätte mich ebenfalls getroffen. Und in Ihrer Wut haben Sie sich irgendeinen Gegenstand geschnappt und ihr damit auf den Hinterkopf geschlagen."

Marc Schilling sackte kraftlos in sich zusammen. „Es liegt auf der Hand, diesen Schluss zu ziehen. Genau das ist der Grund, warum ich vorhin geleugnet habe, überhaupt dort gewesen zu sein. Ich versichere Ihnen aber, nicht auf Ella eingeschlagen zu haben.

Ich war wütend. Ja!

Ich war enttäuscht. Auch das!

Mehr noch, ich habe mich wirklich gedemütigt gefühlt!

Aber ich habe sie nicht getötet. Was hätte mir das gebracht?"

„Das kann ich Ihnen ganz genau sagen", echauffierte sich Charlie. „Zum einen haben Sie eine Konkurrentin ausgeschaltet, zum anderen wurde das gesamte technische Equipment von Ella Shepherd aus dem Bungalow entwendet. Sie haben jetzt also nicht nur Zugriff auf alle Fotos, die sie an diesem Abend und vorher an anderen Plätzen geschossen hat, Sie können außerdem ihre Kontakte anzapfen, über die Ella bestimmt akribisch Buch geführt hat."

„Damit würde ich mich ja erst recht verdächtig machen", bäumte sich Schilling mit letzter Kraft auf.

„Vielleicht, wenn Sie die Fotos sofort anbieten. Aber so dumm brauchen Sie ja nicht zu sein. Die Zeit ist schnelllebig. Wenn Sie ein wenig Geduld aufbringen, könnten Ihnen die Fotos sicherlich einen Batzen Geld einbringen. Ich frage Sie noch einmal: Haben Sie Ella Shepherd getötet oder gibt es einen Menschen, der bezeugen kann, dass Sie zur Tatzeit nicht dort waren?"

„Ich wiederhole es gerne: Ich habe Ella nicht getötet. Ich habe ihren Bungalow gegen halb zwölf in der besagten Nacht verlassen. Zu diesem Zeitpunkt war sie quicklebendig. Dafür kann ich Ihnen aber keinen Zeugen nennen!"

Knud in St. Peter-Ording

Dienstag, den 6. Dezember

Nachdem Dr. Stefan Wagenknecht das Revier verlassen hatte und Marc Schilling wieder in seine Zelle gebracht worden war, setzten sich die Kommissare zusammen, um über das eben Gehörte zu sprechen. Fiete war ebenfalls anwesend und gespannt, wie das Verhör verlaufen war. Bereits nach kurzer Zeit wurde deutlich, dass im Team keine Einigkeit über die Glaubwürdigkeit des Verhafteten herrschte. Während Lilly und Charlotte starke Zweifel an Marc Schillings Bericht hegten, konnte Knud sich vorstellen, dass es sich so zugetragen hatte. Schilling mochte nicht der fleißigste oder engagierteste Fotograf sein, was er selbst bestätigt hatte, aber deshalb wurde er nicht automatisch zum Mörder.

„Das klingt mir zu weit hergeholt", bekräftigte Charlotte ihre Meinung. „Er gibt ja zu, mit Ella Shepherd in Streit geraten zu sein. Und dann will er sie kurz vor der Tat verlassen haben und eine zweite Person kommt auf die gleiche Idee, ihr einen nächtlichen Besuch abzustatten. Tut mir leid! Das sind einfach zu viele Zufälle."

„Bislang haben wir keinerlei Beweise, dass er wirklich der Täter ist", widersprach Knud prompt.

„Das sehe ich komplett anders", wurde er von Charlotte unterbrochen, bevor er seinen Gedanken zu Ende geführt hatte. „Wir haben ein Glas mit seinen Fingerabdrücken gefunden und er hat zugegeben, dort gewesen zu sein. Du glaubst doch nicht im Ernst, dass er sich dermaßen beleidigen lässt und anschließend einfach wütend abrauscht. Hast du nicht gemerkt, mit wie viel Nachdruck er selbst in dem Verhör sein Anliegen verteidigt hat? Auf mich wirkte es so, als würde er sich einbilden, ein Recht auf ihre Fotos zu haben. Da liegt es nahe, erst die Fassung und schließlich die Kontrolle zu verlieren, als sie ihm die Fotos nicht nur verweigert, sondern ihn darüber hinaus auch noch gedemütigt hat."

„Klingt so, als hättest du Verständnis für ihn", fing Knud an, sie zu piesacken.

„Ach, Quatsch!", widersprach Charlotte heftig. „Das hat mit Verständnis überhaupt nichts zu tun. Ich finde es aber kein bisschen glaubwürdig. Du hast ihn eben selbst erlebt. Er war erregt, er war enttäuscht und er fühlte sich gedemütigt. Für mich sind das ausreichend Gründe, im Affekt zuzuschlagen. Ich bin mir sicher, dass wir unseren Täter gefunden haben!"

„Möglich. Trotzdem ist es fraglich, ob die vorliegenden Fakten für eine Verurteilung reichen." Knud ließ sich ebenfalls nicht in seiner Meinung beirren. „Im Nachhinein war er sicherlich schockiert über seine eigene Tat und hat dabei das Glas mit seinen

Fingerabdrücken schlichtweg vergessen. Das spricht allerdings für eine Tat im Affekt, sonst wäre ihm dieser Fehler nicht unterlaufen."

„Was er hingegen nicht vergessen hat, ist das gesamte technische Equipment von Ella Shepherd. Bisher sind weder das Notebook noch die Kamera oder das Handy aufgetaucht. Da ist er also sehr gründlich vorgegangen, was für mich eindeutig gegen eine Tat im Affekt spricht. Vielleicht hat er ihr nicht einmal dieses Kaufangebot unterbreitet, sondern während des Drinks auf eine günstige Gelegenheit gewartet, ihr den Schädel einzuschlagen."

„Dann hätte er das Glas nicht vergessen", blieb Knud ungewöhnlich stur.

„Das ist alles Mutmaßung und bringt uns nicht weiter." Fiete hatte bisher schweigend zugehört und bereitete der Diskussion nun ein Ende.

„Was glaubst du denn überhaupt?", fragte Lilly den Revierleiter.

„Ihr kennt die Lage. Im Zweifel für den Angeklagten. Mir sind die bisherigen Beweise ebenfalls zu mager, aber uns liegt zu dem Haftbefehl ein Durchsuchungsbeschluss für seinen Bungalow in der *Weißen Düne* und sein Auto vor. Das wird der nächste Schritt sein."

„Ich halte ihn nicht für so blöd, eindeutige Beweise für die Tat in seinem eigenen Bungalow oder im Auto aufzubewahren", blieb Charlotte genauso hartnäckig bei ihrer Meinung.

„Trotzdem müssen wir beides durchsuchen. Entgegen der weitverbreiteten Meinung sind Mörder nicht immer unbedingt die klügsten Menschen. Vielleicht leidet Schilling an Selbstüberschätzung und hat es einfach für unmöglich gehalten, überhaupt verdächtigt zu werden. Immerhin gehört er nicht zum direkten Umfeld von Ella Shepherd. Vielleicht ist er davon ausgegangen, dass wir uns auf ihr privates Umfeld konzentrieren und dort den

Täter suchen. Wenn er jetzt nicht verhaftet worden wäre, hätte er genug Zeit gehabt, die Beute in Sicherheit zu bringen. Aber so haben wir eine reelle Chance, sie zu finden."

„Du gehst also doch von Schilling als Täter aus? Das hörte sich eben anders an", zeigte sich Charlotte überrascht.

„Sagen wir einmal, ich lege mich nicht fest. Noch nicht. Die Durchsuchung ist der nächste Schritt, unabhängig davon, ob wir daran glauben, etwas zu finden. Von seiner Schuld bin ich bislang nicht überzeugt. Deshalb werden wir alle anderen Spuren weiterverfolgen. Das betrifft insbesondere Katja und Heiko Holthusen sowie Jan Stecker. Außerdem möchte ich mich mit Fabian Wiesner unterhalten. Vielleicht kann er etwas Zielführendes beitragen. Also, wer von euch fährt zur *Weißen Düne* und ist bei der Durchsuchung dabei?"

„Ich fahre auf jeden Fall", erklärte Knud sofort. „Ich bin nachher mit Torge auf einen Kaffee verabredet und würde außerdem gerne in der ersten Stunde dabei sein, wenn wir wirklich etwas finden."

„Du willst dich mit Trulsen treffen?", fragte Charlie skeptisch. „Wollt Ihr etwas aushecken, wie er sich in die Ermittlung einbringen kann?"

Knud griente. „Das ist wieder typisch für dich, Charlotte. Wann wirst du endlich dein Misstrauen ablegen? Insbesondere was meine Person betrifft?" Er tat beleidigt, konnte aber nicht ernst bleiben.

Sie musste unwillkürlich lachen. „Das richtet sich nicht gegen dich, aber wenn wir mitten in einer Mordermittlung stecken und ich höre den Namen Torge Trulsen, werde ich sofort hellhörig."

„Zu Recht", bestätigte Knud und sah die Überraschung in ihrem Gesicht. „Aber wenn wir in die Vergangenheit schauen, war es nie schlecht, hier und da auf seinen Spürsinn und sein Netzwerk zurückzugreifen. Und die *Weiße Düne* ist nun mal sein

Revier. Vielleicht fällt ihm etwas dazu ein, wo Marc Schilling die Ausrüstung versteckt haben könnte, wenn er nicht so kopflos durch die Gegend gelaufen ist, wie wir eben vermutet haben."

„Ich denke, du bezweifelst es, in ihm den Täter gefunden zu haben." Charlotte kam aus der Verwunderung gar nicht mehr heraus.

„Ich habe mich nur noch nicht so festgelegt wie Ihr", relativierte Knud ihre Annahme. „Natürlich ist er aufgrund seiner Anwesenheit in dem Bungalow verdächtig, aber ich möchte ihn nicht vorverurteilen. Dafür fehlen in meinen Augen einfach schlagkräftige Beweise. Das heißt ja nicht, dass ich die Ausrüstung nicht bei ihm finden möchte. Auch ich bin an einer schnellen Lösung dieses Falles interessiert, aber nicht um jeden Preis. Ich möchte den wirklichen Täter überführen."

„Das klingt ja so, als wäre es uns egal", echauffierte sich Lilly. „Als ob wir nicht genauso gründlich ermitteln würden."

„Das reicht jetzt", schaltete sich Fiete ein. „Im Grunde genommen seid Ihr euch einig, also hört mit diesen sinnlosen Diskussionen auf. Meinetwegen könnt Ihr alle drei zur Ferienanlage fahren und wenn es sein muss, auf der Fahrt dahin weiter palavern. Für euren Aufenthalt hier im Büro beende ich dieses Lamentieren. Wir haben viel zu tun, also geht an die Arbeit und seht möglichst zu, in der *Weißen Düne* etwas zu finden - ob mit oder ohne Torge, das ist mir letztendlich völlig egal!"

Wider Erwarten setzte keine der beiden Frauen auf dem kurzen Weg zur Ferienanlage das Gespräch fort. Im Grunde genommen war ohnehin alles gesagt. Knud wunderte sich trotzdem, weil Charlotte grundsätzlich gerne recht behielt und üblicherweise kein Aufwand zu hoch schien, ihn von ihrer Meinung zu überzeugen. Heute sah das anders aus, was den Kommissar im Stillen freute. Ein Streitgespräch auf Basis dieser mageren Fakten brachte niemanden weiter und Knud befürchtete außerdem, dass es sich negativ auf ihr privates Verhältnis auswirkte. Noch bewegten sie sich auf dünnem Eis, da war jeder Missklang überflüssig – oder sogar gefährlich.

Bei der Ferienanlage angekommen holte er den Schlüssel für Schillings Bungalow an der Rezeption ab. Mit der Managerin Marina Lessing war besprochen worden, dass niemand ihn betreten sollte. Weder, um ihn zu reinigen; noch, um die Sachen des verhafteten Fotografen zusammenzupacken. Da die Ferienanlage saisonbedingt nicht ausgebucht war, stellte es kein Problem dar. Immerhin hatte sich jeder daran gehalten. Der Bungalow wirkte aufgeräumt, aber benutzt. Lange würde die Durchsuchung ohnehin nicht dauern. In einem Ferienhaus gab es lediglich begrenzte Möglichkeiten, Dinge zu verstecken.

Die Kommissare arbeiteten schweigend, jeder nahm sich ein Zimmer vor, um es nach dem technischen Equipment von Ella Shepherd oder einen anderen Hinweis auf Schillings Täterschaft zu untersuchen. Schließlich trafen sie sich im geräumigen Wohn-Essbereich mit der offenen Küche wieder. Obwohl es von vornherein nicht sehr wahrscheinlich gewesen war, die Sachen zu finden, wirkten beide Frauen etwas niedergeschlagen. Auch Knud spürte Frust. Insgeheim hatte er gehofft, wenigstens irgendetwas von dem Mordopfer zu finden, was seine Zweifel ausräumen würde. Dem war aber nicht so. Eine Stunde später hatten sie jeden Winkel des kleinen Hauses gründlich durchsucht, aber rein gar nichts gefunden.

„Und nun?", fragte Lilly demotiviert. „Was wollen wir machen, während sich Knud mit Trulsen trifft? Oder willst du etwa dabei sein?", wandte sie sich an Charlotte.

Die schnitt eine Grimasse. „Es widerstrebt mir extrem, mich um Unterstützung bittend an unseren Hilfssheriff zu wenden, aber ich muss Knud zustimmen. Wenn einer sich hier gut auskennt, dann ist es der neugierige Hausmeister. Vielleicht sollten wir uns einfach einen Milchkaffee gönnen und ihn nach seinen Ideen fragen, wo Schilling das Zeug auf die Schnelle versteckt haben könnte. Wenn man die gesamte Anlage betrachtet, gibt es bestimmt zahllose Plätze, die nur selten überprüft werden. Wir sollten uns auf jeden Fall den Festsaal anschauen, in dem die Marathon-Hochzeit stattgefunden hat. Da war er am häufigsten. Vielleicht hat er sich an ein Versteck erinnert, das ihm vorher zufällig aufgefallen ist, während er stundenlang in dem Saal unterwegs war, um das Brautpaar und deren Gäste abzulichten."

„Keine schlechte Idee", nahm Knud ihren Vorschlag sofort an. „Immerhin ist heute Nikolaustag, wir sollten uns also wenigstens eine anständige Kaffeepause gönnen. Ich denke, das haben wir uns verdient."

„Wann bist du mit Trulsen verabredet", fragte Charlotte.

„Wir haben vereinbart, dass ich mich kurz bei ihm melde, wenn wir hier fertig sind. Über das Wochenende war er fast rund um die Uhr im Einsatz und kann sich deshalb eine ausgedehnte Pause leisten. Marina Lessing hatte ihn sogar beauftragt, sich bei den Gästen im Festsaal umzuhören. Vielleicht ist ihm bereits eine Idee gekommen. Ich ruf ihn mal eben an."

Wenig später saßen sie zu viert in der Mitarbeiterkantine der *Weißen Düne.* Knud besorgte für seine Kolleginnen Kaffee sowie kleine Schokoladentörtchen, die in Form eines Stiefels gebacken waren. Wie zu erwarten war, kam der Hobbyermittler umgehend zu ihnen. Es wirkte, als hätte er auf Knuds Anruf gewartet. Wie immer war er gerne behilflich und fühlte sich umso wichtiger, weil der aktuelle Mord an seinem Arbeitsplatz passiert war. Bevor er die Kommissare über mögliche Verstecke informierte und sicherlich darüber hinaus weitere Ideen beizutragen hatte, erwartete er jedoch, über den Verlauf des Verhörs informiert zu werden. Obwohl sie ihn mittlerweile gut genug kannte, verdrehte Charlotte die Augen. Knud dagegen reagierte gelassen und berichtete von dem Teilgeständnis des Fotografen.

„Als Teilgeständnis würde ich es nicht gerade bezeichnen", erklärte Torge bestimmt. „Ist immerhin gut möglich, dass Ella den ganzen Abend beobachtet wurde. Dieser Jan Stecker verfolgt sie schließlich schon eine ganze Weite. Vielleicht wollte er sie selbst gerade aufsuchen, und sah die beiden durch das Panoramafenster von der Rückseite des Bungalows. Bestimmt hatte er längst herausgefunden, wo Ella sich aufhielt. Vielleicht wollte er sich gar nicht bemerkbar machen, sondern sie nur von den Dünen aus beobachten. Über solche Stalker hat man schließlich alles Mögliche gehört. Ich habe Ella kurz kennengelernt, sie war mindestens so tough wie Sie, Kommissarin Wiesinger, und hat sich durch seine Belagerung bestimmt nicht übermäßig beeindrucken lassen."

„Vielen Dank für die Blumen, Trulsen! Auch wenn sie sehr selbstbewusst und stark war, hat sie dieses übergriffige Verhalten ganz bestimmt beeinträchtigt", widersprach Charlotte vehement. „Bedenken Sie: Ella war meistens alleine unterwegs und hat sich immer wieder an anderen Orten aufgehalten. Ihr fehlte ein Heim, in das sie sich zurückziehen und sicher fühlen konnte. Zu Hause fühlt man sich in der Regel geschützt und wenn man in einer Gemeinschaft lebt, hat man zumindest die Illusion der Sicherheit. Passieren kann natürlich immer was. Ella fühlte sich offensichtlich nicht einmal mehr im Haus ihrer Schwester geborgen. Außerhalb davon erst recht nicht. Ich bin mir sicher, dass dieses übergriffige Verhalten von Jan Stecker sogar für eine Frau wie Ella Shepherd schwer zu ertragen war."

„Aber immerhin war sie viel unterwegs, nicht nur in Deutschland, sondern überall in der Welt. Sie hat also oft eine große Entfernung zwischen sich und diesen Stalker gelegt."

„Sie glauben also, Jan Stecker hat sich an diesem Abend an Ellas Fersen geheftet, verstehe ich Sie richtig, Trulsen?"

„Genau weiß ich es natürlich nicht, aber das wäre zumindest eine Möglichkeit", wich Torge einer konkreten Aussage aus.

„Und halten Sie ihn für den Mörder?", fragte Charlotte trotzdem weiter.

„Da ich ihn bislang nicht einmal kennengelernt habe, kann ich darüber keine Aussage treffen." Torge grinste breit. Ihm schien selbst bewusst zu sein, wie selten er sich sonst zurückhielt, seine Meinung kundzutun. „Mal rein als Spekulation: Vielleicht hat er Ella und Marc Schilling beobachtet und wurde wütend, weil sie sich schon wieder mit einem anderen Mann traf. Lief da was zwischen den beiden Fotografen?"

„Über diesen Aspekt haben wir bisher gar nicht nachgedacht", sinnierte Charlotte. „Vielleicht war alles, was er uns gesagt hat, gelogen. Möglicherweise wollte er gar keine Fotos von ihr, sondern sie. Was meint Ihr?"

„Immerhin ist er verheiratet", erklärte Knud. „Das spricht dagegen."

Lilly grunzte. „Für einen angeblich modernen Mann bist du manchmal ganz schön spießig", mokierte sie sich.

„Gehört ein Seitensprung heutzutage zum guten Ton?"

„Nein, natürlich nicht. Aber es kommt überall auf der Welt jeden Tag vor. Und Ella Shepherd war ohnehin keine Kostverächterin. Das wusste er bestimmt und könnte versucht haben, an diesem Abend bei ihr zu landen."

„Er macht sie also an und sie weist ihn ab. Damit hat er nicht gerechnet und fühlt sich stärker gedemütigt, als durch die Ablehnung des Fotoverkaufs."

„Womit wir wieder bei Marc Schilling als Täter wären", schlussfolgerte Charlotte. „Eigentlich wollten wir Jan Steckers Verhalten analysieren. Kommt er als Mörder infrage?"

„Sie haben ihn doch vernommen. Welchen Eindruck hat er auf Sie gemacht?", fragte Torge.

„Da müssen Sie Knud oder Kommissarin Morgenroth fragen", antwortete Charlotte.

Knud hatte den Eindruck, dass sie sich nur mühsam eine weitere Spitze verkniff.

„Sympathisch wirkte er nicht gerade", übernahm Lilly. „Das macht ihn natürlich nicht unbedingt zum Mörder. Zumindest finde ich den Ansatz schlüssig", fügte sie hinzu, was Torge außerordentlich zu freuen schien. „Wir sollten Jan Stecker erneut befragen und dabei mehr Druck ausüben. Ein vernünftiges Alibi konnte er uns bisher nicht vorweisen."

Knud nickte zustimmend. „Das merken wir uns vor. Lasst uns vorher zu unserem Anliegen kommen, weswegen wir uns mit Torge treffen wollten. In Schillings Bungalow haben wir Ellas Ausrüstung nicht gefunden. Auch sein Auto war schnell durchsucht. Hast du eine Idee, wo er das Equipment oder Teile davon versteckt haben könnte? Insgesamt gibt es in so einer großen Anlage natürlich Hunderte von Möglichkeiten, wir sollten uns zuerst auf den Festsaal, die direkte Umgebung und den Weg zu seinem Bungalow begrenzen. Hast du dir darüber Gedanken gemacht?"

„Ich habe beim Aufräumen des Festsaals sogar etliche mögliche Verstecke geprüft, aber leider ohne Erfolg. Natürlich versuche ich es gerne weiter. Willst du dabei sein oder soll ich mich später mit dem Ergebnis bei dir melden, Knud?"

„Am besten guckst du dich alleine um, alter Kumpel. Wir konzentrieren uns derweil auf die anderen Verdächtigen. Fiete recherchiert den finanziellen Hintergrund von Katja und Heiko

Holthusen. Je eher wir mit Jan Stecker sprechen, umso besser. Wenn er wirklich der Täter ist, besteht sogar Fluchtgefahr. Er weiß zumindest, dass wir ihn auf dem Schirm haben. Bereits das Stalking ist ein Straftatbestand. Ohne übermäßig intelligent sein zu müssen, kann er sich ausrechnen, dass wir auch bei ihm tiefer graben werden."

Torge rührte in seinem Pott, den er mit an den Tisch gebracht hatte. Mittlerweile musste der Kaffee längst kalt geworden sein. „Und was ist mit der Familie? Stehen Ellas Schwester und ihr Schwager ebenfalls unter Verdacht oder ist das Überprüfen des privaten Hintergrundes lediglich eine Routinemaßnahme?"

„Sowohl als auch", antwortete Knud. „Du hast Ella im letzten Sommer getroffen. Hat sie sich irgendwie über das Verhältnis zu ihrer Schwester geäußert? War sie vielleicht verärgert und hat sich bei dir Luft gemacht? Du wirkst auf alle immer so vertrauensselig."

Wie immer freute sich Torge über solche Art der Bestätigung. Trotzdem schüttelte er den Kopf. „Ella war eine Einzelgängerin. Schon deshalb hat sie viel mit sich alleine ausgemacht. Dazu kommt ihre Professionalität. Immerhin wollte sie eine Reportage mit mir machen." Ein trauriger Zug umspielte seinen Mund. Ganz offensichtlich bedauerte er die verpasste Chance. „Ich wäre also sowas wie ein Kunde geworden und bei dem hätte sie sich nicht ausgeweint, auch wenn es noch so große Probleme zwischen ihr und ihrer Familie gab. Ich hätte euch gerne mit derartigen Informationen weitergeholfen. Leider weiß ich nicht mehr als Ihr."

Torge in St. Peter-Ording

Mittwoch, den 7. Dezember

Torge fühlte sich bei seiner Ermittlerehre gepackt. Einen Mordfall in seiner *Weißen Düne* hätte er am liebsten selbst aufgeklärt, zumal es sich bei dem Opfer um eine Bekannte handelte. Er hatte Ella Shepherd gemocht und konnte ihren Tod kaum fassen. Bei allem Selbstbewusstsein war ihm allerdings klar, dass er gar nicht über die Mittel verfügte, einen alleinigen Erfolg zu erzielen. Trotzdem wollte er seinen Beitrag dazu leisten. Die Kommissare brauchten nicht zu betonen, wie wichtig es war, gegen Marc Schilling einen weiteren schlagkräftigen Beweis zu finden, damit seine Verhaftung zu einer Verurteilung führte. War es wirklich dieser Fotograf gewesen, der seine erfolgreiche Konkurrentin aus dem Weg geräumt hatte?

Diese Frage wollte Torge zuerst klären. Dazu musste er unbedingt Ellas technische Ausstattung finden. Wenn Marc Schilling sie aus ihrem Bungalow entwendet hatte, standen die Chancen gut, die Sachen hier in der Ferienanlage zu finden.

Gleich nach dem Gespräch mit den drei Kommissaren in der Cafeteria hatte er mit der Suche begonnen. Da Marina Lessing sich nach wie vor Sorgen um den Ruf der *Weißen Düne* machte, war sie froh über Torges Einsatz und hatte nach Rücksprache vorerst die beiden betroffenen Bungalows aus der Vermietung genommen, damit er sie ebenfalls noch einmal untersuchen konnte. Bestimmt war die Spurensicherung gründlich vorgegangen, aber niemand kannte die Ferienhäuser so gut wie er. Dabei hielt er sich nicht mit der Durchsuchung der Schränke auf, sondern legte den Fokus auf raffiniertere Verstecke. Dazu gehörte die Lüftungsanlage genauso wie andere mögliche Orte, für die man einen Akkuschrauber in die Hand nehmen musste, um beispielsweise eine Blende zu entfernen. Den Gedanken, ob Schilling dazu in der Lage gewesen wäre, schob er beiseite, als er die Sockelleiste der Einbauküche entfernte. Leider verlief seine Suche im Bungalow des Fotografen erfolglos. Ernüchtert war er am Dienstagabend nach Hause gefahren. Auch seine Hoffnung auf eine zündende Idee von Annegret, wurde wenig später enttäuscht. Trotzdem gab er natürlich nicht auf, das widersprach seiner Natur und war einfach keine Option.

Torge schlief in der Nacht zum Mittwoch unruhig. Immer wieder wachte er auf und wälzte sich von einer Seite auf die andere. Dabei ging er in Gedanken wieder und wieder alles durch und überlegte, ob er etwas übersehen hatte. Trotz des Misserfolgs des gestrigen Tages wuchs seine Überzeugung, dass Schilling der Täter war und sich das technische Equipment seiner Konkurrentin unter den Nagel gerissen hatte. Als er gegen fünf zum wiederholten Male wach wurde, kam ihm eine - wie er selbst meinte - ziemlich geniale Idee. Was, wenn der Täter die Sachen gar nicht mitgenommen, sondern in dem Bungalow von Ella versteckt hatte? Bei näherer Betrachtung verwarf er den Gedanken schnell wieder, weil die Kommissare zusammen mit der Spusi das Haus gründlich umgekrempelt hatten.

Annegret schlief ruhig an seiner Seite, aber für Torge war die Nacht vorbei. Die Gedanken kreisten durch seinen Kopf und ließen ihm keine Ruhe. Was übersah er bloß? Leise stand er auf, duschte kurz und bereitete sich schließlich einen Kaffee. Damit konnte er am besten nachdenken.

Tatsächlich kam ihm eine weitere Idee. Schilling hätte sich bestimmt leicht Zugang zu dem bereits durchsuchten Bungalow verschaffen können. Was, wenn er die Ausrüstung einfach dort versteckt hatte, nachdem die Spusi damit durch war? Eine derartige Überlegung hatte ihn schon einmal zum Ziel gebracht, als Kommissarin Wiesinger im Sommer entführt worden war. Eilig trank er seinen Kaffee aus und legte seiner seuten Deern einen kurzen Gruß auf den Tisch. Das musste er unbedingt sofort überprüfen! Ohne sich Zeit für ein Frühstück nehmen, eilte er zu seinem alten Kombi und fuhr in hohem Tempo in Richtung St. Peter-Ording. Essen konnte er später. Der kurze Weg von Tating zu seinem Arbeitsplatz schien heute kein Ende zu nehmen. Ungeduldig schaute Torge immer wieder auf die Geschwindigkeitsanzeige. Natürlich kam es auf ein paar Minuten nicht an und er wollte keinen Strafzettel riskieren.

In der Ferienanlage herrschte absolute Stille. Jetzt Anfang Dezember war hier ohne die Hochzeitsgesellschaft nicht mehr viel los. Dazu kamen Uhrzeit, Dunkelheit und Kälte. Wer nicht unbedingt unterwegs sein musste, kuschelte sich in seine warmen Federn, statt draußen herumzulaufen. Nicht einmal Frühstück gab es so früh. Torge sollte es recht sein. Sein erster Weg führte ihn zur Rezeption, um sich einen Schlüssel für den Bungalow zu holen, in dem der Mord passiert war. Der Nachtportier war ein kauziger Typ, der sich damit seine Rente aufbesserte. Torge hatte ihn bisher nie mit guter Laune angetroffen. Er schien diesen Job zu hassen und wurde nicht müde, jedem, der es nicht wissen wollte, seine Unzufriedenheit kundzutun.

„Trulsen, was machen Sie denn hier zu dieser unchristlichen Zeit? Ihr Dienst beginnt erst um acht. Kann ich nicht verstehen, warum man zweieinhalb Stunden früher an seinem Arbeitsplatz erscheint, würde mir nicht passieren. Haben Sie kein Privatleben? Sie sind doch verheiratet! Warum frühstücken Sie nicht in aller Ruhe mit Ihrer Frau?"

Torge verspürte wenig Lust, sich zu rechtfertigen. Egal, was er sagte, der Typ würde sowieso mit Widerworten reagieren. „Geben Sie mir bitte den Schlüssel zum Bungalow 13", forderte er ihn also auf, ohne auf das Gemoser einzugehen.

Für den Augenblick schien sein Gegenüber seine Unzufriedenheit zu vergessen. „Das ist der Bungalow der unglückseligen Fotografin, die hier in der Nacht von Donnerstag auf Freitag ihr Leben gelassen hat. Sind Sie etwa wieder auf Mörderjagd?"

Es hatte sich also bis zu dem Nachtportier herumgesprochen. Bisher hatte Torge gedacht, dass dieser sich lediglich für sein eigenes Schicksal interessierte.

Ohne eine entsprechende Antwort würde er ihn vermutlich nicht loswerden. Er nickte. „Ich möchte nur eben etwas überprüfen", versuchte er das Gespräch kurz zu halten. Seine Ungeduld stieg. Er wollte jetzt nicht schnacken, sondern zur Tat schreiten. Doch die Rechnung hatte er ohne den Nachtportier gemacht. Der schien froh über die Unterbrechung seiner Langeweile.

„Wie ist denn der Stand der Ermittlung?", hakte er wissbegierig nach.

Torge überlegte, mit welcher Antwort er den Neugierigen am schnellsten zum Schweigen bringen konnte. „Die Kommissare verfolgen mehrere Spuren“, erwiderte er lapidar. „Lassen Sie mich eben etwas überprüfen, dann kann ich Ihnen im Anschluss mehr darüber berichten.“

„Trulsen! Wie Sie wissen, endet meine Schicht um sechs. Bis dahin sind Sie bestimmt nicht zurück.“

Torge musste sich beherrschen, um nicht selbst hinter den Tresen zu gehen und sich den Schlüssel einfach zu holen. Er fühlte sich ausgebremst, seine Ungeduld stieg ins Unermessliche. Es wurde Zeit, dass er einen neuen Generalschlüssel bekam, dann musste er sich nicht mit solchen Diskussionen auseinandersetzen.

„Mehr kann ich Ihnen im Moment nicht sagen. Geben Sie mir jetzt den Schlüssel. Ich habe einen wichtigen Auftrag!“ Mit Freundlichkeit kam er nicht weiter, der Typ brauchte eine klare Ansage.

„Schon gut. Ich will Sie nicht aufhalten!“, murmelte dieser und rückte ihn endlich raus.

Also eilte Torge zu seiner Werkstatt, holte den Akkuschrauber und ging schließlich schnurstracks zu dem Bungalow, den Ella in der letzten Woche bewohnt hatte. Hier führte er die gleichen Maßnahmen durch, wie am Nachmittag zuvor in dem Ferienhaus des Fotografen. Gegen acht fühlte er sich hungrig, enttäuscht und ausgelaugt. Von der Kamera, dem Notebook sowie dem Handy der Ermordeten fehlte nach wie vor jede Spur. Mit dieser Aktion war er seinem Ziel keinen Schritt nähergekommen. Frust machte sich breit. Irgendetwas musste ihm einfallen, wie er in diesem Fall einen Beitrag leisten konnte. Am besten stärkte er sich erst einmal mit ein paar Eiern und Speck, danach sah die Welt vielleicht wieder rosiger aus. Irgendeine Idee würde ihm sicherlich kommen. Das war bisher immer so gewesen. Nach dem Frühstück musste er einfach seine Suche fortsetzen. Manchmal ließ der Durchbruch eben auf sich warten, dann hieß es, hartnäckig zu bleiben.

Die Mahlzeit war längst nicht so schmackhaft, als wenn Annegret sie ihm zubereitet hätte. Trotzdem hellte sie seine Stimmung auf und brachte ihm neue Energie. So schnell ließ er sich nicht unterkriegen! Immerhin hatte er längst nicht an allen Orten gesucht, die als Versteck infrage kamen. Trübsal zu blasen, half ihm nicht weiter. Er musste einfach mit Optimismus und dem üblichen Elan an die Sache herangehen, dann würde sie zum Erfolg führen. Trotz der inneren Unruhe ließ er sich Zeit mit dem Frühstück und verputzte alles, was auf dem Teller lag. Dazu trank er einen Kaffee und ging im Geiste den Weg zwischen dem Festsaal und beiden Bungalows durch. Wirklich gute Verstecke gab es da jedoch nicht. Sollte er es zuerst im großen Saal versuchen? Unschlüssig wanderte sein Blick durch den Raum. Der fehlende Geistesblitz lähmte ihn und ließ seine Motivation bröckeln. Vielleicht sollte er seine normale Arbeit aufnehmen und auf eine zündende Idee warten, statt planlos durch die Ferienanlage zu laufen und doch nicht ans Ziel zu gelangen.

Gerade als Torge sich vom Tisch erheben wollte, sah er Hansen auf sich zusteuern. Der Kollege hatte sich in letzter Zeit bestens entwickelt. Anfangs glänzte er durch ständige Abwesenheit und meldete sich bei jeder Gelegenheit krank, aber das hatte sich gegeben. Er schien mittlerweile zu Torge aufzuschauen und ihm nachzueifern, was Engagement und Motivation betraf. Normalerweise kamen die beiden Männer gut miteinander aus und Torge konnte sich auf ihn verlassen.

Trotzdem hatte er an diesem Morgen wenig Lust auf einen Schnack mit Hansen. Das lag natürlich an den Misserfolgen, die er an diesem Tag verbuchen musste. Der Kollege würde nachfragen, ob Torge wieder an der Mordermittlung beteiligt war und welche Fortschritte er in dem Fall machte. Zuzugeben, dass er lediglich auf der Stelle trat und der Geistesblitz auf sich warten ließ, war nicht nach seinem Geschmack. Am liebsten wäre er aufgestanden und aus der Kantine geeilt, aber dafür war es zu spät.

„Moin Trulsen!", begrüßte ihn Hansen. „Du bist aber heute früh dran. Ich hatte auf ein gemeinsames Frühstück mit dir gehofft. Gibt´s was Neues?"

Die befürchtete Frage kam schneller als erwartet. Es wäre ihm lieber gewesen, mit einer Erfolgsgeschichte antworten zu können, aber die hatte er eben nicht zu bieten. Also überlegte er, was er antworten konnte, ohne seinen Misserfolg zugeben zu müssen.

„Du darfst wahrscheinlich nicht darüber reden, oder?", erklärte Hansen ehrfurchtsvoll. „Ist kein Problem für mich, ich kann mich gedulden, auch wenn ich natürlich neugierig bin", fügte er etwas lauernd hinzu, um Torge doch noch zum Reden zu bringen.

Der erwiderte jedoch nichts. Wenn Hansen das als notwendige Verschwiegenheit interpretierte, kam ihm das gerade recht.

„Ist verdammt kalt draußen", wechselte Hansen das Thema. „Ich war den ganzen Morgen draußen, um Müll einzusammeln. Erstaunlich, was diese Hochzeitsgäste alles in die Landschaft geschmissen haben. Ich nehme jedenfalls an, dass die das waren. Aber eigentlich ist es viel zu kalt, da möchte man keinen Hund vor die Tür jagen. Bin auch fast niemandem begegnet."

Torge hatte nur mit halbem Ohr zugehört, aber plötzlich fühlte er sich elektrisiert. Das war es! Bei dieser Kälte sah jeder zu, so schnell wie möglich in einen mollig beheizten Raum zu kommen. Wer nicht wie Ella einen Plan verfolgte, vermied es bei diesem Wetter, sich lange in der Kälte aufzuhalten. Plötzlich war er davon überzeugt, dass Marc Schilling das gestohlene Equipment irgendwo draußen deponiert hatte. Vermutlich wasserdicht verpackt und entsprechend gegen die Kälte geschützt, wenn überhaupt. Vielleicht hatte er alle gewünschten Daten längst kopiert und empfand die Hardware lediglich als Ballast. Dann musste er keine Rücksicht darauf nehmen, ob sie bei der Lagerung draußen zu Schaden kam.

„Das ist genial, Hansen!", begeisterte sich Torge. „Du hast was gut bei mir", fügte er hinzu, bevor er aufstand und mit seinem Tablett in Richtung Ausgang eilte.

„Was meinst du damit?", rief ihm der verdutzte Hansen hinterher, worauf er jedoch keine Antwort mehr erhielt.

Die spontane Idee beflügelte Torge dermaßen, dass er am liebsten sofort zu Schillings Bungalow gerannt wäre. Ohne jedoch einige Gartengeräte mitzunehmen, machte das allerdings wenig Sinn. Also lief er zu seiner Werkstatt, packte eine Auswahl auf den Gepäckträger seines Lastenfahrrades, das den Namen Henriette trug, und fuhr anschließend eilig zu dem Ferienhaus. Dabei hatte er nun nicht mehr das Haus, sondern den Garten im Fokus. Konnte es wirklich sein, dass der Fotograf die gestohlenen Sachen direkt vor ihrer Nase vergraben hatte? Bei näherer Betrachtung kamen ihm bereits wieder Zweifel. Schilling besaß keine Schaufel, und der Boden war zwar nicht gefroren, trotzdem würde es im Winter natürlich auffallen, wenn man sich dort zu schaffen machte. Allerdings schien bisher niemand auf diese Idee gekommen zu sein. Er selbst hatte dem Außenbereich lediglich einen flüchtigen Blick gewidmet. Rund um den Bungalow von Ella war er sicherlich von der Spurensicherung untersucht worden, allein schon um die Tatwaffe zu finden. Das sah bei dem Fotografen anders aus.

Torge schob seine Zweifel beiseite und trat kräftig in die Pedale. Er hatte ohnehin keine andere Wahl, er musste die Theorie überprüfen, sonst würde sie ihm keine Ruhe lassen.

Das kleine Domizil lag relativ unspektakulär am Rande der Anlage auf der Seite zum Landesinneren. Der Garten war von großen Hecken umgeben, die ihn vor neugierigen Blicken schützten. Eigentlich perfekt für ein derartiges Vorhaben. Er parkte Henriette vor dem Haus und zog den Schlüssel aus der Tasche, den er gestern nicht zurückgegeben hatte, was sich jetzt als zeitsparend erwies. Aufregung erfasste ihn und kribbelte durch seinen gesamten Körper, als er bewaffnet mit Spaten und Grabegabel den Außenbereich betrat. Einen Augenblick verweilte er auf der Terrasse und ließ seinen Blick durch den Garten wandern. Dabei fragte er sich, wo er selbst die Beute verbuddeln würde. Viele Möglichkeiten gab es nicht, denn das Grundstück wies lediglich eine überschaubare Größe auf.

Täuschte er sich oder sah die Erde in der rechten Ecke direkt vor der Hecke ein wenig aufgelockert aus? Kirschlorbeer stand davor, sodass es auf einen flüchtigen Blick nicht auffiel, aber Torge wurde mit jedem Schritt, den er auf die Stelle zuschritt, sicherer, auf der richtigen Spur zu sein. Da hatte sich jemand zu schaffen gemacht! Bevor er das Beet betrat, suchte er es sorgfältig nach Fußabdrücken ab, die gab es aber leider nicht. Möglicherweise hatte sie jemand verwischt, das war nicht erkennbar. Um keinen Fehler zu machen, zückte er sein Handy und fotografierte das Beet aus verschiedenen Perspektiven. Vielleicht hätte er an diesem Punkt die Kommissare anrufen sollen, um ihnen von seinem Verdacht zu berichten. Allerdings war es nicht sicher, ob seine Ahnung zum gewünschten Erfolg führte und er wollte sich keinesfalls blamieren. Um jedoch keinen Ärger zu bekommen, ergänzte er die Fotoreihe mit einigen Nahaufnahmen und ging schließlich an die Hecke gedrückt zu der gewünschten Stelle, um dort nach den gestohlenen Sachen zu graben.

Ganz vorsichtig schob er den Spaten in die Erde. Wenn dort wirklich empfindliches technisches Gerät lag, wollte er es nicht zerstören. Immerhin war er nicht sicher, ob die Daten wirklich gelöscht worden waren. Außerdem konnte die KTU unter Umständen weitere wichtige Informationen sicherstellen, wenn sie das Equipment intakt in die Hände bekam. Als er auf einen Widerstand traf, fingen ihm vor Aufregung die Knie an zu schlottern. Entweder würde er gleich einen Stein ausgegraben und damit seine Enttäuschung komplettieren oder mit einem Etappensieg belohnt werden. Ganz vorsichtig grub er weiter. Dabei ließ er sich auf die Knie sinken und buddelte mit den Händen, die er in weiser Voraussicht mit Handschuhen schützte. Einen Augenblick später konnte er ein wenig Plastikfolie erkennen. Um einen Stein schien es sich dabei kaum zu handeln. Er hielt es für unwahrscheinlich, dass hier jemand seinen Müll entsorgt hatte. Mit zitternden Händen legte er den Gegenstand frei. Als er schließlich den hochwertigen Fotoapparat in Händen hielt, hätte er am liebsten einen Jubelschrei ausgestoßen. Er rappelte sich auf und nahm den gleichen Weg zurück auf die Rasenfläche. Dann zückte er sein Handy, um Knud anzurufen. Na, der würde Augen machen! Torge war felsenfest überzeugt, die Kamera von Ella Shepherd in seinen Händen zu halten!

Charlie in St. Peter-Ording

Donnerstag, den 8. Dezember

Torges Trulsens gestriger Fund war für das gesamte Team eine große Überraschung gewesen. Obwohl es relativ wahrscheinlich war, dass es sich bei der gefundenen Kamera um die der ermordeten Fotografin handelte, kam Lilly auf die Idee, es über Ella Shepherds Versicherung zu verifizieren. Bei der Durchsuchung ihres Zimmers in Holthusens Haus hatten sie entsprechende Unterlagen gefunden. Da die Fotografin ständig unterwegs war, schien es angebracht zu sein, ihr hochwertiges Equipment entsprechend zu versichern. Die Bestätigung kam schneller als erwartet, zumal der Gesellschaft nicht nur die genaue Produktbezeichnung, sondern auch Fotos vorlagen. Damit waren sie einen großen Schritt weiter.

Charlie und Lilly fühlten sich in ihrer Annahme bestätigt, mit Marc Schilling den richtigen Täter verhaftet zu haben. Sie setzten für den gleichen Abend eine Pressekonferenz an, in der sie die Verhaftung des Fotografen bekanntgaben. Gleichzeitig wurde der Tatzeitraum zwischen ein und zwei Uhr nachts veröffentlicht. Beide Kommissarinnen waren davon überzeugt, den Fall damit in Kürze abschließen zu können.

Insofern zeigten sie sich spontan wenig begeistert, als am Donnerstagnachmittag ein junger Mann das Revier betrat und sich als Fabian Wiesner vorstellte. Er war extrem leger gekleidet und hatte seine langen blonden Haare zu einem Pferdeschwanz zusammengebunden. Selbstbewusst forderte er, mit den Kommissarinnen Wiesinger und Morgenroth sprechen zu wollen. Er hätte die Pressekonferenz am Vorabend verfolgt, sei aber nicht davon überzeugt, dass mit Marc Schilling der richtige Täter verhaftet worden sei. Er wollte ihnen weitere Informationen zur Verfügung stellen.

Charlie fühlte sich zwischen Unmut und Neugier hin- und hergerissen. Da Fabian Wiesner bereits die Aufmerksamkeit ihrer männlichen Kollegen gewonnen hatte, die die Schuld des Fotografen immer noch bezweifelten, forderte sie ihn schließlich auf, Platz zu nehmen. Es konnte schließlich nicht schaden, sich wenigstens anzuhören, was er zu sagen hatte. Ihn einfach wieder wegzuschicken, schien keine Option zu sein, zumal Knud und Fiete sicherlich Veto eingelegt hätten.

Sie rang sich ein Lächeln ab und begann mit einer Frage: „Und wie kommen Sie darauf, dass Marc Schilling nicht der Täter ist?"

Fabian Wiesner ließ sich nicht provozieren. „Natürlich kann ich es nicht ausschließen, das will ich damit gar nicht gesagt haben. Vielleicht habe ich mich nicht präzise ausgedrückt. Mir scheinen die Beweise jedoch recht mager zu sein, um den Fall damit abzuschließen. Oder liegt Ihnen mehr vor, als Sie in der Pressekonferenz bekanntgegeben haben?"

Für einen kleinen Augenblick verspürte Charlie Unsicherheit. Waren sie wirklich zu schnell gewesen und hatten die Fakten überinterpretiert? Zumindest könnte es sich lohnen, ihm zuzuhören, denn immerhin war er mit Ella Shepherd liiert gewesen. Vielleicht hatte sie ihm etwas anvertraut, was für den Fall wichtig war.

„Nein", antwortete Lilly an ihrer Stelle. „Mehr Beweise liegen uns nicht vor, allerdings hat Marc Schilling ein starkes Motiv und kein Alibi vorzuweisen."

„Und trifft das genauso auf die anderen Verdächtigen zu?", ließ Fabian Wiesner nicht locker, wobei er total entspannt blieb.

„Wen genau meinen Sie damit?"

„Ich verstehe, Sie wollen mir nichts preisgeben, was nicht bereits veröffentlicht ist. Kein Problem! Wir können das Spiel auch umdrehen. In meinen Augen hat Jan Stecker das stärkste Motiv. Sie haben sicherlich rausgefunden, dass es sich bei ihm um Ellas Ex handelt. Das Ende ihrer Beziehung will er allerdings nicht wahrhaben. Er stalkt sie in penetranter Weise, was selbst die toughe Ella stark beeinträchtigt hat."

„Kennen Sie Details?" Charlies Interesse war geweckt.

„Natürlich kenne ich Details! Glauben Sie, ich komme hierher, um ein paar Vermutungen rauszuhauen? Ella hat mich in all diese Attacken eingeweiht. Nach meinem Gefühl ging es ihr nicht nur darum, mal mit jemandem darüber zu sprechen und es loszuwerden. Stecker war wirklich zudringlich. Er hat sie mit Nachrichten und Anrufen regelrecht bombardiert. Das hat sie extrem belastet, obwohl sie wirklich eine starke Person war."

„Haben Sie sie gelesen?"

„Mehr als das. Ella hat mir etliche dieser Nachrichten weitergeleitet." Fabian Wiesner zog sein Handy aus der Tasche und tippte darauf herum. Schließlich schob er es Charlie über den Tisch. „Hier! Schauen Sie selbst. Der Typ hat wirklich nicht alle Latten am Zaun. Eigentlich müsste das ausreichen, um ihn aus dem Verkehr zu ziehen, unabhängig davon, ob er was mit dem Mord zu tun hat, oder nicht. Allerdings könnte ich mir das bei dem wirklich gut vorstellen. Spätestens nachdem er Ellas Fotos auf Insta gesehen hat, kannte er ihren Aufenthaltsort. Vermutlich wissen Sie bereits, dass er in Friedrichstadt wohnt. Von dort nach SPO fährt man nachts maximal vierzig Minuten. Die Bilder hat sie um halb elf veröffentlicht. Wenn sie zwischen eins und zwei gestorben ist, sollten Sie ihn als Täter zumindest in Betracht ziehen. Haben Sie das?"

„Allerdings haben wir das", antwortete Charlie leicht amüsiert.

„Und? Was hat ihn entlastet? Hat er ein Alibi vorzuweisen?" Schüchtern war Fabian Wiesner nicht gerade. Ihm schien wirklich etwas an Ella Shepherd gelegen zu haben. Die Aufklärung des Mordes war ihm wichtig.

„Wir können Jan Stecker nicht aufgrund eines fehlenden Alibis verhaften, wenn darüber hinaus überhaupt keine Beweise gegen ihn vorliegen. Soweit sollten Sie im Thema sein. Wir haben gegen Marc Schilling wesentlich mehr vorliegen. Sie haben schließlich die Pressekonferenz verfolgt."

„Die Kamera kann jeder in seinem Garten vergraben haben. Das ist kaum ein schlagendes Argument gegen ihn. Im Gegenteil! Eigentlich ist es völlig bescheuert, die Kamera ausgerechnet im Garten des von ihm benutzten Bungalows zu verbuddeln. Wäre wesentlich schlauer gewesen, es im Nachbargarten zu tun."

„Und dabei entdeckt zu werden?", fragte Charlie.

„Keine Ahnung. Ist in meinen Augen eben kein schlagender Beweis, weil es jeder getan haben könnte", wiederholte er.

„Vermutlich bekommt man an der Rezeption sehr einfach heraus, in welchem Bungalow Schilling gewohnt hat. Man muss ja nur behaupten, etwas für ihn zu haben, was man ihm übergeben möchte. Das fällt sicherlich nicht unter den Datenschutz."

„Wir haben ein Glas mit Schillings Fingerabdrücken im Bungalow gefunden." Es passte Charlie nicht in den Kram, sich vor diesem Typen rechtfertigen zu müssen. Trotzdem war es interessant, seine Kritik aufzunehmen und seinen Gedanken zu folgen.

„Seine Täterschaft in Bezug auf den Mord beweist es trotzdem nicht", beharrte Fabian Wiesner auf seiner Meinung.

„Sie selbst haben nach weiteren Beweisen gegen Schilling gefragt. Welche Beweise sehen Sie denn gegen Stecker?"

„Beweise zu finden, ist Ihr Job", antwortete er lapidar und warf den Ball damit wieder zurück. „In meinen Augen hat Jan Stecker jedoch das wesentlich stärkere Motiv. Haben Sie die Nachrichten gelesen? Selbst mir würde das mindestens ein großes Unbehagen, wenn nicht sogar Angst einjagen. Für eine Frau muss das wesentlich schlimmer sein. Ella hat es genauso empfunden. Sie war drauf und dran, die Polarlichter sausen zu lassen, nur um nicht wieder in seine Nähe kommen zu müssen."

„Hat sie Sie gebeten, hierzubleiben statt nach Hamburg zu fahren?"

„Das entsprach nicht ihrer Natur. Ella hat so gut wie nie um Hilfe gebeten. Sie wollte sich weder von seinen Launen abhängig machen, noch andere Personen mit hineinziehen. Das galt auch für mich."

„Haben Sie es ihr angeboten?"

„Ja, aber sie wusste, wie wichtig es mir war, gerade an diesem Wochenende nach Hamburg zu dieser Party zu fahren. Also hat sie abgelehnt. Sie selbst wollte ihr Leben nach ihren eigenen Prioritäten leben. Im Gegenzuge hat sie von Menschen, denen sie nahestand, ebenfalls nichts verlangt, was sie selbst nicht zu leisten bereit war. Also bin ich gefahren."

„Und haben Sie ihrem Schicksal überlassen", fasste Charlie zusammen.

„Wenn Sie es so ausdrücken, klingt es für mich auch nicht gut. Natürlich mache ich mir im Nachhinein Vorwürfe, aber wir wissen beide, wie wenig das ändert. Außerdem stand trotz dieser Belästigung nicht zu befürchten, dass sie umgebracht wird. Das habe ich Ihnen ja gerade erklärt. Nun muss ich damit leben, ohne zu wissen, ob ich es überhaupt hätte verhindern können. Selbst wenn sie in der Gegend war, haben wir unsere Zeit selten rund um die Uhr zusammen verbracht. Dafür waren wir beide zu freiheitsliebend. Am Ende ist es Ihr Job, den richtigen Täter zu finden. Ich wollte Ihnen lediglich diese Nachrichten zeigen, die Stecker ihr permanent geschickt hat. Das lief jetzt schon eine ganze Weile und obwohl sie ihn komplett ignoriert hat, ließ er nicht locker. Er hat einfach nicht akzeptiert, dass sie nichts mehr von ihm wissen wollte."

„Darf ich diese Nachrichten kopieren?", fragte Lilly.

„Klar! Gerne. Dann fühle ich mich wenigstens ernst genommen", grinste er in ihre Richtung. „Ich möchte ja lediglich, dass Sie es weiterverfolgen."

„Das machen wir. Wissen Sie darüber hinaus, wie Ella Shepherd ihre Daten gesichert hat?", wollte Lilly weiter wissen. „Hat sie sie in einer Cloud gespeichert oder irgendwo eine Backup-Festplatte deponiert?"

„Das ist eine gute Frage", nickte Fabian Wiesner. „Eine Cloud hat sie nicht benutzt, darüber haben wir mal gesprochen. Sie war ein Mensch, der nur schwer Vertrauen aufbaute. Fremden Menschen ihre Daten zu überlassen, kam für sie nicht infrage, auch wenn es ein etablierter Dienstleister war. Eine externe Festplatte für eine zusätzliche Sicherung ist wesentlich wahrscheinlicher. Eine, die sie nicht mit sich führte, falls ihr Gepäck mal gestohlen wird. Trotzdem hat sie mich nicht eingeweiht. So lange kannten wir uns schließlich noch nicht", fügte er hinzu, als ob er es rechtfertigen müsste. Vielleicht traf es ihn, nicht ihr volles Vertrauen genossen zu haben. „Was ist mit ihrem Laptop und Handy?", wechselte er das Thema. „Haben Sie die Sachen ebenfalls gefunden?"

„Nein, die sind nach wie vor verschwunden."

„Könnte ebenfalls dafür sprechen, die Kamera zu opfern, um eine falsche Fährte zu diesem Schilling zu legen. Nicht, dass ich ihn besonders sympathisch gefunden hätte oder hier verteidigen möchte", fügte Wiesner hinzu. „Wenn man Ellas Meinung Glauben schenken kann, war der Typ ziemlich bequem geworden. Er hat sie um ihren Erfolg beneidet, so viel ist klar. Tatsächlich würde es mich nicht wundern, wenn er ihre Bilder stehlen wollte. Damit hat er auf jeden Fall ebenfalls ein Motiv, das sehe ich genauso wie Sie. Trotzdem würde ich ihn im Gegensatz zu Stecker eher als harmlos einstufen."

„Dann bedanken wir uns für die Informationen und Ihre Einschätzung", erklärte Charlie mit einem Anflug von Sarkasmus. Sie ging davon aus, ihn auf diese Weise recht schnell loszuwerden, hatte sich aber getäuscht.

Fabian Wiesner war noch nicht fertig. „Ich möchte mit Ihnen außerdem über die Familie sprechen", erwiderte er, ohne auf die Spitze einzugehen. „Damit meine ich Ellas Verhältnis zu ihrer Schwester und ihrem Schwager", fügte er überflüssigerweise hinzu.

„Ja? Was ist damit?"

„Vermutlich haben Sie gegen die beiden nicht ermittelt, weil Sie kein Motiv vermuten. Ich möchte Ihnen trotzdem etwas mitteilen, was ich von Ella selbst erfahren habe. In letzter Zeit fühlte sie sich extrem eingeengt und bevormundet von ihrer

Schwester. Katja wollte sie am liebsten dazu zwingen, endlich sesshaft zu werden."

„Das hätte wohl die Aufgabe des Zimmers in Holthusens Haus bedeutet. Bei mehr Zeit an einem Standort sprach alles für eine eigene Wohnung."

Fabian Wiesner zuckte mit den Schultern. „Das ist der normale Weg und hätte Ella bestimmt besser getan, weil sie aus dem Einfluss ihrer Schwester herausgekommen wäre. Wo ist dabei das Problem?"

Ohne direkt auf diese Frage einzugehen, erwiderte Charlie: „Hat Ella mal finanzielle Probleme von Katja und Heiko Holthusen erwähnt?"

Fabian Wiesner kniff die Augen zusammen und zögerte mit seiner Antwort. „Stehen die beiden etwa doch unter Verdacht?", fragte er schließlich.

„Wir ermitteln immer in alle Richtungen und überprüfen bei einem Mordfall grundsätzlich auch die Familie, ein konkreter Verdacht besteht jedoch nicht. Da Sie aber ohnehin hier sind und uns Ihre Einschätzung über Jan Stecker mitgeteilt haben und nun über Ella Shepherds Verhältnis zu ihrer Familie mit uns sprechen wollen, würde uns interessieren, ob sie sich Ihnen gegenüber zu diesem Thema geäußert hat."

„Nein. Ella überlegte bereits seit einer Weile, ob sie sich in Hamburg eine Wohnung kaufen sollte. Nach Beendigung der Beziehung zu Jan Stecker und dem gleichzeitigen Beginn des Stalkings wurde diese Idee für sie immer verlockender, weil er eben nicht so schnell nach Hamburg fahren könnte. Das hat sie zumindest gehofft. Allerdings war es aufgrund ihrer Reisetätigkeit schwierig, die Idee in die Tat umzusetzen. Wenn ich richtig informiert bin, hat sie bisher nichts Konkretes unternommen, außer vielleicht ein paar Exposés anzuschauen."

„Hatte sie Ersparnisse, um die Wohnung anzuzahlen?"

„Über Geld haben wir überhaupt nicht gesprochen. Im Grunde genommen interessiert es uns beide nicht besonders. Uns hat das Gefühl der Freiheit verbunden – die Unabhängigkeit sowie der Luxus, das Leben nach eigenen Vorstellungen gestalten zu können. Geld ist ein notwendiges Übel, aber eben nicht das Wichtigste. Ella hat den Ruhm geschätzt und die Anerkennung, die sie durch ihre Arbeit bekam. Natürlich hat sie gleichzeitig wohl recht gut verdient, das kommt ja dann automatisch."

Die Aussage deckte sich mit dem, was sie bisher über die Fotografin erfahren hatten. Fietes Anfrage bei ihrer Bank war bisher nicht beantwortet worden. Personalmangel, wohin man schaute.

„Möchten Sie Ihrer Aussage etwas hinzufügen?", fragte Charlie.

„Nein, das ist für den Moment alles." Fabian Wiesner hatte den Hintergrund der Frage verstanden und grinste.

„Gut! Dann habe ich eine weitere Frage an Sie. Über Ihr Verhältnis zu Ella haben Sie uns einiges erzählt. Natürlich muss ich auch Sie jetzt fragen, wo Sie in der Mordnacht gewesen sind. Wie Sie aus der Pressekonferenz erfahren haben, geht es um die Nacht von Donnerstag auf Freitag. Gestorben ist sie zwischen eins und zwei."

Fabian Wiesners Augen weiteten sich. Sein Mienenspiel war wirklich ausgeprägt und zeigte genau, mit welchen Emotionen er gerade kämpfte. „Sie verdächtigen mich, meine Freundin umgebracht zu haben?", fragte er ungläubig. „Welchen Grund sollte ich haben, sie zu töten? Ich mochte sie. Wir hatten eine lockere Beziehung, also eine Menge Spaß ohne großartige Verpflichtung. Ich profitiere in keiner Weise von ihrem Tod, im Gegenteil! Ich habe einen Menschen verloren, der mir einiges bedeutet hat. Nein, Frau Kommissarin, ich habe Ella nicht umgebracht. Ich war mit einem Kumpel auf einer Party in Hamburg. Dafür gibt es circa fünfundzwanzig Zeugen. Wir haben bis drei Uhr morgens gefeiert. Das werden Ihnen alle bestätigen können."

„Wir danken Ihnen, Herr Wiesner, für Ihren Besuch und die Informationen."

„Das ist alles? Ich kann gehen? Sie halten mich nicht fest?"

Charlie konnte ein Lächeln nicht unterdrücken. „Es besteht kein Verdacht gegen Sie. Ja, Sie können gehen."

„Na? Was haltet Ihr davon?", fragte Knud in die Runde, nachdem Fabian Wiesner das Revier wieder verlassen hatte.

„Viel Neues hat sich durch seine Aussage nicht ergeben", erwiderte Charlie. „Schließlich hat er keine weiterführenden Beweise gebracht. Er selbst scheint unschuldig zu sein, aber ihn haben wir ja ohnehin nicht verdächtigt."

„Das ist richtig", antwortete Knud, „aber darauf wollte ich überhaupt nicht hinaus. In Bezug auf Jan Stecker hat sich in meinen Augen sehr wohl etwas Neues ergeben. Hast du dir diese Nachrichten wirklich durchgelesen?"

„Ja! Das habe ich", antwortete Charlie mit einem Anflug von Ärger. „Es gibt mit Ausnahme dieser bestimmt sehr verstörend wirkenden Mitteilungen keinen Hinweis darauf, dass Stecker für den Mord an Ella Shepherd verantwortlich sein könnte. In Bezug auf das Stalking gab es schon vorher keinen Zweifel."

„Ich sehe die Angelegenheit nicht so harmlos wie du", widersprach Knud. „Das Stalking kann immerhin eine Vorstufe für den Mord sein. Hör dir das einmal an:

Du gehörst mir! Egal, wohin du gehst, ich werde dich finden!

Wir sind füreinander bestimmt, auch wenn du das noch nicht verstanden hast. Ich werde dir beweisen, dass ich recht habe!

Meine Liebe zu dir ist größer, als du dir vorstellen kannst. Nie werde ich aufgeben, es dir zu beweisen!

Ich werde dich wie ein Schatten verfolgen, bis wir wieder vereint sind!

Dein Herz gehört allein mir, es gibt keinen anderen, der es verdient!

Und so weiter, und so weiter. Aufdringlicher und übergriffiger geht es ja wohl kaum. Allein schon diese Ausrufezeichen am Ende jeder Aussage, wirken bedrohlich!" Knud legte Nachdruck in seine Stimme und starrte sie aus funkelnden Augen an. Ihm schienen diese Nachrichten wirklich an die Nieren zu gehen.

„Ich habe nie behauptet, dass diese Verfolgung harmlos ist", erwiderte Charlie. „Du tust ja gerade so, als würde ich den Tatbestand nicht ernst nehmen. Das tue ich! Trotzdem gehe ich nicht automatisch von einer Eskalation in Form eines Mordes aus. Er wollte Ella! Was bringt es ihm, wenn er sie tötet? Wenn wir es mit der Ermordung von Fabian Wiesner zu tun hätten, würde Jan Stecker viel eher als Täter infrage kommen."

„Das ist ja nun blanke Theorie", steigerte sich Knud weiter hinein. „Nicht Fabian Wiesner ist tot, sondern Ella Shepherd. So wie Stecker drauf ist, sollten wir ihn auf jeden Fall noch einmal vernehmen und mit diesen Nachrichten konfrontieren. Immerhin hat er kein Alibi vorzuweisen. Er hatte ein Motiv und die Gelegenheit."

„Und was ist mit den Beweisen gegen Marc Schilling? Sind die nichts mehr wert? Von ihm wissen wir definitiv, dass er in der Mordnacht am Tatort war. Außerdem hat Trulsen die Kamera im Garten des von ihm bewohnten Bungalows gefunden."

„Ich finde das Gegenargument, nach dem auch eine andere Person sie dort vergraben konnte, gar nicht so dumm", widersprach Knud erneut.

Was war eigentlich mit ihm los? Warum war er dermaßen auf Krawall gebürstet? Hatte er wirklich große Zweifel an der Schuld des Fotografen oder gab es einen anderen Grund, warum er ihr ständig widersprach? Obwohl sie es anstrengend fand, schob Charlie den müßigen Gedanken beiseite und konzentrierte sich auf die Fakten.

„Ich habe nichts dagegen, Stecker morgen erneut auf den Zahn zu fühlen. Trotzdem bleibt Marc Schilling unser Hauptverdächtiger und damit vorläufig in Haft."

„Wir werden einfach beide Ermittlungsstränge weiterverfolgen", schaltete sich Fiete beschwichtigend in die Diskussion ein. „Bisher wissen wir nicht, wo der Laptop und das Handy sind. Es würde uns sicher weiterhelfen diese Gegenstände ebenfalls zu finden. Darüber hinaus habe ich heute endlich die Verbindungsnachweise von Ellas Telefonanbieter bekommen. Allerdings bringen die uns ebenfalls kaum weiter. Ihre Schwester hat sie regelmäßig angerufen. Wie lästig Ella das war, werden wir wohl nicht mehr erfahren. Ansonsten gibt es regelmäßige Anrufversuche von Stecker, die sie konsequent weggedrückt hat. Vermutlich ist er auf ihre Mailbox gelaufen und hat dort kurze Nachrichten hinterlassen."

„Ich frage mich, warum sie nicht die Telefonnummer gewechselt hat", überlegte Lilly laut.

„Das klingt einfacher, als es in Wahrheit ist. Das Telefon war vermutlich Ellas Hauptkommunikationsmittel. Ich kann mir gut vorstellen, dass sie unheimlich gut vernetzt war. Allen Kontakten die neue Nummer mitzuteilen, stellt einen enormen Aufwand dar", erklärte Knud.

„Außerdem hätte das bedeutet, Jan Stecker wieder Macht über ihr Leben zuzugestehen. Darum geht es beim Stalking schließlich auch", fügte Charlie hinzu. „So wie wir sie im Nachhinein kennengelernt haben, ging ihr das bestimmt extrem gegen den Strich."

„Aber sie hätte zumindest seine Nummer blockieren können", erwiderte Lilly.

„Das ist richtig. Auch diese Frage wird wohl unbeantwortet bleiben."

„Also gut", meldete sich Fiete wieder zu Wort. „Marc Schilling wird ohnehin dem Haftrichter überführt. Es kann trotzdem nicht schaden, Jan Stecker im Fokus zu behalten. Selbst wenn er mit dem Mord nichts zu tun hat, besteht vielleicht eine Chance, ihn wegen des Stalkings dranzukriegen."

„Wenn er im Mordfall entlastet wird, ist das so gut wie unmöglich, das weißt du", widersprach Charlie vehement.

„Wir sollten es trotzdem versuchen", nickte Knud. „Lass uns gleich morgen Vormittag nach Friedrichstadt fahren."

Knud in St. Peter-Ording

Freitag, den 9. Dezember

Knud hatte den gesamten Abend genutzt, um weiter über Jan Stecker zu recherchieren. Erst ließ er ihn durch den Polizeicomputer laufen, in der Hoffnung, weitere dieser Stalkingfälle zu finden. Vielleicht war er ja in der Vergangenheit bereits aktenkundig geworden. Charlotte hatte natürlich recht, jemanden wegen dieser Art der Verfolgung dingfest zu machen, war nahezu unmöglich, dafür waren körperliche Übergriffe nötig, allein die Einschüchterung reichte kaum aus. Vielleicht stiegen die Chancen einer Verurteilung, wenn sie ihn als Wiederholungstäter entlarven konnten.

Und selbst Steckers mögliche Täterschaft in Bezug auf den Mord wollte der Kommissar nicht ausschließen. Enttäuscht musste er allerdings zur Kenntnis nehmen, dass der Taxifahrer bisher in keiner Weise straffällig geworden war. Zumindest polizeilich war er nicht erfasst. Nicht einmal Punkte in Flensburg gab es. Knud suchte weiter im Internet. Wenn Ella Shepherd nicht sein erstes Opfer war, gab es vielleicht einen Shitstorm in den sozialen Medien – aber auch dazu wurde Knud nicht fündig. Stecker schien eine komplett weiße Weste zu haben und natürlich fragte er sich, was zwischen der Fotografin und dem Taxifahrer vorgefallen war, wodurch dieser derart die Kontrolle verloren hatte. Außer in einer Befragung sah er keine Chance, an weitere Fakten heranzukommen.

Der Abend war lang geworden und außerdem hatte er schlecht geschlafen. Entsprechend gerädert fühlte er sich, als er entgegen seiner Gewohnheit erst spät gegen halb zehn auf dem Revier erschien. Automatisch wappnete er sich gegen eine lästernde Begrüßung durch die Kollegen, die auch prompt erfolgte.

„Mahlzeit Knud", begrüßte ihn Lilly mit einem frechen Grinsen. Sie hingegen schien putzmunter zu sein. „Wir haben uns bereits Sorgen gemacht, dass dir was passiert ist. So spät bist du hier noch nie aufgetaucht. Sag bloß, du warst heute Morgen bereits bei Stecker?"

„Nein, aber ich habe den ganzen Abend mit ihm verbracht", murmelte Knud und gähnte einmal herzhaft. „Ich glaube, ich brauche erst mal einen starken Kaffee."

„Du bist gestern Abend alleine bei Stecker gewesen?", echauffierte sich Charlotte sofort. „Fängst du wieder mit deinen Alleingängen an? So war das nicht vereinbart! Auch wenn wir Zweifel an seiner Mordbeteiligung hegen, hattest du kein Recht, uns erneut zu übergehen."

Knud amüsierte sich über den Ausbruch seiner temperamentvollen Kollegin und reagierte mit einem breiten Grienen. Zum einen machte es Spaß, sie ein wenig zappeln zu lassen, zum anderen fühlte er sich viel zu müde und ausgelaugt, um mit der schlagfertigen Charlotte in den verbalen Ring zu steigen. Aus tiefbraunen Augen funkelte sie ihn zornig an und gestikulierte mit einer Heftigkeit, die ihren gesamten Körper in Bewegung setzte. Ihre wilden Locken führten den Tanz auf, den Knud so gerne mochte und nun fasziniert beobachtete.

„Freut mich, dass du dich so gut amüsierst", regte sich Charlotte weiter auf und strafte ihrer Aussage Lügen.

Im ersten Moment hatte Lilly genauso schockiert reagiert, aber mittlerweile schien sie zu verstehen, was Knud mit seiner Aussage meinte. „Er nimmt dich auf den Arm, Charlie", wandte sie sich schließlich an die Kollegin.

Charlotte hielt mitten in der Bewegung inne. „Wie meinst du das?", fragte sie.

„Er war nicht bei Stecker", mutmaßte Lilly. „Ich nehme mal an, dass er eine ausführliche Recherche über den Typen durchgeführt hat. Habe ich damit ins Schwarze getroffen?"

Knud nickte anerkennend. „Respekt! Du hast wirklich viel gelernt, Lilly. Genauso ist es: Ich habe mir den gesamten Abend und die halbe Nacht um die Ohren geschlagen, um mehr über diesen Mann herauszufinden; leider ohne Erfolg. Trotzdem halte ich es für angemessen, gleich heute Morgen anderthalb Überstunden abzubummeln. So, weitere Antworten gewähre ich nach dem Kaffee. Ich verschwinde in der Küche, bis Charlotte sich ein wenig beruhigt hat", fügte er stichelnd hinzu, was ihm einen weiteren wütenden Blick einbrachte.

„Ihr seid wirklich ein merkwürdiges Paar", erklärte Lilly. „Na ja, ich muss ja nicht alles verstehen."

Als Knud in den Arbeitsraum zurückkehrte, hatten sich die Gemüter wieder beruhigt. Insgeheim rechnete er damit, dass Charlotte beleidigt reagieren würde, aber das Gegenteil war der

Fall. Auch das schätzte er an ihr: Ihr Temperament konnte bei jeder Gelegenheit durchbrechen und sie wie einen Wirbelsturm durch den Raum fegen lassen. Dabei verfügte sie allerdings über den gleichen Sinn für Humor wie er und konnte über sich selber lachen – was sie nun tat. Damit war die Angelegenheit erledigt und sie konzentrierten sich wieder auf die Arbeit.

„Wie stellen wir sicher, Stecker wirklich in Friedrichstadt anzutreffen?", fragte sie, statt weiter auf seinem kleinen Streich herumzureiten.

„Wir sollten uns dieses Mal ankündigen. Er weiß ohnehin, dass wir ihn auf dem Schirm haben und vermutlich noch einmal sprechen wollen. Da er bestimmt die Pressekonferenz gesehen hat, müsste er eigentlich entspannt sein und uns freiwillig empfangen", entgegnete Knud. „Ich kann das gerne übernehmen. Soll ich uns für elf Uhr ankündigen?"

„Wenn er es so kurzfristig einrichten kann, und nicht gerade sonst wo steckt, gerne", stimmte Charlotte zu.

Im gleichen Moment, in dem Knud zum Hörer greifen wollte, erschien eine Frau auf dem Revier. Da er in Gedanken bereits bei dem Gespräch mit Stecker weilte, warf er ihr lediglich einen flüchtigen Blick zu. Sollten sich die Kolleginnen darum kümmern.

Lilly erkannte die Frau als Erste. „Vanessa Stern!", rief sie aus. „Na, das ist ja eine Überraschung! Moin, was führt Sie denn zu uns?"

Knud brauchte einen Moment, um die Frau einordnen zu können. Er kramte in seinem Gedächtnis, mit wem sie es zu tun hatten und was Lillys Euphorie ausgelöst haben könnte. Als schließlich der Groschen fiel, ließ er seine Hand sinken und legte den Hörer zurück auf die Gabel. Was wollte die jungverheiratete Sängerin von ihnen? Gab es etwa einen Zusammenhang mit dem Mordfall? Im Grunde genommen lag das auf der Hand, weil sie nach seinen Informationen in Hamburg wohnte und längst dorthin zurückgekehrt sein musste. Oder verbrachte sie ihre Flitterwochen ebenfalls hier in Sankt Peter-Ording und hatte nun ein Anliegen vorzubringen, das nichts mit dem Tod von Ella Shepherd zu tun hatte?

An diesem Morgen wirkte die Frau komplett verändert. Beinahe schüchtern näherte sie sich den Tischen, an denen die Kommissare saßen. Sie trug Jeans und Sweatshirt, was im krassen Gegensatz zu den pompösen Kleidern stand, die sie an ihren Festtagen in der *Weißen Düne* präsentiert hatte. Ihr Gesicht wirkte verletzlich, es war nahezu ungeschminkt. Insgesamt bot sie ein komplett anderes Erscheinungsbild als in der vergangenen Woche. Was hatte diese Änderung herbeigeführt?

„Ich möchte eine Aussage machen", antwortete sie leise auf Lillys euphorische Begrüßung.

Knud fragte sich instinktiv, ob es ihre eigene Idee gewesen war. Es wirkte beinahe so, als würde sie widerstrebend auf das Revier kommen oder sogar am liebsten gleich wieder kehrtmachen.

„Sehr gerne", antwortete er. „Nehmen Sie Platz." Er rückte ihr einen Stuhl zurecht, auf dem sie nach kurzem Zögern Platz nahm. „Möchten Sie etwas trinken? Einen Kaffee oder ein Glas Wasser?"

Sie nahm dankend an und seufzte dann einmal tief.

„Worum geht es denn?"

„Es geht um den Mord an dieser Fotografin", antwortete sie schließlich fast flüsternd. „Und die Verhaftung von Marc Schilling."

„Okay, das interessiert uns natürlich sehr. Was genau möchten Sie aussagen?"

Sie griff nach dem Glas Wasser und trank gierig ein paar Schlucke. Im Anschluss straffte sie sich und schaute Knud direkt in die Augen. „Kann ich mich auf Ihre Diskretion verlassen?"

„Was meinen Sie damit?“

„Was ich Ihnen gleich erzähle, darf diesen Raum nicht verlassen. Ich hätte eigentlich sofort zu Ihnen kommen sollen, hatte aber einfach Angst. Wenn es bekannt wird, ist nicht nur meine Ehe zum Scheitern verurteilt, sondern vielleicht auch meine Karriere. Ich weiß nicht, ob ich die verachtende Berichterstattung in den Medien überleben würde.“ Ihre Stimme zitterte, vermutlich malte sie sich die Konsequenzen gerade bildlich aus.

Knud und Charlotte wechselten einen Blick. Grundsätzlich war es schwierig, Fakten, die mit einem Mord zusammenhingen, vor der Öffentlichkeit zu verbergen.

„Wir werden alles, was in unserer Macht steht, dafür tun, dass die Presse nichts von dem erfährt, was Sie uns mitteilen“, erwiderte Knud sanft.

„Das ist nicht genug“, erklärte Vanessa Stern. „Niemand darf es erfahren. Nicht mein Mann, nicht meine Fans. Ich weiß nicht, einfach niemand eben. Aber vermutlich ist das nicht möglich“, fügte sie schließlich hinzu. Für einen Augenblick sah es so aus, als würde sie sich von ihrem Stuhl erheben, um das Revier ohne die angekündigte Bekanntmachung wieder zu verlassen.

Knud reagierte. „Wollen Sie uns nicht erst einmal sagen, worum es überhaupt geht?“

„Ich muss“, flüsterte sie. „Ich muss es Ihnen sagen; ich halte es einfach nicht mehr aus!“ Wieder legte sie eine Pause ein.

Sogar der sonst so gelassene Knud spürte Ungeduld. Stumm zollte er Charlotte Respekt für ihre Zurückhaltung. Entgegen ihrer sonst so aufbrausenden Art wartete sie geduldig ab, bis Vanessa Stern bereit war, ihre Aussage zu Protokoll zu geben. Bestimmt würde es gleich so weit sein.

Noch einmal atmete Vanessa Stern tief durch und ließ ihren Blick über die Gesichter der Anwesenden wandern. „Also gut, ich vertraue Ihnen. Ich habe vorgestern von Marcs Verhaftung gehört. Eigentlich hatte ich mir geschworen, nie mit jemandem über diese Nacht zu sprechen, aber ich kann es nicht mit meinem Gewissen vereinbaren, wenn ein Unschuldiger wegen Mordes angeklagt wird. Seit vorgestern Abend ringe ich mit mir, ob ich zu Ihnen kommen soll, um Sie in die Geschehnisse einzuweihen - auch wenn es vielleicht mein Leben zerstört."

Alle hingen aufgrund der dramatischen Formulierung gespannt an Vanessa Sterns Lippen und fragten sich, ob sie nun gleich ein Geständnis zu hören bekamen. Aber welchen Grund sollte die Sängerin haben, Ella Shepherd umzubringen? Das ergab überhaupt keinen Sinn.

„In der Nacht von Donnerstag auf Freitag war ich nach dem Ende meines Polterabends allein. Mein Mann und ich hatten beschlossen, diese Nacht vor der Hochzeit traditionell getrennt zu verbringen, obwohl manche es für bescheuert hielten. Eigentlich war es seine Idee, aber ich habe nach einigem Hin und Her zugestimmt, obwohl ich den Sinn nicht wirklich verstanden habe." Ein unfrohes Lächeln zog über ihre Lippen. „Im Nachhinein wäre es besser gewesen, wenn ich mich durchgesetzt hätte, aber das lässt sich nun nicht mehr ändern."

Knud sah Charlottes Ungeduld über die ausschweifende Einleitung, trotzdem hielt sie sich zurück.

„Ich war also alleine in meinem Bungalow und konnte nach dem Trubel des Abends die Stille kaum ertragen. Deshalb bin ich noch einmal rausgegangen, um von den Dünen aus einen Blick auf diese fantastischen Polarlichter zu erhaschen. Während ich unschlüssig herumstand und überlegte, ob ich an den Strand gehen sollte, tauchte Marc auf."

„Wissen Sie, wie spät es gewesen ist?", fragte Lilly ein wenig atemlos.

„Es muss so gegen halb zwölf gewesen sein. Wir hatten ja den späten Nachtisch gegen halb elf. Ich bin es nicht gewohnt, zu so später Stunde derart süßes und fettiges Zeug zu essen. Mein Mann hat mich damit gefüttert, weil er es lustig fand und es die Umstehenden erheitert hat. Mir war danach regelrecht schlecht und irgendwie war die Luft aus der Feier raus. Da es bereits am nächsten Tag weitergehen sollte, und ich an meinem Hochzeitstag natürlich fantastisch aussehen wollte, bin ich gegen elf zu meinem Bungalow gegangen. Im ersten Moment war ich erleichtert, endlich allein zu sein, aber das hielt nicht lange an. Also habe ich circa zwanzig Minuten später das Haus wieder verlassen, um einen kleinen Spaziergang zu machen – in der Hoffnung, die frische Luft würde mir guttun. Ja, es muss so gegen halb zwölf gewesen sein, als Marc sich zu mir gesellte."

„Und sind Sie gemeinsam zum Strand gegangen?", wollte Lilly weiter wissen.

„Nein", antwortete Vanessa Stern. Ihr Blick war weit in die Ferne gerichtet, so als würde sie den Abend erneut erleben. „Ich hatte mir eine viel zu leichte Jacke übergezogen und fing bald an zu frieren. Als Marc das bemerkte, legte er mir seine um die Schultern, die allerdings ebenfalls nicht für diese niedrigen Temperaturen geeignet war. Schließlich fing ich an zu zittern und er nahm mich in seine Arme, um mich zu wärmen." Eine leichte Röte zog über ihr Gesicht. „Ich muss sagen, dass ich mich in der Rückschau bereits dafür schäme", offenbarte sie ihren Zuhörern. „Das war der Punkt, an dem es besser gewesen wäre, die Flucht zu ergreifen. Leider kommt es noch schlimmer!"

Automatisch hielten die Kommissare die Luft an. Wie es aussah, erwartete sie ein gänzlich anderes Geständnis, als sie eingangs erwartet hatten.

Vanessa Stern schwieg beschämt. Erneut griff sie nach dem Glas Wasser und trank es in gierigen Schlucken leer. „Es ist mir wirklich peinlich, Ihnen den weiteren Verlauf des Abends zu berichten. Seit es passiert ist, zermartere ich mir den Kopf, wie es bloß dazu kommen konnte. Im Showbusiness geht es natürlich ziemlich locker zu, trotzdem sind mir Werte wie Ehrlichkeit und Treue wichtig." Sie stockte und errötete erneut. „Ausgerechnet in der Nacht vor meiner Hochzeit all diese Prinzipien über Bord zu werfen und so einen Fehltritt zu begehen, werde ich mir selbst nie verzeihen können. Ich bin damit seit einer Woche beschäftigt und kann es mir lediglich mit meinem hohen Alkoholgenuss und der latenten Panik vor der Endgültigkeit dieser Entscheidung schönreden. Zumindest versuche ich das seitdem, leider mit mäßigem Erfolg." Plötzlich schien ein Ruck durch die Sängerin zu gehen, sie setzte sich gerade hin und nahm erneut Blickkontakt mit den Kommissaren auf. „Um meinem Lamentieren ein Ende zu bereiten, wird es wohl Zeit, meine Aussage auf den Punkt zu bringen: Zu der von Ihnen veröffentlichten Tatzeit des Mordes an der Fotografin Ella Shepherd war ich mit Marc Schilling zusammen. Wir waren allein in seinem Bungalow. Aus diesem Grund gibt es dafür keine weiteren Zeugen. Wir waren vorsichtig genug, um genau das zu vermeiden. Vermutlich haben Sie seinen Bungalow nicht auf Fingerabdrücke abgesucht, sonst hätten Sie meine dort gefunden. Insbesondere im Schlafzimmer und im Bad. Sollte dort bislang nicht gereinigt worden sein, können Sie das zur Bestätigung meiner Aussage nachholen."

Den anwesenden Kommissaren hatte es die Sprache verschlagen. Nicht einmal der kessen Lilly fiel eine entsprechende Bemerkung ein.

„Jetzt wissen Sie, warum ich so lange gezögert habe, zu Ihnen zu kommen. Wenn mein Mann davon erfährt, wird er sicherlich sofort die Annullierung unserer Ehe beantragen, was außerdem einen unglaublichen Skandal nach sich ziehen würde. Ich muss mit dem Ende meiner Karriere rechnen. Darüber hinaus wird Marcs Ehe das Desaster wohl ebenfalls nicht überleben.

Trotzdem gibt es keine Alternative, ich musste einfach zu Ihnen kommen. Es klingt vielleicht dramatisch, aber ich lege mein Schicksal nun in Ihre Hände und hoffe, dass Sie umsichtig mit dem Gehörten umgehen. Wenn Sie keine Fragen dazu haben, würde ich jetzt gerne wieder gehen."

„Krass!", fand Lilly als Erste ihre Sprache wieder, nachdem Vanessa Stern das Revier verlassen hatte.

Keiner der Kommissare hatte weitere Fragen oder sah die Notwendigkeit, die Ausführung zu ergänzen.

„Das muss man sich mal vorstellen!", echauffierte sich Lilly weiter. „Die Tussi feiert über mehrere Tage eine megateure Traumhochzeit in der *Weißen Düne* und startet das ganze Spektakel mit einem Seitensprung! Wie bescheuert kann man eigentlich sein?"

„Oder betrunken", kommentierte Knud trocken, was ihm einen prüfenden Blick von Charlotte einbrachte.

„Mal ganz ehrlich", regte sich Lilly weiter auf. „Das hat nichts mit übermäßigem Alkoholgenuss zu tun! Wenn ich mich für jemanden entschieden habe und ihn heiraten will, schmeiß ich mich nicht ein paar Stunden vor meinem großen Tag einem hergelaufenen Fotografen in die Arme, der noch dazu fast doppelt so alt wie ich selbst ist - nur weil ich mich ein bisschen einsam fühle und ein paar Gläschen zu viel hatte. Diese Begründung ist doch völlig daneben!"

„Ich fürchte, du kannst nicht von deinen eigenen moralischen Grundsätzen ausgehen", schaltete sich Charlotte in die Diskussion ein. „Vielleicht ist es wirklich dem Showbusiness geschuldet, aber das möchte ich nicht abschließend beurteilen."

„Und dann zu behaupten, sie hätte Panik vor der Hochzeit bekommen!" Lilly redete sich weiter in Rage und schien der Kollegin überhaupt nicht zuzuhören. „Das überlege ich mir ja wohl früher und feiere keinen pompösen Polterabend, um kurz darauf mit meinem Hochzeitsfotografen in die Kiste zu springen! Traut Ihr Vanessa Stern so ein Verhalten zu oder bindet sie uns einen Bären auf, um Marc Schilling aus der Haft freizukriegen?"

„Was hätte sie davon?", fragte Charlotte.

„Das weiß ich nicht", antwortete Lilly ein bisschen ruhiger. „Trotz ihres schauspielerisch recht perfekten Auftritts hier bin von ihrer Glaubwürdigkeit nicht überzeugt. Ist sie der Typ, der sich um das Schicksal ihres Fotografen einen Kopf macht? Würde sie wirklich sowohl ihre junge Ehe als auch die Karriere opfern, um ihn freizubekommen? Immerhin haben wir ihn gerade erst verhaftet. Da hätte sie locker ein paar Tage abwarten können, ob es irgendwann eine neue Entwicklung in dem Fall gibt. Wenn Marc Schilling tatsächlich unschuldig ist, gibt es logischerweise einen anderen Täter. Sie hätte darauf bauen können, dass wir unseren Irrtum bemerken und dem wahren Mörder auf die Spur kommen." Die junge Kollegin fixierte jeden der Anwesenden mit einem prüfenden Blick.

„Das sind keine abwegigen Gedankengänge", kommentierte Charlotte Lillys Rede. „Vermutlich bekommen wir über den Wahrheitsgehalt ihrer Aussage am einfachsten Klarheit, wenn wir als Nächstes den verhafteten Fotografen befragen. Wir brauchen ja lediglich zu erwähnen, dass Vanessa Stern bei uns war und eine Aussage gemacht hat. Mal schauen, wie er darauf reagiert."

„Gute Idee!", erwiderte Lilly voller Begeisterung und sprang sofort von ihrem Stuhl auf. „Lass uns keine Zeit verlieren und ihn sofort interviewen. Ich möchte wissen, ob wir ihre Aussage für bare Münze nehmen können."

„Wenn das wirklich so ist, verändert es alles", überlegte Knud. „Ich bin ebenfalls dafür, die Sache sofort zu klären. Wir gehen wie beim letzten Mal vor: Ihr beide führt das Gespräch und ich halte mich im Hintergrund. Bist du einverstanden, Fiete?"

Der Revierleiter nickte. „Scheinbar handelt es sich um einen zentralen Punkt in dieser Ermittlung. Während Ihr euch mit Schilling beschäftigt, werde ich weiter unsere anderen Verdächtigen überprüfen. Jan Stecker sollten wir ohnehin nicht ganz vom Haken lassen. Außerdem warte ich nach wie vor auf die Infos zu den finanziellen Verhältnissen von Ella Shepherd und deren Familie. Ich hake mal bei der Bank nach, bevor die ins Wochenende gehen und wir weitere Tage verlieren."

Lilly in St. Peter-Ording

Freitag, den 9. Dezember

„Fall nicht gleich mit der Tür ins Haus", appellierte Charlie an die aufgebrachte Kollegin, die am liebsten sofort in die Zelle gestürmt wäre, um Schilling an Ort und Stelle zu verhören. „Lass uns mit Bedacht vorgehen, damit wir wirklich Klarheit in diese Frage bekommen. Es nützt nichts, wenn wir ihn mit Vanessa Sterns Aussage konfrontieren und er sie uns lediglich bestätigt."

„Das habe ich verstanden, Charlie." Lilly fühlte sich aufgrund der Ermahnung ein wenig pikiert, schluckte eine Bemerkung dazu aber herunter. Genau genommen hatte Charlie ja recht.

„Gut! Dann versuch dich zu beruhigen und warte ab, bis wir ihn ins Besprechungszimmer geführt haben. Wenn du möchtest, kannst du das Verhör leiten", erwiderte Charlie, um ihr Selbstbewusstsein wieder zu stärken.

„Okay, vielen Dank! Ich werde dich nicht enttäuschen", erwiderte Lilly erleichtert. „Ich lauf einmal um den Block, danach bin ich wieder fit und entspannt. Ist das in Ordnung?"

„Geht klar", bestätigte Charlie lächelnd. „Ich hole inzwischen unseren Häftling. Wir sehen uns gleich."

Als Lilly den Besprechungsraum betrat, fühlte sie sich gestärkt und in der Lage, die Befragung souverän durchzuführen. Marc Schilling dagegen wirkte blass. Seine Wangen waren eingefallen, er schien in der letzten Nacht um Jahre gealtert zu sein. Bei seinem Anblick konnte sich die junge Kommissarin, die selbst nur wenig älter als Vanessa Stern war, kaum vorstellen, dass die beiden eine gemeinsame Nacht verbracht hatten. Allerdings war nicht ausschlaggebend, was sie sich vorstellen konnte.

Die schlechte körperliche Verfassung wurde ergänzt durch eine große Unsicherheit ihres Gegenübers. „Gibt es was Neues?" Seine Frage war kaum mehr als ein Flüstern. Die Situation, in der er sich befand, schien all seine Selbstsicherheit vernichtet zu haben.

Lilly fragte sich, ob er einfach aufgegeben hatte oder wirklich unschuldig war. Sie hoffte sehr, dies gleich in Erfahrung zu bringen.

„Tatsächlich wurden wir eben mit einer Aussage konfrontiert", erklärte Lilly, wobei sie jedes Wort sorgfältig wählte. Charlies Ermahnung klang in ihren Ohren nach und sie wollte jetzt keinen Fehler begehen, der schlimmstenfalls die gesamte Ermittlung torpedieren würde.

„Was für eine Aussage?", fragte Marc Schilling mit brüchiger Stimme.

„Ihre Auftraggeberin Vanessa Stern war eben hier bei uns auf dem Revier", erklärte Lilly und legte eine Pause ein, um seine Reaktion darauf abzuwarten.

Schilling schien mit widerstreitenden Gefühlen zu kämpfen. Zum einen meinte Lilly, einen Hoffnungsschimmer in seinen Augen zu erkennen, zum anderen jagte ihm diese Tatsache einen Schrecken ein. Er räusperte sich.

„Ja? Und was hat sie Ihnen erzählt?"

„Was meinen Sie denn, worum es sich gedreht haben könnte?", antwortete Lilly mit einer Gegenfrage.

„Ich ... äh ... Sie wollen es von mir hören?", stammelte er vor sich hin.

„So ist es. Wir wollen wissen, ob sich Ihre Aussage mit der Ihrer Auftraggeberin deckt." Bewusst legte Lilly in ihrer Wortwahl den Schwerpunkt auf das geschäftliche Verhältnis.

„Ich ..." Schilling rang mit den Worten und schien zu überlegen, ob er es wagen sollte, die entsprechenden Fakten preiszugeben. Vielleicht hatte er einfach Angst, reingelegt zu werden. Seine Gedanken schienen zu rotieren, während seine Verunsicherung zunahm. Etwas hektisch schaute er von einer Kommissarin zur anderen; unschlüssig, wie er sich verhalten sollte.

Charlie und Lilly hielten seinen Blicken stand und warteten einfach ab. Knud saß wie angekündigt im Hintergrund. Wie er auf Schillings Verhalten reagierte, konnte Lilly nicht sehen.

„Haben Sie uns etwas mitzuteilen oder sollen wir Sie zurück in die Zelle führen?", fragte Lilly schließlich, als Schilling sich weiter in Schweigen hüllte.

„Habe ich eine Wahl?", fragte er schließlich.

„Es ist natürlich Ihre Entscheidung, ob Sie jetzt mit uns reden wollen oder nicht", antwortete Lilly bestimmt. „Aber Sie werden wohl selbst wissen, wie schlecht es für Sie aussieht. Ich kann Ihnen empfehlen, uns mitzuteilen, was Sie wissen."

Anhand seiner fahrigen Bewegungen war erkennbar, wie unentschlossen er dieser Aufforderung gegenüberstand. Trotz der eindeutigen Ansage antwortete er nicht.

„Also gut", übernahm Charlie. „Das ist reine Zeitverschwendung und führt zu nichts. Lass uns abbrechen und den Häftling wieder zurück in seine Zelle bringen. Er wird ohnehin in Kürze dem Haftrichter in Husum überstellt. Der wird dann die weiteren Schritte einleiten." Sie erhob sich von ihrem Stuhl und signalisierte der verdatterten Lilly, es ihr gleichzutun. Als sie schließlich Charlies Strategie verstand, erhob sie sich ebenfalls.

„Nein! Warten Sie!" Es klang flehend. Marc Schilling schien eine Entscheidung getroffen zu haben. „Gut, ich werde Ihnen alles erzählen, was in der Mordnacht passiert ist. Ich denke, darum ging es in Vanessas Aussage, obwohl wir es anders vereinbart haben."

Charlie und Lilly wechselten einen Blick und nahmen wieder Platz. Ein fast unmerkliches Lächeln um spielte Charlies Lippen, während Lilly sich über den genialen Schachzug der Kollegin freute.

Marc Schilling holte einmal tief Luft, bevor er zu reden begann. Dabei sah er alles andere als glücklich aus. „Es wird alles zerstören, was ich mir aufgebaut habe! Mit Glück werde ich den Mordverdacht los, aber ich frage mich langsam, ob mich das rettet."

Für einen Augenblick verspürte Lilly Mitleid mit dem Mann. Sie hatte keine Ahnung, was Schilling zu diesem Schritt veranlasst hatte, wenn er wirklich der Wahrheit entsprach. Aber danach hörte es sich an. War der Frust über die Abfuhr von Ella Shepherd so groß gewesen, dass er sich kurz darauf in diesen One-Night-Stand mit der wesentlich jüngeren Sängerin stürzte? War es bei seinem Besuch in Ellas Bungalow doch nicht nur um die Fotos gegangen, sondern um die Fotografin selbst? Oder hatte er über den Umweg einer Affäre auf ihre Bilder spekuliert? Lilly hoffte sehr auf eine umfangreiche Aussage von Schilling, um endlich Licht ins Dunkle zu bringen. Insgesamt schienen die Vorkommnisse nur schwierig nachvollziehbar zu sein.

„Nachdem ich Ellas Bungalow verlassen hatte, fiel ich in ein emotionales Loch. Ich ärgerte mich, überhaupt da gewesen zu sein. Sie hatte mich gedemütigt und genau genommen trug ich selbst die Schuld daran. Wenn ich vorher richtig nachgedacht hätte, wäre mir klar gewesen, dass sie mir niemals Fotos überlassen würde. Ich glaube, ich hätte es selbst auch nicht getan. Eigentlich wollte ich im Anschluss direkt zu meinem Bungalow zurückkehren, die Minibar plündern und meinen Frust mit einigen Drinks wegspülen. Auf dem Weg traf ich auf Vanessa. Sie stand am Rande der Dünen und schaute sich die grün wabernden Polarlichter an. Aufgrund ihres festlichen Outfits war sie viel zu leicht bekleidet. Wir kamen ins Gespräch und ich gab ihr schließlich meine Jacke, die sie ebenfalls nur mäßig wärmte. Die Unterhaltung mit der unkomplizierten Vanessa streichelte mein verletztes Ego. Als sie sich schließlich leicht an mich lehnte, nahm ich sie in meine Arme. Das gab mir ein gutes Gefühl, vermutlich ein Besseres, als mir eine weitere Menge Alkohol gebracht hätte." Beschämt senkte er die Augen. „Wenn ich es Ihnen jetzt erzähle, hört es sich selbst in meinen eigenen Ohren ziemlich bescheuert an, aber so erkläre ich es mir im Nachhinein." Wieder legte er eine Pause ein.

Die Kommissarinnen warteten eine Weile ab, ob er seine Ausführungen fortsetzen würde, aber Marc Schilling sackte immer weiter in sich zusammen und schwieg.

„Wie ging es dann weiter?", fragte Lilly schließlich.

„Das können Sie sich doch selbst denken, oder?", fragte er in leicht aggressivem Tonfall, der wohl seiner Scham geschuldet war.

„Es geht hier um einen Mordfall und Ihre Lage ist ernst, Herr Schilling. Was wir uns denken können, ist völlig unerheblich. Es zählt nur das, was wir konkret von Ihnen oder anderen Zeugen hören. Möchten Sie Ihrer Aussage noch etwas hinzufügen?"

Er nickte. „Wenn es sein muss! Wahrscheinlich kommt es darauf jetzt nicht mehr an. Wie Sie wünschen, dann also alle schmutzigen Details. Aus der harmlosen Umarmung, um ihr ein wenig Wärme zu schenken, wurde schnell mehr. Tatsächlich erregte es mich, diesen jungen straffen Körper an meinem zu spüren", fügte er leise hinzu. „Als ich sie schließlich küsste, erwiderte sie die Zärtlichkeit, die darin lag. Schnell wurde daraus Leidenschaft, sie drängte sich in meine Arme, presste sich an meinen Körper, schien sich geradezu an mir festzuklammern."

„Die erotischen Einzelheiten können Sie auslassen", kommentierte Charlie trocken.

„Wie Sie wollen", erwiderte er ergeben. „Vielleicht wollte ich Ihnen einfach erklären, wie es zu dem weiteren Verlauf der Nacht kam. Sie hatte mir zu verstehen gegeben, dass ihr Bräutigam nicht auf sie warten würde, weil sie die Nacht getrennt verbringen wollten. Ich denke, wir fühlten uns beide einsam, waren alkoholisiert und irgendwie verletzt. Na ja, zumindest traf das auf mich zu. Wir haben also die Nacht gemeinsam verbracht. Gegen sechs Uhr morgens ist sie zu ihrem Bungalow zurückgekehrt. Seitdem habe ich sie nicht wiedergesehen, wollte sie auch gar nicht wiedersehen. Wir waren uns darüber einig, es bei diesem einmaligen Ausrutscher zu belassen. Darüber hinaus wollten wir über die Geschehnisse der Nacht schweigen, unabhängig davon, was im Anschluss passieren würde." Plötzlich lachte er hysterisch auf. „Wer konnte ahnen, dass genau zu dieser Zeit meine größte Konkurrentin ermordet wird und ich dadurch ohne Alibi dastehe? Auch das wäre nur halb so schlimm gewesen, wenn ich sie nicht vorher aufgesucht und bei ihr etwas getrunken hätte. Nun wissen Sie, warum ich mich nicht um dieses Glas gekümmert habe. Als ich Ella Shepherd verließ, war sie quicklebendig. Niemals wäre ich auf die Idee gekommen, durch diese Fingerabdrücke auf einem harmlosen Drink zum Hauptverdächtigen in einem Mordfall zu werden! Sind damit all Ihre Fragen beantwortet?", wollte er abschließend wissen. Auf seiner Stirn hatte sich ein Schweißfilm gebildet, er sah völlig fertig aus.

„Warum haben Sie uns diese Geschichte nicht gleich erzählt?", fragte Charlie, ohne Rücksicht auf seinen Zustand zu nehmen.

„Das liegt ja wohl auf der Hand", antwortete er leicht genervt.

„Wie meine Kollegin Ihnen eben bereits erklärt hat, geht es nicht darum, was wir uns zusammenreimen können. Wir sind gleich fertig, es wäre trotzdem konstruktiv, wenn wir dieses Gespräch vollständig zu Ende führen könnten", erklärte Charlie mit Nachdruck.

„Ja, sicher. Tatsächlich bin ich davon ausgegangen, dass Sie den wahren Mörder finden und ich nach einer Weile wieder freigelassen werde. Dieser einmalige Fehltritt gefährdet meine Ehe und meine Reputation. Bei Vanessa sieht es genauso aus. Deshalb haben wir uns versichert, nicht darüber zu reden, komme, was da wolle. Ich habe mich wie ein Idiot verhalten und mit dieser Nacht viel zu viel aufs Spiel gesetzt, aber eins kann ich Ihnen versichern: Ich habe Ella Shepherd nicht umgebracht und auf Ihre Ermittlerkompetenz gesetzt."

„Jetzt bin ich aber gespannt", empfing Fiete die Kollegen, nachdem die Befragung von Marc Schilling beendet war. „Erzählt! Was ist dabei herausgekommen?"

„Es ist einfach unglaublich!", übernahm Lilly den Bericht an den Revierleiter. „Tatsächlich hat Marc Schilling die Zeugenaussage von Vanessa Stern bestätigt. Die beiden müssen wirklich komplett gaga sein, sich auf so eine Affäre einzulassen. Ich kann mir diese Konstellation einfach nicht vorstellen. Was wollte die bloß von diesem alten Kerl?", redete sie sich erneut in Rage.

„Vielen Dank! Bedenke bitte das Alter deiner Kollegen, wenn du dich zu solchen Aussagen hinreißen lässt", foppte Fiete das Küken des Reviers.

Prompt lief Lillys Gesicht rot an. „Entschuldige, Chef. Das war jetzt unglücklich ausgedrückt, aber Ihr wisst ja, wie ich es meine!"

„Tja, was in Vanessa Stern während dieser Nacht vor sich gegangen ist, bleibt uns vermutlich für immer verborgen", nahm er ihre Entschuldigung mit einem wohlwollenden Lächeln an. „Das ist jetzt nicht mehr ausschlaggebend. Ihr habt Schilling also aus der Haft entlassen? Sehe ich das richtig?"

„Ja", antwortete Charlie ein wenig frustriert. „Durch diese Aussagen hat er ein perfektes Alibi und wir mussten ihn gehen lassen. Damit stehen wir wieder komplett am Anfang unserer Ermittlung."

„Ganz so schlimm ist es nicht", erwiderte der Revierleiter. „Während Ihr Vanessa Sterns Geschichte verifiziert habt, bin ich ebenfalls ein wenig weitergekommen. Wie es aussieht, hat es sich gelohnt, an der Bank dranzubleiben - insbesondere, weil wir den Fall neu aufrollen müssen. Ich habe sowohl Auskunft über die finanziellen Verhältnisse von Ella Shepherd, als auch von dem Ehepaar Holthusen erhalten. Alle drei sind bei dem gleichen Geldinstitut. Setzt euch bitte. Ich bin mir nicht sicher, ob uns das wirklich weiterführt, aber trotzdem möchte ich die erhaltenen Informationen an euch weitergeben. Also, es sieht folgendermaßen aus: Ella Shepherd besitzt einige Ersparnisse, die es ihr ermöglicht hätten, eine Wohnung anzuzahlen. Nach Auskunft der Bank hat sie dies bereits angefragt und eine Vorabbewilligung bestätigt bekommen. Das entspricht also der Aussage von Fabian Wiesner."

„Über welche Summe reden wir?", wollte Lilly wissen.

„Insgesamt verfügt sie über ungefähr 70.000 Euro", antwortete Fiete.

Lilly stieß einen Pfiff aus. „Das ist ja recht anständig und ergibt auf jeden Fall ein Mordmotiv oder wie seht Ihr das?"

„Ich muss etwas hinzufügen", erklärte der Revierleiter. „Von dieser Summe sind circa 40.000 Euro auf zehn Jahre festgelegt. Da kommt man in den kommenden acht Jahren lediglich mit erheblichen Verlusten ran. Die Bank hätte das Geld jedoch als Absicherung der Nebenkosten im Falle eines Wohnungskaufs akzeptiert."

„Verbleiben 30.000 Euro liquide Mittel, über die die Schwester nun sofort verfügen kann. Ich nehme mal an, dass sie die Erbin dieses Vermögens ist."

„Mir liegen keine Informationen über ein Testament vor, insofern können wir wohl davon ausgehen", bestätigte Fiete.

„Das ist ein eindeutiges Mordmotiv. Was hast du über die finanzielle Situation der Familie herausbekommen?"

„Tatsächlich sind Heiko und Katja Holthusen dauerhaft recht knapp bei Kasse. Das Geld reicht gerade so, um das Haus zu finanzieren und die Kosten des alltäglichen Lebens zu decken. Für Extras wie Urlaub, Klassenfahrten oder Freizeitaktivitäten scheint es meistens eng zu werden."

„Und die beiden haben kein wirkliches Alibi", fügte Lilly hinzu. Aufregung erfasste sie. Waren sie bisher komplett auf der falschen Spur gewesen, indem sie in einem der Männer den Schuldigen für die grausame Tat gesucht hatten? War es so banal, dass es lediglich um Geld ging?

„Aber tötet man wirklich seine eigene Schwester, weil man ein bisschen knapp bei Kasse ist? Überlegt doch mal, wie schnell mit einer Familie 30.000 Euro verbraucht sind. Katja scheint ihre Schwester wirklich geliebt zu haben. Sie hat sich ständig Sorgen um sie gemacht und wollte sie möglichst in ihrer Nähe haben, nicht nur ab und zu, sondern am liebsten ständig." Charlie schien von der Argumentation nicht überzeugt.

„Auf der anderen Seite hat sie die Bedrohung durch Jan Stecker nicht wirklich ernst genommen", relativierte Knud die Aussage der Kollegin. „Ich bin mir bei dem Ehepaar überhaupt nicht sicher. Vielleicht sollten wir uns mit den beiden ebenfalls gründlich unterhalten. Hast du sonst etwas herausgefunden, Fiete?"

„Tatsächlich gibt es da noch etwas", bestätigte der Revierleiter und hatte sofort die volle Aufmerksamkeit der drei Kommissare.

„Erzähl!", forderte Lilly ihn ungeduldig auf. „Etwas, das zusätzlich für ihre Schuld sprechen würde?"

„Schwer zu sagen", antwortete Fiete. „Die Schwestern haben von ihren Eltern ein Grundstück geerbt."

„Ein Grundstück?", fiel Lilly ihm ins Wort. „Was heißt ein Grundstück? Ist es unbebaut?"

Fiete lächelte nachsichtig. „Wenn du mich ausreden lässt, wirst du alle Details erfahren. Also: Es handelt sich um ein bebautes Grundstück, allerdings befindet sich das kleine Haus, das darauf steht, in einem erbärmlichen Zustand. Es ist mindestens heruntergekommen, wenn nicht sogar baufällig. So genau konnte der örtliche Polizist, der es überprüft hat, nicht beurteilen. Dabei scheint es sich insgesamt um einen überschaubaren Wert zu handeln, obwohl das Grundstück recht groß ist. Ich habe eine Anfrage beim Grundbuchamt gestartet, das Ergebnis wird uns mit Glück Anfang der Woche vorliegen. Möglicherweise handelt es sich nicht komplett um Bauland, sondern eine kleine landwirtschaftliche Fläche oder Weideland mit entsprechend niedrigerem Wert."

„Wo befindet es sich denn überhaupt?", fragte Charlie.

„In Bondelum.".

„Bondelum? Nie gehört! Müsste ich das kennen?"

Selbst Knud zuckte mit den Schultern. „Ich weiß auch nicht, wo das ist."

„Ach, Ihr unwissenden Stadtmenschen", freute sich Lilly, die in Ockholm aufgewachsen und mit den ländlichen Gegenden von Nordfriesland vertraut war. „Bondelum liegt etwa zwanzig Kilometer nordöstlich von Husum. Gehört zur nordfriesischen Pampa mit niedrigem Bekanntheitsgrad. Da ist nichts los, auch keine touristische Aktivität. Selbst in einem guten Zustand konnte man das Haus wohl nur schwer vermieten, weil es - wie gesagt - sogar als Ferienimmobilie eher ungeeignet ist. Trotzdem frage ich mich, warum die Schwestern es nicht einfach verkaufen, insbesondere wenn Katja Holthusen finanzielle Probleme hat."

„Vielleicht haben sie es versucht, aber niemanden gefunden, der es haben wollte", überlegte Knud laut. „Hast du das recherchiert?", wandte er sich an Fiete. „Wurde es schon mal zum Verkauf angeboten?"

„Danach habe ich natürlich geschaut, aber nichts gefunden."

„Wenn wir mit dem Ehepaar sprechen, können wir das zum Thema machen. Ich frage mich außerdem, ob das Haus in unbewohntem Zustand irgendwelche Kosten verursacht. Insofern müsste mindestens Katja Holthusen daran interessiert sein, es loszuwerden. Selbst wenn es nur wenig Geld einbringt, könnte sie das ja scheinbar gut gebrauchen", teilte Charlie ihre Gedanken mit den Kollegen. „So bringt es überhaupt nichts. Darüber hinaus frage ich mich, ob diese Fakten uns zu dem Mörder von Ella Shepherd führen. Für mich klingt das alles sehr vage und unkonkret. Ich würde mich tatsächlich eher auf Jan Stecker konzentrieren. Diese ganze Stalkinggeschichte ist in meinen Augen der brisantere Hintergrund. Ich kann mir gut vorstellen, dass die Tote nicht gerade zimperlich war, wenn sie einen ihrer Liebhaber abservierte. Und verletzter Stolz, verbunden mit verschmähter Liebe, ist ein sehr starkes Mordmotiv. Wir sollten auf jeden Fall mit ihm sprechen und mehr über seinen Aufenthalt in der Mordnacht herausfinden. Es klingt in meinen Ohren nicht glaubwürdig, dass er die Nacht zu Hause verbracht hat, wenn seine Angebetete in der Nähe weilte. Davon hat er bestimmt Wind bekommen."

„Ja", bestätigte Fiete, „An Jan Stecker sollten wir auf jeden Fall dranbleiben. Ich habe zu seiner Person ebenfalls verschiedene Anfragen gestellt, aber irgendwie scheinen alle bereits in Weihnachtsstimmung zu sein. Alles wird in einer unendlichen Langsamkeit beantwortet, was uns die Arbeit nicht gerade erleichtert. Aber was soll's, auch wenn es im Moment recht zäh läuft, sollten wir uns nicht entmutigen lassen."

„Das tun wir grundsätzlich nicht, Chef!", erklärte Lilly im Brustton der Überzeugung. „Wie gehen wir nun weiter vor? Welche Spur ist heißer, die zu dem Ehepaar Holthusen oder die zu Jan Stecker?"

„Heiß sind beide nicht gerade", bemerkte Charlie. „Nach meiner Ansicht hat Stecker das stärkere Motiv, ist aber irgendwie nicht greifbar. Obwohl er kein Alibi hat, gibt es keinen Ansatzpunkt, um ihn des Mordes zu überführen. Wir haben lediglich Beweise für sein penetrantes Stalking. Das bringt uns aber nicht wirklich weiter. Bei der Schwester bin ich mir nicht sicher, ob die labile finanzielle Situation als Mordmotiv ausreicht."

Einen Moment herrschte betretenes Schweigen. Alle hatten gleichermaßen das Gefühl, auf der Stelle zu treten und aus den bisherigen Ermittlungsergebnissen nichts Zielführendes ableiten zu können.

„Na, das ist ja ein dicker Hund", durchbrach Fiete plötzlich die Stille, die sich über das Revier gesenkt hatte. „Wartet mal, das muss ich eben überprüfen, um ganz sicher zu sein."

„Worum geht es denn?", sprang Lilly sofort darauf an. Ihre Neugier war geweckt. Nur selten konnte man von dem Revierleiter derartige Äußerungen hören.

„Um diesen Jan Stecker komplett zu durchleuchten, habe ich auch bei den Kollegen vom Verkehr eine Anfrage gestellt, ob vielleicht besonders viele Strafzettel auf sein Konto gehen. Darauf ist gerade eine Antwort eingetroffen: Stellt euch vor, Stecker ist in der Mordnacht geblitzt worden!"

„Das ist nicht dein Ernst", erklärte Charlie perplex. „Lass mich raten: ungefähr zur Tatzeit beziehungsweise ein oder zwei Stunden früher und das hier in Sankt Peter-Ording."

„Das trifft es ziemlich genau. Er muss gegen halb elf am Abend die Bilder auf Instagram gesehen haben. Ich kenne mich ja mit diesem neumodischen Zeug nicht aus, aber ist es möglich, sich benachrichtigen zu lassen, wenn eine bestimmte Person etwas postet? Wie dem auch sei, wenn er direkt im Anschluss losgefahren ist, hätte er auf jeden Fall gegen 23.15 Uhr hier in der Küstengemeinde eintreffen können. Wie es aussieht, hatte er es besonders eilig und es mit der Geschwindigkeitsbegrenzung nicht so genau genommen. Der muss ganz schön draufgetreten haben, wenn er tatsächlich von zu Hause gestartet ist."

„Du machst es ja echt spannend, Fiete!", mokierte sich Lilly.

Fiete grinste. „Ein bisschen Spaß muss ich schließlich auch haben. Diese ganze Recherche ist extrem mühsam und kleinteilig. Also, tatsächlich wurde Jan Stecker um kurz nach 23.00 Uhr am Ortseingang von St. Peter geblitzt. Damit haben wir den Beweis, dass er hier gewesen ist. In meinen Augen macht ihn das zum neuen Hauptverdächtigen."

„Das ist einfach unglaublich, wie lange es dauert, bis wir in einem Mordfall solche Informationen weitergeleitet bekommen", regte sich Charlie sofort auf. „Das grenzt ja an Behinderung unserer Arbeit!"

„Um die amtsübergreifende Zusammenarbeit zu verbessern, besteht bestimmt viel Handlungsbedarf", meldete sich Knud zu Wort. „Trotzdem kann ich weder eure Aufregung noch die Euphorie nachvollziehen. Wir wissen, dass Stecker jede Gelegenheit genutzt hat, um Ella Shepherd möglichst nahe zu sein. Für mich ist seine Anwesenheit in Sankt Peter-Ording in der Mordnacht allenfalls ein starkes Indiz, aber lange kein schlagender Beweis für seine Täterschaft in unserem Mordfall."

„Trotzdem sollten wir ihn damit konfrontieren, denn angelogen hat er uns allemal", machte Charlie ihrem Unmut Luft.

„Da bin ich ganz deiner Meinung", versuchte Knud, die Harmonie im Team wiederherzustellen. „Das hatten wir ja ohnehin beschlossen. Wir sollten ihn vorladen und spätestens am Montag vernehmen."

Torge in Bondelum

Sonntag, den 11. Dezember

Torge hatte die Ermittlungen der Kommissare genau verfolgt. Die Verhaftung des Fotografen war überraschend gewesen, weil er in ihm nie den Täter vermutet hätte. Auch wenn er ihn auf diesem Fest nur kurz kennengelernt hatte, war dieser Ella Shepherd mit großem Respekt und Wertschätzung begegnet. Natürlich handelte es sich lediglich um ein Bauchgefühl, aber auch das nahm er ernst. Wer ihm wirklich verdächtig schien, war natürlich dieser Jan Stecker, der Ella seit Monaten auf eine wirklich widerliche Art verfolgte. Wie konnte man einer Frau nur so etwas antun? Jedes Mal, wenn er darüber nachdachte, machte es ihn erneut fassungslos, ja geradezu wütend, dass die sympathische Fotografin so etwas aushalten musste.

Die vergangenen Tage hatte er dazu genutzt, um sich in der *Weißen Düne* weiter umzuhören, nach dem Notebook sowie dem Mobiltelefon der Toten zu suchen und mit seiner Angetrauten über den Fall zu schnacken. Keine der Aktionen war erfolgreich gewesen. Als nun diese unglaubliche Zeugenaussage von Vanessa Stern auftauchte und Marc Schilling im Anschluss aus der Haft entlassen wurde, schien die gesamte Ermittlung auf den Anfang gedreht.

Die delikaten Details waren der Öffentlichkeit vorenthalten worden. Torge selbst hatte alles von seinem Kumpel Knud erfahren, wobei dieser ihm die Fakten lediglich sehr widerstrebend mitteilte. Spontan hatte ihn das ein wenig gekränkt, aber schließlich war er doch stolz gewesen, eingeweiht worden zu sein. Schließlich wusste er dadurch mehr als die meisten anderen. Knud hatte ihn wiederholt darauf hingewiesen, dass er mit niemandem darüber reden durfte. Offiziell wurde die viel zitierte vertrauliche Quelle genannt, um die Privatsphäre von Vanessa Stern und Marc Schilling zu schützen. Torge hatte versprochen, nichts an die Öffentlichkeit gelangen zu lassen, aber natürlich musste er seiner Annegret davon erzählen. Er fand es nachvollziehbar, dass sich die Kommissare nun auf Jan Stecker konzentrieren wollten, insbesondere seit er der Lüge bezüglich seines Aufenthaltsortes in der Mordnacht überführt wurde.

Torge hätte sich diesen Stecker gerne selbst zur Brust genommen, allein schon, um ihm wegen der Belästigung die Leviten zu lesen, auch wenn das für Ella jetzt nichts mehr geändert hätte. Seit sie tot war, dachte er ständig über die mit ihr geführten Gespräche nach. Er versuchte sich zu erinnern, ob sie irgendeine Bemerkung fallen gelassen hatte, die ihn zu ihrem Mörder führen könnte. Natürlich war das bereits ein knappes halbes Jahr her, aber trotzdem bauten sich solche Entwicklungen oft nach und nach auf. Neben Jan Stecker war in Torges Augen die Familie nach wie vor verdächtig.

Ella hatte im Sommer nicht viel über das Verhältnis zu ihrer Schwester und ihrem Schwager erzählt. Es lag nicht in ihrer Natur, sich anderen Menschen anzuvertrauen und diese mit ihren eigenen Problemen zu behelligen. Aber Torge war ein ausgezeichneter Zuhörer und darin geübt, zwischen den Zeilen zu lesen. Vermutlich hatte er diese Fähigkeit im Rahmen seiner Tätigkeit in der *Weißen Düne* perfektioniert. Wie oft kamen Gäste zu ihm und beklagten sich über irgendetwas, was in ihrem Bungalow nicht funktionierte oder sie auf andere Weise unzufrieden machte. Es gehörte zu seinem Aufgabengebiet, alles in einem einwandfreien Zustand zu halten. Darüber hinaus interessierte er sich für die Menschen, die ihre Anliegen vorbrachten. Annegret amüsierte sich gerne über sein kleines Steckenpferd und nahm ihn mit seiner Ambition, sich als Hobbypsychologe zu betätigen, gerne auf den Arm. Trotzdem glaubte er, dass ihm die Fähigkeit, sich auf andere einzustellen, auch bei der Aufklärung etlicher Kriminalfälle nützlich gewesen war.

Um zu dem aktuellen Fall etwas Zielführendes beitragen zu können, kramte er also in seinem Gedächtnis, was Ella konkret über das Verhältnis zu ihrer Familie berichtet hatte. Bericht war vielleicht ein etwas zu großes Wort. Die Frage war, ob sie überhaupt etwas zu diesem Thema gesagt hatte, das es zu interpretieren galt.

Natürlich hatte er alle Fakten der Ermittlung mit großem Interesse aufgesogen. Wenn Katja und Heiko Holthusen grundsätzlich knapp bei Kasse waren, ergab sich daraus sehr wohl ein Mordmotiv, insbesondere weil Ella dieses Vermögen besessen hatte. Es wunderte ihn ein wenig, dass die Kommissare dem Grundbesitz in Bondelum so wenig Beachtung schenkten.

Wenn es sich um ein relativ großes Grundstück handelte, musste das selbst mit einem baufälligen Haus einen gewissen Wert haben.

Nach den vielen Überstunden, die während der Marathonhochzeit entstanden waren, konnte er dieses Wochenende endlich freinehmen. Torge hatte seiner Annegret versprochen, mit ihr auf einen Weihnachtsmarkt der Region und danach in ein schönes Restaurant zu gehen. Darauf freute sie sich seit Wochen und natürlich wollte er diese Vorfreude nicht zerstören, indem er der Ermittlung wieder den Vorrang gab. Aber warum sollte man nicht das Angenehme mit dem Nützlichen verbinden? Seine seute Deern hatte vorgeschlagen, im Roten Haubarg zu essen. Das würde sie in die richtige Richtung bringen. Beide liebten es außerdem, in Husum am Hafen zu flanieren. Jetzt in der Vorweihnachtszeit war dort alles festlich geschmückt. Der Weihnachtsmarkt bot aufgrund seiner Größe eine beträchtliche Auswahl an kunsthandwerklichen Dingen. Dort würden sie sicherlich einige schöne Geschenke kaufen können.

Von Husum aus war es nach Bondelum nicht mehr weit. Sicherlich konnte er Annegret diesen kleinen Ausflug schmackhaft machen, wenn er ihr im Gegenzuge ausreichend Zeit zum Einkaufen zugestand. Dabei musste er bestimmt ein bisschen Spott ertragen, weil er sich angeblich wieder einmischte und den Kommissaren absprach, den Fall ohne seine Hilfe aufzuklären - aber das hielt er aus. Irgendwie gehörte es ohnehin zu ihrem Miteinander und machte beiden Spaß.

Am Sonntag war es endlich soweit: Annegret und Torge starteten mit einem gemütlichen Frühstück in den Tag. Wie üblich, wenn sie sich dafür viel Zeit nahmen, brutzelte sie ihm krosse Speckstreifen und ein herrlich luftiges Rührei, das sie ihm in ihrer gemütlich eingerichteten Friesenküche servierte. Sie selbst blieb wieder bei Brötchen mit Marmelade.

„Das schmeckt vorzüglich", lobte Torge seine Frau und warf ihr einen liebevollen Blick zu. „Eigentlich hätte ich dir ja heute das Frühstück zubereiten sollen, wo du mich bereitwillig in diese verlassene Gegend begleiten willst."

„Mir wird schon eine angemessene Gegenleistung einfallen", entgegnete Annegret lächelnd. „Pack deine EC-Karte ein, vielleicht fällt ja sogar für mich ein kleines Geschenk ab."

„Darüber lässt sich verhandeln", erklärte er großzügig. Insgesamt war sie eine sehr bescheidene Frau, die selten Wünsche äußerte oder Forderungen stellte. Im Gegenteil: Annegret Trulsen ließ ihrem Mann viele Freiheiten und das wusste er zu schätzen, ohne es je auszunutzen.

„Ich nehme an, du willst zuerst zu diesem Kaff fahren und anschließend auf den Weihnachtsmarkt nach Husum", mutmaßte sie.

„Wenn du nichts dagegen hast, halte ich es für sinnvoll, es in dieser Reihenfolge zu erledigen. Je nachdem, was wir in dem kleinen Ort vorfinden, ist es sicherlich hilfreich, dafür ein wenig Tageslicht zu haben. Für unseren kleinen Bummel dagegen ist es schöner, wenn die Dunkelheit eintritt, da kommt die herrliche Beleuchtung viel besser zur Geltung. Zum Abschluss können wir zum Roten Haubarg fahren und festlich dinieren." Torge zwinkerte ihr zu und sie nickte bestätigend.

„Klingt gut", erwiderte sie entspannt. „Ehrlich gesagt bin ich selbst neugierig auf dieses verlassene Haus. Vielleicht wollen die Frauen es nicht verkaufen, weil viele schöne Erinnerungen daran hängen. Es handelt sich sicherlich um ihr Elternhaus. Möglicherweise haben sie dort eine glückliche Kindheit verbracht und wollen es deshalb in Ehren halten."

„Danach hörte es sich nicht an", widersprach Torge. „Wenn etwas so wertvoll ist, lässt man es schließlich nicht verkommen."

„Ist es wirklich so schlimm? Hast du Fotos von dem Haus gesehen?"

„Wenn ich es richtig verstanden habe, scheint es den Kommissaren nicht so wichtig zu sein. Sie haben einen örtlichen Polizisten hingeschickt, um es zu überprüfen. Der hat ihnen lediglich bestätigt, dass es unbewohnt und mindestens vernachlässigt ist. Über das Ausmaß habe ich keine weiteren Informationen. Fotos sind aber eine gute Idee", nickte er anerkennend, „darauf scheint bisher niemand gekommen zu sein. Wir sollten auf jeden Fall welche machen, wer weiß, wozu das wichtig wird."

Annegret freute sich sichtlich, einen klugen Gedanken zu der Ermittlung beigetragen zu haben. „Ich nehme an, dass Ella dir gegenüber dieses Haus nie erwähnt hat, oder?"

Torge schüttelte den Kopf. „Nein, das war kein Thema. Allerdings haben wir uns im Sommer gerade erst kennengelernt. Anfangs ging es um belanglose Themen, später überwiegend um meine Person, weil wir diese Reportage planten." Die verpasste Chance machte ihn erneut traurig. Aber natürlich war der Tod dieser jungen talentierten Fotografin wesentlich schlimmer. Der Mörder durfte auf keinen Fall ungestraft davonkommen!

Torge schob den letzten Streifen Speck in den Mund und kaute voller Hingabe darauf herum. „Hhm, wirklich lecker! Der ist dir heute wieder wunderbar gelungen. Trotzdem werde ich langsam unruhig. Wollen wir uns auf die Socken machen? Ich bin wirklich gespannt, was wir dort vorfinden. Außerdem ... je eher wir loskommen, desto früher werden wir Husum erreichen. Bestimmt freust du dich trotz aller Neugierde mehr auf den zweiten Teil unseres Ausflugs."

„So langsam steckst du mich an, im Leben anderer Leute herumzuwurschteln", antwortete sie lächelnd. „Aber ja, auf einen Einkaufsbummel freue ich mich ebenfalls. Nun guck nicht so erschrocken, ich werde deine Karte bestimmt nicht bis zum Limit ausreizen." Lachend erhob sich Annegret vom Tisch und fing an, ihn abzudecken.

Torge und Annegret fuhren in ihrem alten Kombi auf der B200 bis Viöl und bogen dort rechts in Richtung Behrensdorf ab. Wie erwartet wurde es immer ruhiger und einsamer. Bei Bondelum handelte es sich um einen winzigen Ort, der zwar hochtrabend aus Ober- und Unterdorf bestand, aber lediglich eine Ansammlung von wenigen Häusern ohne jegliche Infrastruktur darstellte. Auf den ersten Blick wunderte es Torge nicht, dass die Frauen so wenig Interesse für dieses Grundstück zeigten. Vermutlich war es tatsächlich nicht oder lediglich zu einem sehr überschaubaren Betrag zu verkaufen. Vielleicht hingen die Schwestern darüber hinaus an ihrem Elternhaus und wollten es nicht zum Schleuderpreis weggeben.

„Da ist es!", rief Annegret aus, als sie das Grundstück erreichten.

Die Hausnummer war auf einen großen Stein gemalt, der neben der Auffahrt lag. Trotz der verwitterten Schrift konnten sie es gut lesen. Torge nickte, bog in die Auffahrt ein und brachte den Wagen dort zum Stehen.

„Steigen wir aus und erkunden das Gelände zu Fuß?", fragte er seine Frau.

„Dafür sind wir hergekommen. Auf den ersten Blick sieht es wirklich nicht sehr einladend aus. Hier im Garten, wenn man es überhaupt so nennen will, ist wohl seit Jahren nichts mehr gemacht worden. Alles ziemlich zugewuchert. Dazu kommt die Jahreszeit, im Winter sieht ein Garten sowieso grundsätzlich reizloser aus. Dann lass uns mal schauen, in welchem Zustand der Rest ist."

Bereits beim Näherkommen konnten die beiden erkennen, welchen trostlosen Eindruck es machte. Bei dem Haus handelte es sich um einen kleinen roten Backsteinbau mit schwarzem Pfannendach. Die ehemals weißgestrichenen Fensterrahmen wirkten verwittert. Fraglich, ob die noch zu retten waren. Eine Scheibe war gesprungen, mehrere der Fensterläden hingen halb verrottet in ihren Angeln. Die rund um das Haus verlegten Platten verschwanden unter einer dicken Moosschicht, gleiches galt für die Terrasse, die Annegret und Torge entdeckten, nachdem sie den Bau umrundet hatten. Mehrere Pflanzenkübel, in denen vermutlich früher herrliche Blumen geblüht hatten, waren vom Frost gesprungen und ebenfalls grün verfärbt. Hinter der Terrasse befand sich eine große Rasenfläche, die wild gewuchert war und jetzt im Winter einen tristen Anblick bot. Wie es aussah, handelte es sich um ein sehr großes Grundstück, welches sich weit nach hinten zog.

„Wollen wir uns den gesamten Garten anschauen?“, fragte Torge seine Frau.

„Ich glaube nicht, dass wir dort hinten etwas Spannendes finden“, erwiderte Annegret skeptisch, kannte aber natürlich seine Ambition, sich nun – wo sie einmal da waren - einen umfassenden Überblick über das Grundstück machen zu wollen.

„Na ja“, antwortete er vorsichtig. „Ich würde mir schon gerne alles anschauen. Es ist trocken, insofern gefährden wir nicht den Zustand unserer Schuhe und können uns im Anschluss an diese Erkundung noch überall blicken lassen. Kommst du mit oder möchtest du im Wagen warten? Es wird sicherlich nicht lange dauern.“

„Bei der Kälte im Auto zu warten, ist nicht besonders verlockend. Dann komme ich lieber mit. Was erwartest du dort zu finden?“, hakte sie trotzdem nach.

„Nichts Konkretes. Aber wenn ich mich hier so umschaue, frage ich mich, warum man nicht versucht, es zu veräußern. Ist irgendwie eine Schande, dieses kleine Anwesen so verkommen zu lassen. Es könnte bestimmt sehr idyllisch sein, wenn man es auf Vordermann bringt."

„Siehst du das nicht ein bisschen zu verklärt? Das Grundstück liegt ziemlich weit ab vom Schuss, hier möchte ich nicht tot überm Zaun hängen. Katja Holthusen hat mit ihrer Familie ihr eigenes Haus und dieses scheint mir mit drei Kindern ohnehin viel zu klein zu sein. Außerdem gibt es nichts drumherum: keine Schule, keinen Verein, keine Freizeitaktivitäten für die Kleinen. Die Eltern würden sie für jede Kleinigkeit durch die Gegend kutschieren. Außerdem müsste man in dieses Haus wirklich viel hineinstecken, um daraus ein heimeliges Zuhause zu schaffen." Natürlich kannte Annegret sich damit aus. Ihr eigenes Haus war alt und der Garten nicht gerade klein. Obwohl sie halbtags arbeitete, hielt sie beides perfekt in Schuss.

„Damit könntest du recht haben", relativierte Torge seine Aussage.

„Natürlich! Und für deine Ella wäre das noch weniger erstrebenswert gewesen. Wenn man ständig unterwegs ist, hat man erst recht keine Möglichkeit, so einen großen Garten gepflegt zu halten. Da braucht man auf jeden Fall Unterstützung und das kostet eine Menge Geld. Außerdem überleg mal, wie lange sie von hier zum Flughafen gebraucht hätte. So ein Haus kann man lediglich bewohnen, wenn man sesshaft geworden ist. Zusätzlich muss man diese Einsamkeit und die weiten Wege zu jeglicher Infrastruktur mögen."

„Ich könnte mir trotzdem vorstellen, dass es später etwas für Ella gewesen wäre, wenn sie ihre Reisetätigkeit aufgegeben hätte. Sie war erst Anfang dreißig. Du weißt selbst, wie verlockend es in diesem Alter ist, die Welt zu erkunden. Im Laufe der Jahre lässt das nach und man wird häuslicher."

„Das gilt bestimmt nicht für jeden. Aber zumindest wäre sie wohl mit der Einsamkeit klargekommen, die war ihr ja vertraut." Annegret trat von einem Fuß auf den anderen. „Bah, wenn wir hier so rumstehen, wird mir kalt! Komm, lass uns das Grundstück abschreiten und dann fahren wir nach Husum. Ich freue mich jetzt auf einen Glühwein mit einem ordentlichen Schuss. Der wärmt mich von innen wieder auf. Wie gut, dass ich meinen Fahrer dabei habe", zwinkerte sie ihm zu und zog ihn in Richtung hintere Grundstücksgrenze, die von einer gewaltigen immergrünen Hecke bedeckt war. Vermutlich befand sich dahinter lediglich eine Weide oder ein Feld.

Letztendlich war es mühsamer als gedacht, sich über das Grundstück zu bewegen. Das ungemähte Gras war bestimmt fünfzig oder sechzig cm lang und in weiten Teilen umgefallen. Zwischendrin waren meterlange Brombeersträucher gewachsen. Torge nahm seine Annegret bei der Hand und gemeinsam kämpften sie sich zum Ziel. Wenn er sich einmal etwas in den Kopf gesetzt hatte, zog er es durch. Irgendetwas trieb ihn an, er konnte es nicht benennen. Aber weil sie nun hier waren, wollte er der Sache auf den Grund gehen. Es hatte sich in der Vergangenheit als nützlich erwiesen, auf sein Bauchgefühl oder seine innere Stimme zu hören. Annegret tat es ihm gleich. Insgeheim war er ein wenig stolz und wieder einmal glücklich, sie an seiner Seite zu haben.

Endlich hatten sie es geschafft und erreichten die die dichte Hecke. Dahinter konnte Torge Geräusche vernehmen, so als ob sich jemand an dem Zaun zu schaffen machte. Sofort war seine Neugier geweckt. Vielleicht erwies sich seine Ahnung als richtig und er würde etwas herausbekommen, womit er bei ihrer Ankunft nicht gerechnet hatte.

„Komm", forderte er Annegret auf. Obwohl es einen völlig harmlosen Hintergrund haben konnte, spürte er leichte Aufregung. Vielleicht fand er endlich etwas heraus, was den Fall voranbrachte und den Kommissaren bisher nicht bekannt war. Das war genau das, worauf Torge insgeheim hoffte. Auch wenn er seine Arbeit in der *Weißen Düne* liebte, war er nach wie vor fasziniert von der Polizeiarbeit und glücklich, wenigstens ein inoffizielles Mitglied des Teams zu sein.

Annegret folgte ihm, ohne nachzufragen. Sie kannte ihren Mann und wusste, dass er diesem Geräusch auf den Grund gehen wollte. Vermutlich fand sie es genauso spannend wie er selbst. Immerhin hatten sie sich bis hierher durchgekämpft. Da schien es eine angemessene Belohnung zu sein, nun etwas Zielführendes zu entdecken. Annegret stapfte klaglos mit ihm durch das Dickicht. Nicht einmal als ihr ein Zweig ins Gesicht schlug, fing sie an zu maulen. Sie war dabei und hielt die Widrigkeiten aus. Schließlich erreichten sie den Zaun, an dem sich tatsächlich gerade ein Mann zu schaffen machte. Dahinter lag wie erwartet eine große Weide, auf dem sich trotz der Kälte einige Pferde befanden.

Als Torge und Annegret zu ihm traten, hob der Mann den Kopf.

„Moin!", begrüßte er sie. „Haben Sie sich verlaufen?"

„Ich denke, wir wissen genau, wo wir uns befinden", gab Torge selbstbewusst zur Antwort und stellte sie beide vor.

„Hannes Thiesen", antwortete dieser. „Was machen Sie hier?"

„Tut uns leid, dass wir so unbefugt durch den Garten stromern, aber ich bin ein Bekannter von Ella Shepherd und unterstütze die Polizei, ihren Mörder zu finden."

Der Mann ließ seinen Hammer fallen. „Ella ist ermordet worden?", fragte er ungläubig.

Damit hatte Torge nicht gerechnet. Der Fall war tagelang durch die regionalen Medien gegangen. Unglaublich, dass der Mann nichts davon wusste.

„Ja, es geschah bereits vor zehn Tagen. Haben Sie wirklich nichts davon gehört? Sind Sie der Nachbar dieses Grundstücks?"

„So ist es", bestätigte er. „Mir gehört der Reitstall, den Sie dort hinten sehen können. Wir züchten Pferde und bieten außerdem Reitferien an. Das steckt zwar noch in den Kinderschuhen, wird aber immer besser angenommen. Wer einmal hier war, der weiß diese herrliche Ruhe zu schätzen. Nach Husum brauchen wir lediglich eine halbe Stunde. Dort steht uns eine vollständige Infrastruktur zur Verfügung. Aber zurück zu Ella. Was um Himmels willen ist denn passiert? Ist es auf einer ihrer Reisen geschehen? Sie war ja ständig alleine in sehr abgelegenen Gegenden unterwegs. Das war teilweise bestimmt gefährlich."

„Ironischerweise ist sie bei uns in der Ferienanlage in Sankt Peter-Ording ermordet worden. Direkt in ihrem gemieteten Bungalow. Es ist wirklich unfassbar", erklärte Torge. „Kannten Sie sie persönlich?"

„Ja, aber nicht besonders gut", musste Hannes Thiesen zugeben. „Vor einiger Zeit habe ich mich allerdings mit ihr und Katja Holthusen getroffen, um den beiden ein Angebot für dieses Grundstück zu unterbreiten."

Torges Aufregung stieg. Schon allein das war eine unglaubliche Information. Gerade hatte er sich gefragt, ob dieses Grundstück überhaupt verkäuflich sei und nun das. „Sie wollten es kaufen?", wiederholte er.

„Ja, genau. Natürlich nicht, um das Haus zu sanieren. Ich frage mich tatsächlich, ob es überhaupt zu retten wäre. Wir expandieren mit dem Reitstall und könnten diese Fläche sehr gut gebrauchen. Das Grundstück ist immerhin über fünftausend

Quadratmeter groß und grenzt direkt an diese Weide, die uns bereits gehört. Sie haben ja wirklich ein Talent, Leute auszufragen", fügte er mit einem Lächeln hinzu.

„Tatsächlich könnte Ihr Kaufangebot in dem Mordfall wichtig sein", entgegnete Torge. „Wissen Sie, wann genau Sie das Angebot unterbreitet haben?"

„Natürlich! Es ist gerade mal sechs Wochen her. Ich bin nach wie vor daran interessiert."

„Hört sich so an, als hätten die Schwestern abgelehnt", mutmaßte der Hobbyermittler.

„Sie unterstützen die Polizei?", fragte Hannes Thiesen nach. „Ist diese Befragung offiziell?"

„Nein, nicht offiziell. Ich werde die Informationen aber trotzdem an die ermittelnden Kriminalkommissare weiterleiten."

„So war es nicht gemeint", entgegnete er. „Ich habe nichts zu verbergen. Tatsächlich wurde mein Angebot abgelehnt."

„War der Preis nicht angemessen?"

„Daran wird es nicht gelegen haben. Ich weiß, was die Grundstücke hier wert sind und habe eine faire Summe veranschlagt. Fair für beide Seiten, wie ich meine."

„Woran lag es dann?"

Hannes Thiesen musterte Torge mit einem prüfenden Blick. Er überlegte, ob er mehr preisgeben sollte.

Obwohl Torge vor Neugier und Ungeduld beinahe platzte, hielt er sich zurück. Auch Annegret verfolgte das Gespräch lediglich schweigend.

„Ich möchte wirklich nichts Falsches sagen und irgendwelche Gerüchte in die Welt setzen", erwiderte Hannes Thiesen schließlich langsam. „Allerdings hatte ich den Eindruck, dass Katja Holthusen das Grundstück lieber heute als morgen verkauft hätte, während Ella Shepherd aus irgendwelchen Gründen dagegen war."

Charlie in St. Peter-Ording

Montag, den 12. Dezember

Über das gesamte Wochenende hatte sich Charlie gefragt, ob es ein Fehler gewesen war, Jan Stecker nicht sofort aufzusuchen, um ihn erneut zu befragen. Bestimmt hatte er die Berichterstattung in den Medien verfolgt und überlegte möglicherweise, ob er sich lieber aus dem Staub machen sollte, bevor er selbst zum Hauptverdächtigen in dem Mordfall wurde. Aus dieser Überlegung heraus wäre es ihr lieber gewesen, gleich am Samstag zu ihm nach Friedrichstadt zu fahren, um ihn sowohl mit dem Strafmandat als auch den daraus resultierenden Konsequenzen zu konfrontieren.

Aber der Revierleiter hatte sich durchgesetzt. Fiete wollte die Befragung auf dem Revier stattfinden lassen und damit den Druck erst im Laufe des Gesprächs aufbauen. Für einen

Haftbefehl waren die Beweise einfach zu mager. Im Grunde gab es überhaupt keine Beweise für Steckers Beteiligung an der Tötung von Ella Shepherd. Hinter seiner Anwesenheit in Sankt Peter-Ording während der Mordnacht steckte wieder sein übergriffiges Verhalten, was zwar kriminell, aber eben kein Tötungsdelikt war. Ob er dafür ebenfalls verantwortlich war, mussten sie erst noch herausfinden.

Charlie nahm sich fest vor, möglichst ein Geständnis zu erzwingen. Sie war nach Bekanntwerden seiner Verleugnung, mindestens in der Nähe des Tatbungalows gewesen zu sein, von seiner Täterschaft überzeugt. Außerdem konnte es nicht schaden, diesen Menschen aus dem Verkehr zu ziehen. Auch wenn Ella nicht mehr am Leben war, würde er sicherlich wieder ein neues Stalkingopfer finden.

Überraschenderweise erschien der Verdächtige am Montagmorgen pünktlich um neun Uhr. Genauso erstaunlich war die Tatsache, dass er allein kam und somit auf die Unterstützung eines Anwalts verzichtete. Innerlich hatte Charlie sich bereits gewappnet, wieder den Argumenten eines Rechtsverdrehers lauschen zu müssen.

Da Lilly wegen eines Arzttermins später kommen würde, übernahm sie zusammen mit Knud die Vernehmung. Jan Stecker wirkte bemüht selbstbewusst. Er setzte sich den Kommissaren gegenüber und gab sich lässig.

„Also? Warum bin ich hier?“

Charlie spürte unmittelbar Gereiztheit aufsteigen. Dieser Mann hatte genug auf dem Kerbholz, um sich ein wenig schuldbewusster zu geben. Diese zur Schau getragene Ruhe nervte sie von Anfang an. Mit großer Anstrengung zügelte sie ihr Temperament. Am liebsten wäre sie sofort auf ihn losgegangen, wenn auch nur verbal. Während sie überlegte, ob sie den Einstieg in die Gesprächsführung lieber Knud überlassen sollte, ergriff dieser das Wort.

„Können Sie sich das nicht denken?", stellte er eine Gegenfrage.

Ein Anflug von Unsicherheit zog über Steckers Gesicht, verschwand allerdings schnell wieder. Er saß kerzengerade auf seinem Stuhl und blickte ihnen direkt in die Augen. „Ich habe natürlich gehört, dass Ihr Hauptverdächtiger sich ein nettes Alibi besorgt hat und dadurch aus der Haft entlassen wurde. Vermutlich bin ich nun wieder in Ihren Fokus geraten." Er sprach mit ruhiger Stimme, was absolut gegen seine Schuld sprach.

Charlie beobachtete ihn jedoch genau und sah plötzlich mit einer gewissen Genugtuung, wie sich ein Schweißtropfen von seiner Schläfe löste und die Wange herunterlief. Stecker kam also bereits ins Schwitzen. Das steigerte ihre Chancen, ihn heute zu knacken.

Knud schwieg und starrte ihn lediglich an. Auch eine Art, mehr Druck auf sein Gegenüber auszuüben. Insgeheim beneidete sie den Kollegen um so viel Ruhe.

„Ich kann mir einiges denken", erwiderte Stecker. „Aber darum geht es hier wohl kaum. Ich war in der Mordnacht nicht in diesem Bungalow und habe mit Ellas Tötung nichts zu tun. Wie oft soll ich Ihnen das noch erklären? Ich habe Ella geliebt und wollte ein gemeinsames Leben mit ihr."

„Sie hat Ihre Liebe aber nicht erwidert und wollte überhaupt keinen Kontakt mehr mit Ihnen", fuhr Charlie ihn ungeduldig an. „Wir haben Sie nicht hierher bestellt, um das gleiche Gespräch zu führen. Sie sind in der Mordnacht entgegen Ihrer Aussage in Sankt Peter-Ording gewesen!" Sie legte eine Pause ein, um die Aussage wirken zu lassen. „Wollen Sie das weiterhin bestreiten?"

Zum ersten Mal, seit er sich gesetzt hatte, wirkte Stecker unsicher. Bestimmt fragte er sich, ob sie bluffte.

Charlie ließ ihn noch einen Moment zappeln, bevor sie die Bombe platzen ließ: „Das wissen wir so genau, weil Sie um 23.30 Uhr in der Ortseinfahrt geblitzt worden sind."

Der Taxifahrer wurde blass. Wieder liefen einige Schweißperlen über sein Gesicht, die er mit fahriger Hand wegwischte. Er wollte etwas erwidern, bekam aber kein Wort heraus.

„Sie haben uns also von Anfang an belogen, was die Sache nicht besser macht. In einem Mordfall zu lügen, ist das Dümmste, was Sie überhaupt tun können. Haben Sie wirklich geglaubt, wir würden das nicht herausfinden?" Charlie redete sich in Rage. Vorbei war es mit der Selbstbeherrschung, dieser Typ regte sie einfach auf.

Jan Stecker senkte den Blick und wischte seine Hände an seiner Hose trocken. „Ich habe sie nicht getötet", flüsterte er. „Ich habe sie geliebt."

„Sie haben eine merkwürdige Art, Ihre Liebe zu zeigen", erwiderte Charlie. „Aber das ist jetzt nicht unser Thema. Sie waren dort. Sind Sie in Streit geraten? Hat Ella Shepherd Ihnen klipp und klar gesagt, dass aus Ihnen beiden nie ein Paar werden würde? Hat sie Ihnen vielleicht sogar an den Kopf geworfen, Sie nie wirklich geliebt zu haben? Dass es lediglich ein belangloser Flirt war? Wir wissen mittlerweile, wie schonungslos Ella sein konnte und nachdem, was Sie ihr zugemutet haben, war es ihr vermutlich egal, ob sie Ihre Gefühle verletzt. Haben Sie daraufhin die Kontrolle verloren und sie im Affekt erschlagen? War es so? Wenn Sie jetzt ein Geständnis ablegen, könnte sich das strafmindernd auswirken."

Es war deutlich zu sehen, wie seine Nervosität mit jedem Satz stieg. Steckers Gesicht glänzte, seine Bewegungen wurden fahrig.

„Darf ich bitte ein Glas Wasser haben?", fragte er leise.

Während Knud ihm den Wunsch erfüllte, ließ Charlie ihn nicht aus den Augen. Mit zitternder Hand führte er das Glas schließlich zum Mund und trank es leer. Dass dabei ein Teil auf seinen Schoß tropfte, schien er nicht zu bemerken.

„Ich habe sie nicht getötet", wiederholte er schließlich.

„Aber Sie waren dort!", unterstellte Charlie. Plötzlich kam ihr ein anderer Gedanke. War es möglich, dass Stecker die Wahrheit sagte? In diesem Fall musste er jedoch den Mord beobachtet haben. Ihre Gedanken rasten. Der Stalker war um halb zwölf geblitzt worden. Bis zu Ellas Domizil in der *Weißen Düne* brauchte man von dort aus fünf bis zehn Minuten. Marc Schilling hatte den Bungalow nach eigenen Angaben um 23.20 Uhr verlassen. Hatte der Mörder in dieser Zeit sein späteres Opfer aufgesucht? Oder hatte Stecker sich in den Dünen auf die Lauer gelegt, um seine Angebetete aus der Ferne anzuschmachten und der Täter war erst später gekommen?

Charlie fühlte sich hin- und hergerissen. Aufgrund seiner Vorgeschichte war Jan Stecker natürlich als Täter prädestiniert, aber war er wirklich der Mörder? Wenn er tatsächlich die Tat quasi aus der ersten Reihe mitverfolgt hatte, war es nachvollziehbar, mit seiner Beobachtung nicht zur Polizei zu gehen. Damit hätte er sich aufgrund seiner mangelnden Glaubwürdigkeit ohne Frage selbst in Verdacht gebracht. Außerdem musste es verstörend gewesen sein, die Tat zu beobachten, ohne helfend eingreifen zu können. Laut Gerichtsmedizin war der erste Schlag sofort tödlich gewesen. Das sprach für eine unglaubliche Wut des Mörders.

Charlie überlegte, ob sie eine Pause einlegen sollte, um sich mit Knud und Fiete über diese Überlegungen auszutauschen.

Im gleichen Moment ergriff Jan Stecker das Wort. „Ja, ich bin dort gewesen. An der Rezeption haben sie mir bereitwillig Auskunft gegeben, in welchem Bungalow Ella wohnte. Mit dieser Information und einem Lageplan der Ferienhäuser habe ich mich von hinten herangeschlichen, um erst mal einen Blick zu riskieren. Wie ich sie kannte, war es zwar unwahrscheinlich, dass sie bereits ins Bett gegangen war. Trotzdem wollte ich das herausfinden."

„Hatten Sie vor, sich bemerkbar zu machen?"

„Eigentlich wollte ich versuchen, ein klärendes Gespräch mit ihr zu führen. Ich wollte sie um eine zweite Chance bitten."

„Ernsthaft?", fragte Charlie. „War Ellas Abfuhr nicht deutlich genug?"

„Doch, das war sie. Irgendwie hatte ich gehofft, sie würde ihre Meinung ändern."

„Obwohl es bereits einen neuen Mann an ihrer Seite gab."

„Ach, das war ja nichts Ernstes."

Charlie gab es auf und ließ das Thema fallen. Im Grunde war es ohnehin nicht wichtig. „Also gut, Sie haben Ella Shepherd durch das Panoramafenster von den Dünen aus beobachtet. Wann sind Sie dort eingetroffen?"

„Das muss so gegen Viertel vor zwölf gewesen sein", antwortete der Taxifahrer.

„War sie zu diesem Zeitpunkt alleine?"

„Ja. Sie saß vor ihrem Laptop am Esstisch und sichtete ihre Fotos, die sie am Abend aufgenommen hatte."

„Das konnten Sie von den Dünen aus sehen?", fragte Charlie überrascht.

Der Taxifahrer errötete.

„Sie hatten ein Fernglas dabei", versuchte sie zu erraten, woraufhin er verlegen nickte.

„Ich weiß, was Sie davon halten. Ja, das hatte ich mir angewöhnt, um einfach aus größerer Entfernung Details erkennen zu können."

„Welche Details haben Sie in dem Raum außerdem erkannt?"

„Auf dem Couchtisch standen zwei benutzte Gläser. Im ersten Moment habe ich mich gefragt, ob der Besucher noch bei ihr war, auf der Toilette oder so. Ich habe also abgewartet, ob jemand zurückkehrt."

„Haben Sie sich über die Gläser und den vermeintlichen Besucher geärgert? Waren Sie eifersüchtig? Vielleicht hat es Sie richtig wütend gemacht."

Knud hob die Hand, um Charlie zu signalisieren, die Stimmung nicht weiter anzuheizen. Jan Stecker war gerade dabei, seine Version der Geschichte zu erzählen, und der Kollege wollte sie hören. Das Gefühl, ihn auch ohne Worte zu verstehen, beschwichtigte sie und erzeugte ein kleines Lächeln auf ihrem Gesicht.

Der Gefragte hob den Blick und schaute der Kommissarin direkt in die Augen. „Werden Sie mir überhaupt glauben? Sie finden es wahrscheinlich widerlich, dass ich Ellas Abfuhr nicht akzeptieren konnte und immer wieder versucht habe, sie umzustimmen. Wenn ich Ihnen jetzt sage, wen und was ich in der Mordnacht beobachtet habe, werden Sie sowieso denken, dass ich damit nur meinen eigenen Kopf aus der Schlinge ziehen will."

„Ist das der Grund, warum Sie uns nicht direkt von Ihrer Beobachtung berichtet haben?", fragte Knud mit ruhiger Stimme.

Stecker nickte. „Klar. Wenn ich zugegeben hätte, dort gewesen zu sein, wäre ich sofort verhaftet worden. Im Grunde kann ich das sogar verstehen und davor habe ich nach wie vor Angst." Sein anfangs zur Schau getragenes Selbstbewusstsein war komplett verschwunden.

„Einen Versuch ist es trotzdem wert. Wenn Sie Ihre Beobachtung mit uns teilen, können wir die Fakten überprüfen." Wie immer blieb Knud pragmatisch.

Es war deutlich zu sehen, wie ihr Gegenüber mit sich rang. Dabei schien er abzuwägen, ob er dem Kommissar glauben konnte.

„Derzeit sind Sie unser Verdächtiger Nummer eins", fügte Knud hinzu. „Ihre Lage kann sich durch eine umfassende Aussage mittlerweile nur verbessern."

Das schien den Ausschlag zu geben. Jan Stecker griff nach seinem Wasserglas, das Knud noch einmal gefüllt hatte. Wieder leerte er es in einem Zug und nickte dann. „Okay", begann er leise. „Anfangs wartete ich also, ob der Besucher zurückkehren würde. Irgendwie war es mir ganz recht, weil ich dadurch eine Ausrede hatte, Ella still zu beobachten, statt sofort zu ihr zu gehen. Natürlich habe ich mir keine großen Chancen ausgerechnet. Solange sie mich nicht erneut abwies, konnte ich es genießen, in ihrer Nähe zu sein und mir einreden, sie würde ungeduldig auf mich warten und sich nur deshalb mit ihren Fotos beschäftigen."

Charlie kam aus dem Staunen nicht mehr heraus. Sie selbst war in Liebesdingen ziemlich verkorkst, aber so viel Selbstbetrug war wirklich schräg. Vielleicht sogar mitleiderregend. Sie schüttelte den Gedanken ab und konzentrierte sich wieder auf seinen Bericht.

„War Ihnen nicht kalt? In dieser Nacht war es frostig, deshalb konnte man die Polarlichter so gut erkennen", bemerkte Knud.

„Ich hatte mich warm angezogen und war beseelt von ihrem Anblick. Da habe ich die Kälte völlig ausgeblendet." Stecker weilte in Gedanken bei Ella. Für den Augenblick schien er sogar ihren Tod verdrängt zu haben.

„Was passierte danach?", fragte Charlie voller Ungeduld. Sie wollte endlich wissen, ob er etwas Zielführendes zur Aufklärung des Mordes beitragen konnte.

„Plötzlich guckte Ella erst in Richtung Tür und dann auf die Uhr. Offensichtlich hatte es bei ihr geklingelt. Sie erweckte allerdings den Eindruck, als würde sie niemanden erwarten."

„Woran haben Sie das erkannt?", hakte Charlie nach.

„Sie zögerte und stand langsam auf, so als würde sie überlegen, ob sie überhaupt darauf reagieren sollte. Es schien sie eher zu stören, als mit freudiger Erwartung zu erfüllen."

„Sie scheinen sie gut zu kennen."

„Ich bin ein guter Beobachter", erklärte Stecker. „Das kann in meinem Job Leben retten."

„Okay, wie spät war es? Ich gehe davon aus, dass Sie das gecheckt haben."

„Es war kurz vor eins. Ich selbst fand es für einen Besuch recht spät und hatte zwischenzeitlich verworfen, Ella an diesem Abend aufzusuchen. Ich bin davon ausgegangen, dass sie das gesamte Wochenende bleiben und ich später die Gelegenheit zu einem Treffen haben würde. Zu einer angenehmeren Uhrzeit und besser vorbereitet. Ich war ja gleich losgefahren, nachdem ich ihre Posts gesehen hatte." Er schien nicht ganz unsensibel zu sein, was Charlie wiederum überraschte. „Auf jeden Fall ging sie schließlich zur Tür, um nachzuschauen, wer klingelte."

Charlie und Knud hielten automatisch die Luft an. Beide waren gespannt, was sie gleich hören würden. Wenn Jan Stecker die Wahrheit sagte, konnten sie in den nächsten Sekunden erfahren, wer Ella Shepherd getötet hatte.

„Kurz darauf trat sie wieder in den Wohnbereich, gefolgt von einem Mann. Mit einer Ahnung, was in der nächsten halben Stunde passieren könnte, hätte ich diese furchtbare Tat vielleicht verhindern können. Aber ausgerechnet ihm hätte ich nie zugetraut, Ella zu erschlagen."

Charlie konnte es kaum aushalten, wie Jan Stecker die Spannung auf den Höhepunkt trieb. Am liebsten wäre sie aufgestanden, um den Namen aus ihm herauszuschütteln.

„Es war ihr Schwager Heiko Holthusen", erklärte Jan Stecker im gleichen Moment. „Ella schien nicht begeistert über sein Auftauchen, was nicht verwunderlich war. Schließlich hatte sie ihn zu dieser späten Stunde weder eingeladen noch erwartet. Es wunderte mich, dass sie ihn überhaupt reinließ. Während unserer gemeinsamen Zeit war ihr Verhältnis deutlich angespannt. Im Haus ihrer Schwester haben wir uns zwar nur ein- oder zweimal getroffen, ich habe es aber trotzdem mitbekommen. Darüber hinaus mochte Ella es nicht, wie tief Katja ihre Nase in Ellas Angelegenheiten steckte. Also haben wir uns lieber bei mir oder öffentlich getroffen."

Charlie ließ Jan Stecker voller Ungeduld ausreden. „Was hat Ella Ihnen über ihr Verhältnis zu ihrer Schwester und ihrem Schwager erzählt? Gab es ernsthafte Konflikte?"

„Über so etwas hat sie so gut wie nie mit mir gesprochen", antwortete er. „Das meiste hat sie sowieso mit sich ausgemacht. Einmal jedoch habe ich sie dort abgeholt. An diesem Tag hatte sie sich über die beiden geärgert. Sie war richtig in Brass und musste sich wohl ein wenig Luft machen, um nicht daran zu ersticken."

„Wissen Sie, wann das war?"

„Nicht genau."

„Und worum ging es? Hatten sich die drei gestritten?"

„Zumindest war Ella verärgert. Wenn ich es richtig verstanden hatte, ging es um Geld. Heiko hatte sie wohl gefragt, ob sie ihnen etwas leihen würde, was sie jedoch ablehnte. Zum einen spielte sie mit dem Gedanken, eine Wohnung anzuzahlen; zum anderen zweifelte sie daran, ihr Geld zeitnah zurückzubekommen. Wie es so ihre Art war, ist sie ihrer Familie gegenüber deutlich geworden. Ella nahm nie ein Blatt vor den Mund, sondern sagte ihre Meinung geradeheraus. Damit kam eben nicht jeder klar. Mehr weiß ich darüber nicht."

„Okay. Sie haben also beobachtet, wie Heiko Holthusen bei Ella eintraf. Was passierte dann?"

„Es wirkte auf mich so, als ob sie ihn so schnell wie möglich wieder loswerden wollte. Vermutlich hat sie bereut, ihn überhaupt reingelassen zu haben. Das konnte ich jedoch nicht genau erkennen. Vielleicht ließ er ihr keine andere Wahl. Zumindest bot sie ihm weder einen Platz noch etwas zu trinken an. Er blieb also mitten im Raum stehen und redete auf sie ein. Ella schüttelte immer wieder den Kopf. Irgendwie hatte ich den Eindruck, es ginge dabei wieder um Geld. Das ist allerdings nur Mutmaßung, wahrscheinlich weil deren Konflikt häufiger um dieses Thema kreiste."

„Sie konnten also nicht verstehen, worüber sie sprachen. Wie ging es dann weiter?", blieb Charlie hartnäckig.

„Sie fingen an zu streiten. Ella lief im Raum auf und ab. Dabei unterstrich sie ihre Worte mit großen Gesten. Das hat sie immer gemacht, wenn sie sich aufregte oder etwas sie besonders ärgerte", antwortete Jan Stecker.

„Warum sind Sie ihr nicht zur Hilfe geeilt?"

„Ich wollte mich nicht in deren Familienstreit einmischen. Dadurch hätte sich Ellas Zorn außerdem sofort auf mich gerichtet. Wenn sie etwas hasste, war es, wie eine hilflose Person behandelt zu werden. Nein, das wollte ich mir nicht antun. Ich dachte ehrlich gesagt, sie würde ihn kurz darauf rausschmeißen. Immerhin war es ihr Bungalow und mit ihrem Schwager wurde sie eigentlich locker allein fertig." Er schwieg betreten, als ihm seine Fehleinschätzung bewusst wurde. „Ich hätte nie vermutet, dass er nach dieser Figur greifen und ihr damit voller Wut den Schädel einschlagen würde."

Plötzlich hatte Charlie das Gefühl, als ob Jan Stecker die Wahrheit sagte. Die Todesursache war nicht veröffentlicht worden. Hatte er den Mord wirklich beobachtet oder auf der Basis von Wahrscheinlichkeiten geraten? Oder wusste er es so genau, weil er selbst der Täter war? Wie konnte sie das bloß herausfinden? Würde er sich über seine Emotionen verraten?

„Beschreiben Sie ganz genau, was Sie gesehen haben", forderte sie ihn auf.

„Muss das sein?", fragte er mit Tränen in den Augen. „Es war wirklich fürchterlich! Ich hätte sofort aufspringen und ihr zur Hilfe eilen müssen, aber ich war wie gelähmt, konnte mich absolut nicht rühren. Vielleicht wäre sie zu retten gewesen, wenn ich sofort reagiert hätte."

Als Knud darauf antworten wollte, legte sie ihm eine Hand auf den Arm, um ihn zurückzuhalten. Erst sollte Stecker seine Beobachtung so exakt wie möglich zu Protokoll geben. Knud nickte fast unmerklich und schien ihre Berührung zu genießen. Charlie riss sich von dem ablenkenden Gefühl los und konzentrierte sich wieder auf ihr Gegenüber.

„Darüber sprechen wir später. Beschreiben Sie uns erst, was Sie gesehen haben – in allen Details. Wer stand wo? Wo lag Ella nach dem Schlag? Was hat Heiko Holthusen danach gemacht?"

„Ella war vor dem Schlag immer aufgeregter durch den Raum marschiert. Es schien so, als wäre sie außerdem lauter geworden. Unmittelbar vorher blieb sie vor ihm stehen und starrte ihn aus blitzenden Augen an. So schien es jedenfalls auf die Entfernung. Für einen Augenblick tat mir der Kerl sogar fast leid. Als sie sich schließlich umdrehte, griff er nach der Figur, die auf dem Sideboard stand und schlug mit aller Kraft zu. Mir wäre vor Schreck fast das Fernglas aus der Hand gefallen. Ella brach sofort zusammen und ging zu Boden. Sie blieb direkt neben dem Sideboard liegen."

Die Beschreibung entsprach den Tatsachen. Dabei schien Jan Stecker unglaublich aufgewühlt. Nahm es ihn wirklich mit oder war er einfach ein guter Schauspieler?

„Was tat Holthusen im Anschluss?"

„Erst schien er selbst fassungslos über seine Tat zu sein, dann verließ er fluchtartig den Bungalow."

„Was machte er mit der Figur?", fragte Charlie.

„Das weiß ich nicht. Er nahm sie mit, was schließlich damit geschah, kann ich Ihnen nicht sagen."

„Warum haben Sie keine Fotos gemacht?", hakte sie weiter nach.

„Dafür war ich zu weit entfernt. Außerdem hatte ich lediglich mein Smartphone dabei. Bei der Dunkelheit wäre das völlig zwecklos gewesen, darauf hätte man Holthusen nicht erkannt." Erschöpft sackte er in sich zusammen. „Kann ich bitte noch ein Glas Wasser haben?"

Während Knud seinem Wunsch nachkam, überlegte Charlie, ob sie dem Mann glauben sollte. Konnte es sein, dass Heiko Holthusen Ella wegen ihrer Ersparnisse umgebracht hatte? Aber wodurch hatte er davon gewusst und wie konnte er außerdem davon ausgehen, Ella zu beerben? Vielleicht hatte sie ein Testament verfasst, das eine andere Person als ihre Schwester begünstigte. Wie fand sie heraus, ob Stecker ihnen gerade die Wahrheit erzählt hatte? Trotz seiner exakten Beschreibung konnte die Geschichte gelogen sein, um seinen eigenen Hals aus der Schlinge zu ziehen.

Gerade wollte sie Knud zu einer Unterredung mit den Kollegen bitten, da wurde die Tür zum Besprechungsraum aufgerissen und eine aufgeregte Lilly kam ihr zuvor: „Bitte entschuldigt die Unterbrechung, aber ich muss unbedingt sofort mit euch sprechen!"

Lilly in St. Peter-Ording

Montag, den 12. Dezember

Lilly war drauf und dran gewesen, den hart erkämpften Arzttermin sausen zu lassen. Jetzt, an diesem Wendepunkt der Ermittlung auf einem Zahnarztstuhl zu sitzen, während Charlie und Knud den neuen Hauptverdächtigen verhörten, widerstrebte ihr total. Allerdings nervte sie dieser Backenzahn nun schon seit einer Woche. Ihr Konsum an Schmerztabletten war fast täglich weiter gestiegen, sie brauchte eine nachhaltige Lösung. Immerhin konnte sie der Vernehmungserfahrung der Kollegen vertrauen, die würden das natürlich ohne sie hinbekommen. Trotzdem ärgerte es sie, damit das große Finale des Falles wohl zu verpassen.

Gerade diesen unsympathischen Stalker hätte sie gerne selbst des Mordes an Ella Shepherd überführt und dafür den schmerzenden Zahn ein paar weitere Tage länger ertragen. Nach einem inneren Kampf entschied sie sich am Montagmorgen für ihr körperliches Wohlbefinden. Vielleicht würde Fiete sie dafür die anschließende Pressekonferenz leiten lassen, das wäre zumindest ein Trostpflaster. Als sie endlich gegen zehn Uhr auf dem Revier eintraf, waren Charlie und Knud immer noch mit Jan Stecker beschäftigt, während der Revierleiter an seinem Computer saß.

„Moin, min Deern", begrüßte er sie mit einem Lächeln. „Du lebst ja noch."

„Es war trotzdem eine ziemliche Tortur", erklärte Lilly und schnitt eine Grimasse. „Da ich die Spritzen mehr als das Bohren hasse, habe ich es heldenhaft ohne Betäubung durchgestanden."

„Braves Mädchen", lobte der Revierleiter. „Und nun brennst du wahrscheinlich darauf, in den Verhörraum zu stürmen, um dich von dem Zahn abzulenken."

„Gute Idee", strahlte sie. Sofort hob sich ihre Laune wieder.

„Lass mal. Die werden bestimmt gleich fertig sein, dann kannst du dir jedes Detail berichten lassen", bremste er sie aus. „Jetzt da hereinzuplatzen, könnte unpassend sein und das Gesamtergebnis gefährden."

„Ich weiß, aber es ist schrecklich, hier untätig herumzusitzen und zu warten. War keiner von den beiden mal zwischendurch draußen, um dir ein Update zu geben?"

„Nein", schmunzelte Fiete. „Ich bin ja nicht so ungeduldig wie du."

„Das liegt wahrscheinlich am Alter", scherzte Lilly, was ihr prompt einen warnenden Blick einbrachte.

„Du weißt, dass ich sofort den Griffel fallenlassen und in meinem wohlverdienten Ruhestand gehen kann, wenn ich das möchte."

„Aber deine ganze Erfahrung zu verschwenden, wäre einfach kein guter Plan", schmeichelte Lilly ihrem Chef. Diese lockere Unterhaltung war eine willkommene Ablenkung und überbrückte die Wartezeit.

„Du meinst wohl, dann müsste einer von euch mehr im Innendienst arbeiten und die Recherche sowie den lästigen Papierkram übernehmen." Auch Fiete schien erleichtert zu sein, dass sie den Fall wohl heute abschließen konnten und war entsprechend locker drauf.

„Das kann keiner so gut wie du!"

„Nun übertreib´ nicht, du weißt schließlich genau, wie weit ich innerlich von einer Spontanpensionierung weg bin. Also pack den Honigquast wieder ein und hol dir einen Kaffee. Trinken darfst du doch, oder?"

„Ja. Na, sieh mal einer an! Was will Trulsen denn zu so früher Stunde hier? Er hat wohl in den Regionalnachrichten gesehen, dass Marc Schilling aus dem Rennen ist. Wenn der seine neugierige Nase nicht in die Angelegenheiten anderer Leute stecken kann, ist er nicht glücklich."

Fiete guckte zur Tür, durch die der Hausmeister der *Weißen Düne* gerade das Revier betrat.

„Und wir stehen ganz oben auf seiner Liste", stimmte er ihr grinsend zu.

„Da hat Knud ihn wohl nicht gut informiert", überlegte Lilly.

„Was eigentlich eher untypisch ist", widersprach Fiete. „Insofern würde es mich nicht wundern, wenn er uns etwas besonders Wichtiges mitteilen will", zwinkerte er Lilly zu.

„Moin Kommissarin Morgenroth! Moin Fiete", rief ihnen Torge Trulsen bereits aus ein paar Metern Entfernung zu. „Ihr werdet nicht glauben, was ich gestern herausbekommen habe!"

„Dann brauchst du es uns ja nicht zu erzählen", parierte Fiete.

Torge reagierte mit einer wegwerfenden Handbewegung und schnaufte einmal tief durch. „Geschenkt."

„Bist du von der *Weißen Düne* hierher gerannt – oder sogar aus Tating?", zog der Revierleiter ihn weiter auf.

„Nein, aber du kennst mich ja. Ich kann es gar nicht abwarten, euch endlich zu informieren, musste heute aber tatsächlich erst in der Ferienanlage ein paar dringende Sachen abarbeiten. Sonst wäre ich schon eher gekommen."

„Dann schieß mal los", forderte Fiete ihn auf.

Auch Lilly war gespannt, ob sich die Neuigkeit wirklich als spektakulär entpuppte.

„Ich habe gestern mit Annegret einen Ausflug nach Bondelum gemacht."

„Deine Frau hat es auch nicht leicht", witzelte Fiete weiter. „Oder gibt es da etwa einen Weihnachtsmarkt?"

„Nun bleib mal ernst", beschwerte sich der Hausmeister prompt. „Das haben wir auf dem Rückweg in Husum erledigt. Willst du nun wissen, was ich herausgefunden habe?"

„Ja, das wollen wir!", mischte sich Lilly ein, der das Geplänkel mittlerweile zu lange dauerte. Hatte Trulsen dort etwas in Erfahrung gebracht, was den Fall in ein neues Licht rückte? Er selbst schien davon überzeugt zu sein.

„Wir sind mit dem Nachbarn des Hauses von Ella Shepherd und Katja Holthusen ins Gespräch gekommen. Stellt euch vor, der hat den Schwestern ein attraktives Kaufangebot für das Grundstück unterbreitet."

Das war allerdings eine Neuigkeit!

„Alle Achtung!", kommentierte Fiete anerkennend. „Da hast du wohl mal wieder ins Schwarze getroffen!"

Trulsen strahlte stolz wie ein Honigkuchenpferd und berichtete die Details. „Also, wenn das kein Mordmotiv ist, dann weiß ich es auch nicht. Schon das Geld und die Investmentfonds, die Ella besaß, könnten die Schwester zur Mörderin gemacht haben – wenn sie überhaupt davon wusste. Aber durch dieses Angebot ist das Grundstück um einiges mehr wert, als wir dachten. Damit wären die finanziellen Probleme der Familie endgültig Vergangenheit."

„Oder es waren beide zusammen", spann Lilly den Faden weiter.

Trulsen schien ein paar lobende Worte zu erwarten, aber dafür war sie nicht zuständig. Den Part konnten Knud und Fiete übernehmen.

„Hat dieser Hannes Thiesen wirklich gesagt, dass Ella Shepherd den Verkauf blockiert hat? Ich meine: War er sich sicher oder hat er das lediglich vermutet?"

„Nein, keine Spekulation. Er war uns gegenüber eindeutig. Es hat ihn gewundert, weil Ella ja sowieso ständig um die Welt reiste und kaum dort einziehen wollte."

„Vielleicht später", mutmaßte Lilly.

„Ja, das hielt er ebenfalls für möglich. Katja Holthusen war nach diesem Gespräch der drei echt sauer. Sie hat wohl auf die Schwester eingeredet, was das für eine großartige Chance wäre. Beide hätten ja ohnehin kein Interesse an dem Haus, das außerdem unter der Vernachlässigung leiden und ständig an Wert verlieren würde. Erst hat sie argumentiert, dann geradezu gebettelt und als das alles nichts nützte, ist sie wütend abgerauscht."

„Das klingt allerdings verdächtig. Hat sie außerdem was gesagt?", fragte Lilly.

„Angeblich schrie sie beim Verlassen des Hauses: Das wirst du bereuen!"

„Diese Infos werfen in der Tat ein neues Licht auf den Fall", erklärte Fiete. „Wir sollten Charlotte und Knud informieren, bevor sie das Verhör abschließen. Da wir nicht wissen, was Jan Stecker bis jetzt ausgesagt hat, müssen wir die Fakten so bald wie möglich abgleichen. Sag denen mal eben Bescheid, Lilly."

„Nichts lieber als das", strahlte sie. Das lief besser als erwartet. Endlich war sie wieder im Spiel. „Danke Ihnen", wandte sie sich an Trulsen. Immerhin durfte sie jetzt doch die Vernehmung stören.

„Bitte entschuldigt die Unterbrechung, aber ich muss unbedingt sofort mit euch sprechen!", platzte sie sofort heraus, nachdem sie die Tür zum Verhörraum geöffnet hatte und erntete erstaunte Blicke von Knud und Charlie. Sogar Jan Stecker schien verwundert.

„Okay, gerne", antwortete die Kollegin. Ihr schien die Störung gut in den Kram zu passen.

Die Kommissare erhoben sich. Knud wandte sich an den Stalker. „Warten Sie hier, es wird nicht lange dauern. Machen Sie keine Faxen, sonst beeinträchtigen Sie Ihre Glaubwürdigkeit."

Diese Ansage schien ihre Wirkung nicht zu verfehlen. Jan Stecker nickte ergeben.

„Also, was gibt es?", fragte Charlie, als sie am Besprechungstisch Platz nahmen. „Was macht Trulsen hier?"

„Er hat mal wieder seine Nase in unsere Angelegenheit versenkt", ergriff Fiete das Wort. „Erzähl es ihnen selbst, Torge, aber fass dich so kurz wie möglich."

Das ließ Trulsen sich nicht zweimal sagen. Sein Gesicht glühte vor Stolz, als er Charlie und Knud in seine Ermittlungsergebnisse präsentierte.

„Das ist ja ein Ding!", kommentierte Charlie seinen Bericht. „Und es passt genau zu dem, was Stecker ausgesagt hat." Sie weihte die Kollegen in das eben Gehörte ein.

„Möglich", relativierte Fiete ihre Aussage. „Für mich sind nach wie vor beide verdächtig. Vielleicht will Stecker seinen Kopf aus der Schlinge ziehen. Immerhin gibt er zu, sich in unmittelbarer

Nähe zum Tatort aufgehalten zu haben. Sein Motiv ist ebenso stark wie das von Katja und Heiko Holthusen."

„Und wie gehen wir nun weiter vor?", fragte Lilly. „Wie können wir den wahren Täter entlarven, wenn keiner von denen ein Geständnis ablegt? Vermutlich werden die Schwester und der Schwager im Gegenzuge den übergriffigen Stalker beschuldigen. Ich nehme mal an, dass du Haftbefehle gegen beide beantragen wirst."

„So ist es. Wenn Stecker die Wahrheit sagt, hat sich Katja Holthusen möglicherweise wegen Beihilfe oder Anstiftung zum Mord schuldig gemacht."

„Glaubst du, sie belastet ihren Mann, wenn ihr klar wird, wie ernst die Lage ist?"

„Wir werden sehen. Auf jeden Fall müssen sowohl das Haus der Holthusens als auch die Wohnung von Jan Stecker durchsucht werden. Bislang sind weder das Smartphone noch das Notebook von Ella Shepherd aufgetaucht. Vielleicht sind diese technischen Gegenstände der Schlüssel zum Täter. Außerdem müssen wir den Druck in den Verhören erhöhen. Ihr geht nochmal zu Stecker, ich beantrage, die notwendigen Papiere für die weiteren Schritte."

„Soll ich nach Husum fahren?", fragte Lilly.

„Nein, wir lassen das Ehepaar von der örtlichen Polizei festnehmen und herbringen. Vermutlich müssen wir ohnehin auf deren Anwalt warten. Bereite du dich auf die Vernehmungen vor, Lilly. Vielleicht kannst du ein Geständnis erwirken, das ist sinnvoller als die Fahrerei. Auch die Durchsuchungen werden wir an die Spusi delegieren."

„Okay, Chef, mache ich." Lilly wollte die übertragene Aufgabe unbedingt erfolgreich erledigen.

„Und wie kann ich euch unterstützen?", fragte Trulsen hoffnungsfroh.

Fiete schmunzelte. „Du fährst zurück in die *Weiße Düne* – oder hast du dort nichts zu tun?"

Enttäuschung machte sich auf dem Gesicht des Hobbyermittlers breit.

„Du hast uns, wie es aussieht, einen großen Schritt vorangebracht. Das sollte dir für heute genügen. Die anstehenden Aufgaben können nur wir erledigen", fügte Fiete hinzu.

Schließlich nickte Trulsen. „Haltet mich aber auf dem Laufenden."

Aufgrund der vorliegenden Fakten wurden die Beschlüsse sofort genehmigt. Fiete schickte wie angekündigt die örtliche Polizei sowohl zu den Arbeitsplätzen als auch zum Wohnhaus von Katja und Heiko Holthusen. Darüber hinaus erklärte er der Spurensicherung ihre prekäre Lage, wonach sie in ihrer vorliegenden Mordermittlung gleich mehrere Hauptverdächtige hatten. Damit wurde ihr Fall priorisiert und zwei Teams abgestellt, um das Haus der Holthusens und die Wohnung von Jan Stecker umgehend zu durchsuchen.

Bereits am späten Vormittag wurde das Ehepaar zum Revier in Sankt Peter-Ording gebracht. Entgegen der Erwartung der Kommissare verzichteten beide auf einen Rechtsbeistand, wodurch mit den Vernehmungen sofort begonnen werden konnte. Während sich Ella Shepherds Schwager ruhig und gelassen zeigte, war Katja Holthusen deutlich nervös. Also beschlossen Knud, Charlie und Lilly mit ihr zu beginnen. Lilly war froh, dieses Mal wieder dabei zu sein. Nach Klärung der Formalitäten stieg sie sofort ins Thema ein.

„Erzählen Sie uns etwas von Ihrem Grundstück in Bondelum", forderte sie die Frau auf.

„Unser Grundstück in Bondelum?", wiederholte Katja Holthusen erstaunt. „Was ist damit?"

„Ich stelle die Fragen", erwiderte Lilly in einem Tonfall, der keinen Widerspruch duldete. „Also was können Sie uns darüber berichten?"

„Es handelt sich um mein Elternhaus, ich meine natürlich: unser Elternhaus. Bis zu Ellas Tod hat es uns gemeinsam gehört."

„Und nun gehört es Ihnen alleine?", hakte Lilly sofort nach.

„Das nehme ich an. Für uns beide schien der eigene Tod unglaublich weit weg, insofern haben wir über Erbangelegenheiten nie gesprochen. Da meine Schwester allerdings in keiner festen Partnerschaft war und sie – wie Sie wissen - auch keine eigenen Kinder hatte, gehe ich davon aus, ihren Anteil nun zu erben."

Katja Holthusens fragte sich offensichtlich, was die Kommissarin mit diesen Fragen bezweckte, wagte allerdings nicht, erneut nachzuhaken.

„Wir haben von dem lukrativen Kaufangebot gehört. Was können Sie uns darüber berichten?"

Die Gefragte erschrak. „Woher wissen Sie das?"

„Das spielt keine Rolle. Warum hat Ihre Schwester es abgelehnt?"

„Sie haben mit unserem dortigen Nachbarn gesprochen." Sie nickte resigniert. „Und jetzt vermuten Sie, dass ich Ella umgebracht habe?"

„Fürs Erste möchte ich wissen, warum Ihre Schwester so ein attraktives Angebot für ein heruntergekommenes Haus auf einem abgelegenen Grundstück ablehnt", wiederholte Lilly geduldig, indem sie jede Silbe betonte.

„Das ist leicht erklärt. Ella hing an diesem Haus. Es war für sie ein Symbol der Stabilität. Wir haben dort eine glückliche Kindheit verbracht und sie konnte es einfach nicht loslassen. Möglicherweise hat sie davon geträumt, irgendwann einmal, wenn sie ihr unstetes Leben aufgeben würde, dort einzuziehen."

„Warum haben Sie darüber gestritten, wenn Sie wussten, wie viel es ihr bedeutete?"

„Was diesen Besitz angeht, war Ella einfach nicht realistisch. Zum Thema Eigenheim mangelte es ihr an Erfahrung. Sie wusste nicht, was es bedeutet, ein Haus zu unterhalten. Obwohl sie einerseits daran hing, war sie auf der anderen Seite nicht bereit, etwas in die Instandsetzung zu investieren oder sich selbst darum zu kümmern. Ich nehme an, Sie haben es sich angeschaut. In ein paar Jahren kann man es nur noch abreißen, weil es völlig verfallen ist. Aber davon wollte Ella nichts hören. Einmal sagte sie, es würde ihr wie Verrat vorkommen, das Haus unserer Eltern zu verkaufen."

„Und Sie haben das anders gesehen?", ließ Lilly nicht locker.

„Wie Sie wissen, haben wir ein eigenes Haus, das für unsere Familie wesentlich besser geeignet ist."

„Aber das Geld aus dem Verkauf des Grundstücks in Bondelum hätten Sie bestens gebrauchen können."

„Sie haben sich offensichtlich gut über uns informiert." Katja Holthusen klang bitter. „Ja", bestätigte sie schließlich. „Obwohl wir beide berufstätig sind, ist das Geld ständig knapp. In letzter Zeit ist alles ziemlich teuer geworden. Für eine fünfköpfige Familie braucht man im Monat einiges, um über die Runden zu kommen. Kinder sind kostspielig, aber deswegen würde ich trotzdem nicht meine Schwester töten. Darauf läuft Ihre Frage doch hinaus, oder?"

„Wir haben seit unserem ersten Gespräch einige neue Informationen gesammelt", erklärte Lilly, ohne die Frage zu beantworten. „Sie sagten aus, dass Sie und Ihr Mann in der Mordnacht beide zu Hause waren. Möchten Sie an dieser Aussage festhalten?"

Katja Holthusen kniff die Augen zusammen und musterte Lilly prüfend. Offensichtlich schien sie abzuwägen, ob die Kommissarin lediglich bluffte oder wirklich etwas wusste.

„Es geht hier bestenfalls um Meineid – schlimmstenfalls um Anstiftung oder Beihilfe zum Mord", erklärte Lilly mit Nachdruck. „Ist Ihnen das bewusst?"

„Ich muss gegen meinen eigenen Mann nicht aussagen." Die Eingebung schien plötzlich zu kommen und gab ihr neues Selbstbewusstsein. „Ich möchte meiner Aussage nichts hinzufügen. Dazu können Sie mich nicht zwingen. Ohne einen Anwalt sage ich ab sofort überhaupt nichts mehr." Zur Verdeutlichung verschränkte sie ihre Arme vor der Brust, ihr Gesicht verschloss sich.

Zeit, die Vernehmung abzubrechen und sich mit den Kollegen über das weitere Vorgehen auszutauschen. Vielleicht sollten sie erst einmal ihren Mann verhören. In Lillys Augen war er ohnehin der interessantere Gesprächspartner.

Das Team beschloss, in die Mittagspause zu gehen und den zweiten Hauptverdächtigen weiter schmoren zu lassen. Wenn Jan Stecker die Wahrheit sagte, würde seine selbstbewusste Fassade sicherlich mit zunehmender Wartezeit anfangen zu bröckeln. Katja Holthusen schien in Bezug auf das Grundstück die Wahrheit zu sagen. Auch glaubte keiner der Kommissare, dass sie wegen des Geldes ihre Schwester ermordet hatte. Allerdings schien sie den Ausflug ihres Mannes nach Sankt Peter-Ording zu decken. Dabei war Heiko Holthusen in dieser Nacht vermutlich nicht mit dem Vorsatz, seine Schwägerin zu töten, zu ihrem Bungalow in der *Weißen Düne* gefahren. Vielmehr hatte er wohl in ihrem Aufenthalt in der Küstengemeinde eine Chance gesehen, mit ihr unter vier Augen zu sprechen, um sie von dem Verkauf des Elternhauses zu überzeugen. Nachdem sie das weiterhin abgelehnt hatte, schien die Sache außer Kontrolle geraten zu sein. Obwohl er mit dem guten Vorsatz hingefahren war, die finanziellen Probleme der Familie zu lösen - und damit zu erreichen, was seine Frau nicht geschafft hatte, waren sie möglicherweise in Streit geraten und im Anschluss ist die Angelegenheit eskaliert. Soweit die Theorie.

Nun mussten sie versuchen, ein Geständnis zu erwirken. Auch dafür konnte es hilfreich sein, das zweite Verhör zeitlich weiter zu verzögern. Damit konnten sie außerdem Zeit schinden, die der Spurensicherung zur Verfügung stand, um endlich die vermissten technischen Gegenstände von Ella Shepherd zu finden und damit die Beweislage zu verbessern. Als sie gegen vierzehn Uhr auf das Revier zurückkehrten, gab es jedoch nach wie vor keine Rückmeldung von den beiden Teams.

„Lasst uns trotzdem mit der Vernehmung beginnen", schlug Knud vor. „Falls die Kollegen erfolgreich sind, werden sie sich melden. Ich tippe darauf, dass Heiko Holthusen mittlerweile nicht mehr ganz so selbstbewusst auftritt."

„Der Fund des Smartphones und des Laptops in seinem Haus würde uns die Arbeit erheblich erleichtern", zeigte sich Lilly weniger optimistisch. „Wenn er gleich von Beginn an seine Aussage verweigert, haben wir wenig Handhabe gegen ihn."

„Immerhin haben wir die Zeugenaussage von Jan Stecker", widersprach Knud.

„Na toll, was ist die wert? Ein Stalker, der ebenfalls unter Mordverdacht steht - ob uns das wirklich weiterhilft."

„Seit wann bist du so pessimistisch? Mit dieser Haltung wirst du aus Holthusen kein Geständnis herausholen. Lass mich lieber übernehmen. Einverstanden?"

Lilly nickte. So ganz konnte sie ihren Stimmungsumschwung selbst nicht nachvollziehen, aber sie hatte sich von dem Verhör der Schwester eindeutig mehr erwartet. Genau genommen hatte die Vernehmung des Vormittags nichts Neues ergeben. Vielleicht konnten Charlie und Knud aufgrund ihrer größeren Erfahrung mehr erwirken, während sie sich aufs Beobachten beschränkte.

Knud in St. Peter-Ording

Montag, den 12. Dezember

Trotz der langen Wartezeit empfing Heiko Holthusen die Kommissare mit einer ausgeprägten Selbstsicherheit, die lediglich durch Ungeduld eingefärbt war.

„Na, endlich! Haben Sie etwa die ganze Zeit meine Frau verhört oder den gesamten Mittag mit einer ausgedehnten Pause verplempert? Es ist Ihnen schon bewusst, dass ich ein berufstätiger Mensch bin, der irgendwann an seinen Arbeitsplatz zurückkehren muss, oder?"

„Ja, das ist uns bewusst, Herr Holthusen", entgegnete Knud gelassen. „Glauben Sie uns, wir machen hier ebenfalls nur unsere Arbeit. Kommen wir gleich zum Thema: Wollen Sie an Ihrer Aussage festhalten, in der Mordnacht zu Hause bei Ihrer Frau gewesen zu sein?"

„Hat sie was anderes behauptet?“ Heiko Holthusen sprach mit einer großen Ruhe, er wirkte weder nervös oder ertappt.

Knud überlegte, was er davon halten sollte. Hatte Jan Stecker sie in die Irre geführt und lediglich von seiner eigenen Tat abgelenkt? Der Ermittler hielt beide für gleichermaßen verdächtig und hoffte auf eindeutige Ergebnisse von der Spurensicherung. Da die jedoch weiterhin auf sich warten ließen, musste er sehen, ob er sein Gegenüber auch so knacken konnte.

„Nein, das hat sie nicht. Ich frage nun Sie. Wie Sie sicherlich wissen, wirkt sich eine Falschaussage ungünstig aus.“

„In Bezug auf was? Sie können mir überhaupt nichts vorwerfen. Ich habe mit dem Tod meiner Schwägerin nichts zu tun. Also warum bin ich überhaupt hier?“

„Uns liegt eine Zeugenaussage vor, nach der Sie in der Mordnacht bei Ella Shepherd im Bungalow der *Weißen Düne* gesehen wurden“, ließ Knud die Katze aus dem Sack und beobachtete Heiko Holthusen dabei ganz genau.

„Wer behauptet das? Etwa dieser miese Stalker Jan Stecker, der Ella das Leben zur Hölle gemacht hat?“ Vorbei war es mit der zur Schau getragenen Gelassenheit. Holthusen wurde deutlich lauter. „Den sollten Sie mal lieber genau unter die Lupe nehmen. Ella hat ihn gedemütigt. Ihr waren die meisten Männer gleichgültig, sie hat sich mit ihnen amüsiert und dann wie einen abgenagten Hähnchenknochen weggeschmissen. Stecker hat sich eingebildet, sie zu lieben – und geliebt zu werden. Verschmähte Liebe ist ein starkes Mordmotiv! “

„Geldgier ebenso“, konterte Knud.

Für einen Moment verschlug es dem Verhörten die Sprache. „Sie glauben, ich hätte Ella aus Habgier erschlagen?“, fragte er schließlich.

„Ja, aus welchem Grund sonst?“, trieb Knud ihn weiter in die Enge.

„Das ist einfach ungeheuerlich! Hat Ihnen Jan Stecker das geflüstert?"

„Herr Holthusen, es geht jetzt nicht um den Ex Ihrer Schwägerin, sondern um Sie. Wir wissen von Ihren Geldproblemen, Ellas Ersparnissen und dem Kaufangebot für das Grundstück in Bondelum. Möchten Sie vor diesem Hintergrund Ihre Aussage anpassen?" Knud war die Ruhe selbst.

„Was nützt mir das Geld meiner Schwägerin? Ich erbe das alles nicht."

„Versuchen Sie bitte nicht, uns für dumm zu verkaufen. Sie leben mit Ihrer Frau in Gütergemeinschaft. Was sie erbt, kommt Ihrem Haushaltseinkommen zugute. Damit haben Sie ein genauso starkes Mordmotiv wie Herr Stecker."

„Nehmen Sie seinen Namen nicht zusammen mit meinem in den Mund. Dieser Mann ist Abschaum. Ich bin davon überzeugt, dass er Ella auf dem Gewissen hat. Was für eine Farce, nun mich zu beschuldigen! Um auf Ihre Frage zurückzukommen: Nein! Ich war in der Mordnacht nicht bei Ella im Bungalow. Ich war nicht einmal in der Nähe, sondern zu Hause bei meiner Frau."

So einfach ließ sich Holthusen also nicht knacken. Irgendwie standen sie jetzt vor der vollkommenen Pattsituation. Beide Hauptverdächtige hatten ein starkes Mordmotiv und beschuldigten sich gegenseitig. Knud konnte sich nicht daran erinnern, in einem Mordfall schon einmal in so einer Lage gewesen zu sein. Wenn der erlösende Anruf von der Spurensicherung nicht bald kam, mussten sie vermutlich beide – beziehungsweise alle drei – wieder laufen lassen und sich weiter auf die mühsame Suche nach weiteren Hinweisen, Zeugen und sonstigen Spuren machen.

Er warf Charlotte einen Blick zu, aber die schien ebenfalls keine Idee zu haben, wie sie an Heiko Holthusen herankamen.

Entweder war er wirklich unschuldig oder seiner Sache sehr sicher.

„Haben Sie weitere Fragen oder sind wir hier fertig?", fragte der Verdächtige in das entstandene Schweigen hinein. „Dafür habe ich mir in diesem stickigen Raum den ganzen Tag um die Ohren geschlagen? Nicht zu fassen!"

Im gleichen Moment öffnete sich die Tür des Besprechungsraumes und Fiete trat herein. „Ich habe eine Info, die euch interessieren wird", wandte er sich an die Kommissare. Er reichte Knud einen Zettel. War das die erlösende Nachricht, die den Fall endgültig aufklärte und auf die er so sehnsüchtig wartete?

Während der Revierleiter den Raum wieder verließ, las Knud die kurze Nachricht. Sofort spürte er Aufregung und gleichzeitig Erleichterung: Die Spurensicherung hatte im Haus der Holthusens das fehlende technische Equipment von Ella Shepherd gefunden!

Da würde sich selbst Heiko Holthusen nicht mehr herausreden können oder war er dazu fähig, seine Frau zu beschuldigen?

Knud reichte den Zettel an Charlotte weiter, die ihn neugierig studierte. „Im eigenen Keller?", fragte sie ungläubig.

Heiko Holthusen zuckte fast unmerklich zusammen. Jetzt hatten sie ihn. Mit ausreichend Druck würde seine coole Fassade bestimmt schnell zu bröckeln beginnen.

„Herr Holthusen, unsere Kollegen von der Spurensicherung haben sowohl das Notebook als auch das Smartphone von Ella Shepherd in Ihrem Keller gefunden, am Boden einer Umzugskiste mit ausrangiertem Kinderspielzeug. Nicht besonders clever, die Sachen in Ihrem eigenen Haus aufzubewahren. Wollen Sie uns erneut weismachen, dass Jan Stecker dahintersteckt? Hatte er Zugang zu Ihrem Haus?" Knud konnte sich die Ironie nicht mehr verkneifen. Dieser Typ hatte offenbar keine Scheu, einem nach dem anderen die Schuld zuzuschieben. Erst die vergrabene Kamera im Garten von Marc Schillings Bungalow und dann Jan Stecker, der bestimmt nicht unschuldig war; aber wie es aussah, für den Mord keine Verantwortung trug.

„Sehr witzig", rutschte es dem Verdächtigen heraus.

„Tja, wenn Sie meinen. Ich finde das keinesfalls witzig. Wollen Sie immer noch abstreiten, mit dem Mord an Ihrer Schwägerin etwas zu tun zu haben?"

„Also gut! Ich bin dort gewesen, um mit ihr zu sprechen", gab Holthusen schließlich zu. „Das Angebot für dieses Grundstück im Nirgendwo war unsere Chance, die Geldsorgen endlich hinter uns zu lassen. Wissen Sie, was es bedeutet, drei Kinder großzuziehen? Was das alles kostet?"

„Und dafür fahren Sie mitten in der Nacht von Husum nach St. Peter-Ording?"

„So weit ist es ja nun auch wieder nicht. Ella war eine Nachteule. Ich hatte diese phantastischen Bilder auf Insta gesehen und wusste, dass sie nicht so bald schlafen gehen würde. Außerdem wollte ich nicht mit Katja diskutieren. Sie wäre bestimmt dagegen gewesen, also habe ich abgewartet, bis sie schlief. Erst dann bin ich losgefahren."

„Ella war aber alles andere als begeistert, Sie zu so später Stunde mit einem derartigen Anliegen zu empfangen", mutmaßte Knud.

„Ja, im Grunde war es eine blöde Idee. Erschwerend kam hinzu, dass sie bereits in Brass war. An dem Abend dachte ich, Stecker hätte sie bereits aufgesucht. Es standen zwei benutzte Gläser auf dem Couchtisch. Erst später erfuhr ich, dass es sich um den Fotografen handelte, der ebenfalls mit einer Bitte vorstellig gewesen war."

„Sie sind also in Streit geraten?"

„Ja."

„Und um Sie loszuwerden, hat Ella Shepherd Ihnen ihr gesamtes technisches Equipment übergeben?“ Charlotte konnte sich nicht mehr zurückhalten. Die hanebüchene Geschichte raubte ihr den letzten Nerv.

„Ich weiß, das klingt alles sehr unglaubwürdig. Sie wollte mich loswerden, das habe ich deutlich gespürt. Während ich überlegte, ob ich freiwillig gehen sollte, entschuldigte sie sich und verschwand auf der Toilette. Da habe ich die Gelegenheit genutzt. Auf dem Tisch lag ihre Laptoptasche. Die habe ich mir geschnappt und alles, was sich sonst dort befand, hineingestopft, um damit zu verschwinden. Ich versichere Ihnen: Als ich gegangen bin, hat Ella gelebt. Wenn Stecker mich beobachtet hat, ist er wohl danach zu ihr gegangen, um sie zu töten und es mir in die Schuhe zu schieben.“

„Und wie soll er in den Bungalow gekommen sein?“

„Ich habe die Tür bei meiner Flucht offenstehen lassen“, parierte Heiko Holthusen. Der Mann war an Abgebrühtheit nicht zu überbieten. „Natürlich konnte ich nicht zugeben, überhaupt dort gewesen zu sein. Ich hatte Angst, dass Sie mir nicht glauben würden und mich des Mordes an Ella anklagen.“

„Ja, das werden wir auch tun“, echauffierte sich Charlotte. „Warum haben Sie das Zeug überhaupt mitgenommen?“

„Zum einen, weil ich so verärgert war. Ich wollte es ihr heimzahlen, dass sie uns die tolle Gelegenheit verdarb. Zum anderen hoffte ich, die Bilder zu Geld machen zu können. Das ist allerdings nicht so einfach, wenn man keine entsprechenden Kontakte pflegt. Außerdem war es natürlich nach ihrem Tod nicht mehr möglich, mit ihren Fotos an die Öffentlichkeit zu gehen. Das hätte mich ja sofort verraten.“

„Sie umgebracht zu haben?“, hakte Charlotte sofort nach. Sie musterte ihn mit blitzenden Augen, die ihr Temperament zum Ausdruck brachten.

Ein überschäumendes Temperament, das auch leicht in einem Wutanfall enden konnte. Trotzdem liebte Knud diese Seite an ihr.

Er riss sich von der Betrachtung der Kollegin los und überlegte fieberhaft, wie er weiter vorgehen sollte. Auch wenn die Aussage von Heiko Holthusen völlig unglaubwürdig schien, fiel ihm spontan nichts ein, wie er sie widerlegen sollte.

Waren sie erneut in eine Sackgasse geraten? Hatte nicht einmal der Fund des technischen Equipments zu einem eindeutigen Ergebnis geführt? Wie fanden sie den wahren Täter und wodurch konnten sie ihn überführen?

„Jeder hätte das sofort vermutet." Heiko Holthusen versuchte es mit Unterwürfigkeit, vielleicht herrschte ein wenig Bauernschläue vor.

Charlotte dagegen war nicht mehr zu halten. „Ja, und wir vermuten es nicht nur, wir sind von Ihrer Schuld überzeugt!", donnerte sie los.

Wieder zuckte der Verdächtige zusammen. Dieses Mal war es deutlich zu sehen.

„Und wollen Sie wissen, was mich so sicher macht?", ließ Charlotte nicht locker.

Holthusen schwieg. Vielleicht überlegte er fieberhaft und fand keine Antwort. Vielleicht schüchterte ihn das toughe Verhalten der Kommissarin ein.

„Ella war in dieser Nacht verärgert. Obwohl sie mit den großartigen Fotos genau das erreicht, was sie geplant und in die Tat umgesetzt hatte, musste sie sich erst mit Marc Schilling und im Anschluss mit Ihnen auseinandersetzen. Zwei Männer, die nichts allein auf die Reihe bekamen und ihr die Laune mit Betteleien verhagelten."

Charlotte legte eine Pause ein und Holthusen seine Stirn in Falten. Ganz offensichtlich wusste er nicht, worauf sie hinauswollte. Selbst Knud konnte ihrer Argumentation nicht ganz folgen.

„Ella Shepherd wollte Sie in dieser Nacht loswerden und zwar so schnell wie möglich. Die Frau war stark, unabhängig und ließ sich nichts vorschreiben, nicht einmal von ihrer eigenen Schwester."

„Ja, und?", fragte Holthusen nun nach. Seine Stimme klang aggressiv, er schien sich nur mit Mühe auf seinem Stuhl zu halten.

„Eine Frau wie Ella Shepherd geht nicht in aller Seelenruhe zum Klo und lässt sich ihre Schätze vom Tisch abräumen!", antwortete Charlotte triumphierend. „Sie hätte Sie auf jeden Fall zuerst rausgeschmissen, wenn Sie ihr nicht den Schädel eingeschlagen hätten. Ich verhafte Sie wegen des Mordes an Ella Shepherd. Sie hatten ein Motiv und wurden am Tatort gesehen. Des Weiteren wurde das technische Equipment der Toten in Ihrem Haus sichergestellt. Aus der Nummer kommen Sie mit Ihrer weit hergeholten Geschichte nicht mehr heraus! Möchten Sie jetzt ein möglicherweise strafminderndes Geständnis ablegen?"

Knud hätte am liebsten applaudiert. Charlotte schien das Trauma ihrer Entführung überwunden zu haben und war wieder voll in ihrem Element.

Trotzdem traute er seinen Ohren kaum, als Heiko Holthusen tatsächlich einbrach und mit zitternder Stimme das Angebot der Kommissarin annahm.

Epilog

Nur wenige Tage später erschien ein aufgeregter Torge Trulsen zu ihrer Abschlussbesprechung. Wie immer hatte seine seute Deern ihnen einen Kuchen gebacken und Knud kümmerte sich um die Pharisäer, die ebenfalls zur Tradition geworden waren.

Charlie wurde regelrecht sentimental. Nicht nur das gesamte Team der Küstengemeinde war ihr mittlerweile ans Herz gewachsen, auch ihren inoffiziellen Hilfssheriff hatte sie zu schätzen gelernt. Auf den gradlinigen Nordfriesen konnte man sich stets verlassen. Außerdem hatte er das Herz auf dem rechten Fleck. Zwar ärgerte sie sich zwischenzeitlich immer mal wieder über seine Einmischung, musste sie doch zugeben, wie nützlich er sich in den meisten Ermittlungen erwies. Auch in diesem Fall war seine Vor-Ort-Recherche in diesem Kaff im Nirgendwo von

Schleswig-Holstein zu einem zentralen Mosaikstein in der finalen Aufklärung geworden.

„Nun erzählt schon!", unterbrach Trulsen ihre Gedanken. „Wie habt Ihr Heiko Holthusen zu dem Geständnis gebracht? Das war ja am Ende ein echtes Kopf-an-Kopf-Rennen der Hauptverdächtigen. So etwas haben wir bisher nie gehabt." Den Kuchen hatte er auf dem Tisch abgestellt, schenkte ihm aber keinerlei weitere Beachtung, obwohl er sonst immer für etwas Süßes zu haben war.

„Also, das war wirklich unglaublich!", meldete sich Knud zu Wort. „Während ich dachte, wir seien in der nächsten Sackgasse gelandet, hat Charlotte ihn einfach der Lüge bezichtigt." Knud wiederholte ihre Worte für seinen Kumpel, der daraufhin wissend grinste.

„Manchmal ist eine klare Ansage eben einfach am besten."

„Aber es war reine Mutmaßung. Niemand von uns hatte Ella Shepherd kennengelernt", gab Knud zu bedenken.

„Trotzdem lag Kommissarin Wiesinger mit ihrer Einschätzung absolut richtig. Vielleicht, weil sie und Ella sich ähnlich waren. Und so wie ich die Fotografin erlebt habe, kann ich es nur bestätigen. Sie hätte ihn auf jeden Fall vorher rausgeschmissen. Trotzdem erstaunlich, dass er sofort eingebrochen ist", überlegte Trulsen.

„Seit Fiete uns die Info über den Fund der technischen Geräte gebracht hat, wirkte er nervös und auf der Hut. Er hat versucht, seinen Kopf zu retten, aber es war ihm anzusehen, dass er selbst nicht mehr daran glaubte", erklärte Charlie.

„Wirklich?", wunderte sich Knud. „Das konntest du so eindeutig sehen?"

„Hhm, ja, schon. Ist eben Erfahrungssache. Womit ich sie dir nicht absprechen will. Vielleicht auch weibliche Intuition", fügte sie mit einem Lächeln hinzu, obwohl Knud nicht so wirkte, als würde er sich durch die Aussage gekränkt fühlen.

„Warum hat er denn nun das technische Equipment mitgenommen? Er wollte die Fotos doch nicht ernsthaft verkaufen, oder?“

„In erster Linie wollte er es nach einem Raubmord aussehen lassen. Und obwohl er Marc Schilling bei Ella verpasst hat, kam ihm der Gedanke, den Verdacht auf den konkurrierenden Fotografen zu lenken.“

„Die Kamera hat er also in dem Garten vergraben“, schlussfolgerte Trulsen.

„Ja. Entgegen der einhelligen Meinung sind Mörder nicht unbedingt die klügsten Menschen“, erwiderte Charlie.

„Habe ich schon mal gehört. Aber was ist mit Katja Holthusen? War sie in den fiesen Mordplan eingeweiht?“, wollte der Hausmeister weiter wissen.

„Tatsächlich war es kein fieser Mordplan. Heiko Holthusen hat sich mittlerweile sehr reuig gezeigt. Die Tat geschah im Affekt. Ella hat wohl auch ihn nicht gerade zimperlich behandelt, das hat ihn zur Weißglut gebracht. Sie war eine brillante Fotografin, hatte aber eindeutig Defizite im zwischenmenschlichen Bereich. Katja Holthusen hat ihre Schwester trotzdem über alles geliebt und hätte ihr niemals etwas angetan. Ihrem Mann dagegen haben die ständigen Geldsorgen dermaßen zugesetzt, dass ihm die Sicherungen durchbrannten, als sie ihm vorwarf, seine Familie nicht selbst anständig ernähren zu können. Deswegen würde sie nicht ihr Elternhaus verschachern und es wäre ihr egal, ob er das verstünde.“

„Das hat sie zur Begründung angegeben?“

„Jedenfalls hat Heiko Holthusen es uns so wiedergegeben.“

„Aber Katja war doch ebenfalls sauer auf ihre Schwester“, hakte Trulsen noch einmal nach.

„Ja, sie konnte nicht nachvollziehen, warum Ella Shepherd den Verkauf ablehnte. Sie war spontan verärgert, hat es aber schließlich akzeptiert."

„Und was ist nun mit Jan Stecker? Auch wenn er Ella nicht getötet hat, ist er ja trotzdem in anderer Hinsicht überführt. Hat er ebenfalls mit einer Strafe zu rechnen?" Trulsen nahm einen Schluck von seinem Pharisäer und nickte Knud anerkennend zu. „Na, der hat aber Wumms. Dir ist schon klar, dass ich mit dem Auto hier bin, oder?"

„Ach, dein alter Kombi kennt den Weg von alleine. Allerdings gibt es nur einen, sonst sind wir alle dun."

„Also, bevor der Alkoholgenuss Ihnen die Sinne vernebelt, Trulsen: Leider ist es im Falle von Stalking sehr schwierig, eine Verurteilung zu erreichen. Wir hoffen einfach, dass es ihm eine Lehre sein wird. Immerhin ist er zum Verdächtigen in einem Mordfall geworden. Mehr können wir da leider nicht tun."

„Unglaublich!", murmelte der Hausmeister und nahm einen kräftigen Schluck. „Trotzdem bin ich unglaublich froh, dass wir diesen Fall gelöst haben und Ellas Mörder dadurch seine gerechte Strafe bekommt. Hoffentlich haben wir wenigstens bis ins neue Jahr mal Pause vom Thema Mord und Totschlag. Heute Nacht sollen wieder diese herrlichen Polarlichter zu sehen sein. Fahrt Ihr an den Strand?" Seine Frage galt insbesondere Charlie und Knud. „Das ist bestimmt eine sehr romantische Kulisse", fügte er mit einem Augenzwinkern hinzu.

„Auf jeden Fall", bestätigte Knud und warf Charlie einen liebevollen Blick zu. „Sobald wir deine Neugier befriedigt haben, fahren wir los."

Ein paar Stunden später waren sie endlich allein. Charlie hatte sich auf einen ausgedehnten Spaziergang mit Knud gefreut. Der gelöste Fall gab ihnen die Möglichkeit einer kleinen privaten

Auszeit. So wie Trulsen bereits gesagt hatte, konnte sich die Kommissarin kaum eine romantischere Kulisse vorstellen. Als schließlich die grünen Lichter über ihre Köpfe hinwegwaberten, blieben sie stehen und schauten fasziniert in den Himmel. Knud war hinter sie getreten. Seine Nähe erzeugte ein wohliges Kribbeln und endlich hatte sie das Gefühl, all die negativen Erfahrungen hinter sich lassen zu können, um mit ihm einen Neubeginn zu wagen. Voller Vertrauen lehnte sie sich gegen ihn. Als er die Arme um sie legte, schloss sie für einen Moment die Augen. Sie war endgültig angekommen.

Die Handlung und alle handelnden Personen sind frei erfunden. Jegliche Ähnlichkeit mit lebenden oder realen Personen wäre rein zufällig und nicht beabsichtigt.

Kleines Lexikon norddeutscher Begriffe

Moin/Moin Moin	Begrüßung für den ganzen Tag
zu Potte kommen	weitermachen, fertig werden
Gosch	Fischrestaurant aus Sylt
sabbelig	redselig
piesacken	zusetzen, triezen
Gezuckel	langsames Fahren
„mach hinne"	mach weiter, werde fertig!
Klönschnack	gemütliche Plauderei
schnacken	sich unterhalten
dumm Tüch	dummes Zeug
lütt	klein
Buddel Köm	Flasche Korn
scheun	schön
grienen	Grinsen, lächeln
Priel	Rinne im Wattenmeer, in der sich auch bei Ebbe Wasser befindet
min seute Deern	mein süßes Mädchen
vertellen	erzählen
Schiet	Scheiße
Kopp in Nacken	Kopf in den Nacken
verklickern	erklären
Friesengeist	nordischer Schnaps
Pharisäer	Kaffeespezialität mit Rum und Schlagsahne
Pott Kaffee	Becher Kaffee
aufgebretzelt	chic angezogen/zurecht gemacht
schnieke	Chic

Rundstück	einfaches helles rundes Brötchen
Alsterwasser	Bier und weiße Limonade
Gedöns	als überflüssig erachtete Gegenstände
Scheibenkleister	s. Schiet
Butter bei die Fische	Klartext reden, nichts zurückhalten
Auf dem Kieker	Besondere Aufmerksamkeit, wörtlich Fernglas
Franzbrötchen	Plunderteig mit Zimt und Butter, ursprünglich aus Hamburg
Jo	Ja
fünsch	wütend, ärgerlich
vertüdeln	vergeuden
Wo geiht di dat?	Wie geht es Dir?
Klönschnacktür	Zweigeteilte Außentür, bei der man einen Klönschnack halten kann, indem man nur den oberen Teil öffnet
Mors	Hinterteil
Friesenschnitten	Blätterteig, Pflaumenmus, Sahne
Kluntjes	Kandiszucker
Graue Stadt am Meer	Husum, der Begriff wurde von dem Dichter Theodor Storm geprägt
Rungholt	1362 versunkene Siedlung im nordfriesischen Wattenmeer
Edomsharde	Verwaltungsbezirk im Mittelalter
Grote Mandränke	Verheerende Sturmflut 16. Januar 1362
mittenmang	mittendrin
Döntjes	Anekdote aus dem Alltag

Danksagung

Als Allererstes möchte ich mich bei meinen Lesern bedanken, die Torge und mir jetzt bereits über zwölf Fälle die Treue halten. Vielen Dank für eure Begeisterung für meine Sankt-Peter-Ording-Krimis – das macht mich stolz und glücklich!

Bevor ein neues Buch das Licht der Welt erblickt, gibt es erst einmal viele Stunden des Planens, Recherchierens und des Schreibens. Dafür nutze ich am liebsten die frühen Stunden des Tages. Morgens und am Vormittag bin ich frisch und kreativ.

Im Anschluss wird der Text mehrfach überarbeitet! Ich freue mich sehr, dass ich dafür so großartige Unterstützung habe. Ich danke meinem Lektor Sándor Sima, der den Text mit seinen Anregungen bereichert und mit großer Sorgfalt Unstimmigkeiten und losen Enden auf der Spur ist. Ich danke meiner Korrektorin Margarete Götz, die dazu beiträgt, dass der Text möglichst fehlerfrei ist. Weitere Testleser haben uns darin ebenfalls unterstützt.

Vielen Dank an die Designerin Raphaela Moser vom Kampenwand Verlag und dem Fotografen Michael Goltz, durch deren Arbeit aus dem stimmungsvollen Foto wieder so ein großartiges Cover entstanden ist.

Eine große Bereicherung in meinem Autorinnenalltag stellen meine Kolleginnen Aurelia Blum, Maiken Brathe und Sabine Hirschfeld dar, mit denen ich im täglichen Austausch zu allen Fragen rund um den Schreibprozess verbunden bin. Wir unterstützen uns in konkreter Textarbeit, sowie bei der Zielerreichung und Motivation. Ich bin dankbar, Teil dieses großartigen Teams zu sein!

Schließlich gilt mein Dank meinem Team von treuen Testlesern und Torge-Fans, die mich im Schreibprozess unterstützt haben.

Danke!
Stefanie Schreiber

Hat Ihnen die Geschichte gefallen?

Dann freue ich mich sehr über eine positive Rezension bei Amazon oder auf einem anderen Portal, denn Bewertungen werden für uns Autoren immer wichtiger.
Das muss kein langer Text sein, schreiben Sie einfach, was Sie anderen Lesern gerne zu dem Buch mitteilen wollen.
(Aber natürlich nicht verraten, wer der Mörder ist.)
Ich danke Ihnen im Voraus!

Herzlich
Ihre Stefanie Schreiber

KAMPENWAND
VERLAG

Über die Autorin

Stefanie Schreiber ist Dipl.-Kauffrau und Fachjournalistin. Aus ihrer Leidenschaft fürs Krimischreiben hat sie nun einen Beruf gemacht.

Meine Leidenschaft für das Schreiben entstand bereits vor über fünfundzwanzig Jahren, doch ich hatte mich nach meinem betriebswirtschaftlichen Studium gerade selbständig gemacht und wollte erst einmal "bodenständig arbeiten", um meine Existenz zu sichern.

Meine Liebe zur Nordsee begann nach dem Abitur bei einem zehntägigen Aufenthalt nahe Heide, weil mein Geld für die geplante Nordkap-Tour nicht reichte. Der Urlaub legte außerdem den Grundstein zu meiner Altersvorsorge mit Ferienimmobilien; ich träumte seitdem von einem eigenen Haus unter Reet.

Als ich 2011 beschloss, mich endlich dem Schreiben zu widmen, entschied ich mich für ein berufsbegleitendes Journalismus-Studium, um meine Schreibkompetenz auf professionelle Beine zu stellen. Die daraus resultierende Idee, mein betriebswirtschaftliches Know-how und meine langjährige Vermietungserfahrung in Wirtschaftsratgebern zu vereinen, brachte mich über die nächsten Jahre von meinem Plan ab, Geschichten zu erzählen.

2017 plante ich meinen ersten Krimi. In einem Workshop entstand die Idee, auch diesem den Ferienhaus-Background zu verleihen - und wo ist es schöner als in Sankt Peter-Ording? Ich baute die *Weiße Düne* und schuf meinen schrulligen Hausmeister Torge Trulsen, der als Miss-Marple-artiger Hobbyermittler, den Kommissaren gerne dazwischenfunkt.

Nach Vollendung meines achten Sankt-Peter-Ording-Krimis küsste mich die Muse. Die Charaktere Emilia und Piet Anderson erblickten das Licht der Welt und ermitteln nun parallel in meiner neuen Reihe.

Seit 2019 erscheint ihre erfolgreiche Sankt-Peter-Ording-Krimireihe mit dem schrulligen Hobbyermittler Torge Trulsen und der toughen Kommissarin Charlotte Wiesinger.

Im Oktober 2022 startete ihre neue Nordfriesen-Krimireihe. Emilia und Piet sind Emily Anderson - Ein Schriftstellerpaar veröffentlicht unter gemeinsamem Pseudonym und mischt sich in die Ermittlungen der Husumer Kommissare ein.

Humorvolle, unblutige Kuschelkrimis mit viel nordfriesischem Lokalkolorit.

Die Kuschelkrimis von Stefanie Schreiber

Mord im Watt vor St. Peter-Ording
Der erste Fall für Torge Trulsen und Charlotte Wiesinger

Todesfalle Hochzeit in St. Peter-Ording
Der zweite Fall für Torge Trulsen und Charlotte Wiesinger

Das 13. Kind aus St. Peter-Ording
Der dritte Fall für Torge Trulsen und Charlotte Wiesinger

Doppelmord hinterm Deich bei St. Peter-Ording
Der vierte Fall für Torge Trulsen und Charlotte Wiesinger

Tatort Weiße Düne in St. Peter-Ording
Der fünfte Fall für Torge Trulsen und Charlotte Wiesinger

Nachts im Pfahlbau in St. Peter-Ording
Der sechste Fall für Torge Trulsen und Charlotte Wiesinger

Im Schatten der Rache bei St. Peter-Ording
Der siebte Fall für Torge Trulsen und Charlotte Wiesinger

Trügerische Stille in St. Peter-Ording
Der achte Fall für Torge Trulsen und Charlotte Wiesinger

Göttliche Gier in St. Peter-Ording
Der neunte Fall für Torge Trulsen und Charlotte Wiesinger

Fatale Begegnung in St. Peter-Ording
Der zehnte Fall für Torge Trulsen und Charlotte Wiesinger

Dunkle Geheimnisse in St. Peter-Ording
Der elfte Fall für Torge Trulsen und Charlotte Wiesinger

Unheilvolles Polarlicht in St. Peter-Ording
Der zwölfte Fall für Torge Trulsen und Charlotte Wiesinger

Fortsetzung folgt!